英国唯美主義と日本

伊藤 勳

論創社

英国唯美主義と日本

凡例

一　本文中の欧文からの引用の訳文は、訳者名の記載がない限り、すべて筆者によるものである。

二　括弧〔　〕内の文は筆者の註である。

三　和文図書や翻訳書からの引用頁数は漢数字、欧文図書からの引用文は算用数字で表記した。

四　ギリシア人名の欧文表記は原語ではなく、アルファベット表記にしてある。

はしがき

英国唯美主義についてエリザベス・アスリンは「日本趣味と唯美主義運動は事実上同義である」（*The Aesthetic Movement*, p. 79）と言った。確かに視覚的意匠に限って見る場合、異国文化の影響の有様はわかりやすい事実として眼前に開かれてある。しかし言語を介する思想の影響がどのようなものであるかは、様々な要素が盤根錯節するだけにわかりにくい。ひとつの藝術形態の濫觴がどこにあるのか探ろうとすれば、その形態を陰で支えている思想を探り出さねばならない。この作業なくしてはその形態の本質が見えてこないし、新たな藝術の発展を期することはできない。

十九世紀後半における英国唯美主義を支えた日本趣味の実態がどのようなものであったのかを、視覚藝術の領域をも超えて眺め渡さねば、英国唯美主義と日本の藝術との因果関係を闡明することはできないであろう。それは、オールコックのように日本の高度な産業技術を認めながらも、或いは又日本はアジア的でもヨーロッパ的でもなく寧ろ古代ギリシア的だと言いながらも、単に封建制度という政治体制の見地から、西欧中世後期と幕末日本との類似性を読み取って、日本社会を西欧の十二世紀への逆戻りであるなどという素朴な見解からも見えてこないのである。

それよりもオールコックの友人であった美術家ジョン・レイトンが日本の寺院や門について、「古代エヂプト、アッシリア、ギリシア由来のあまたの様式が、これらのすばらしい人々〔日本人のこと〕の作り出した物に永存されている」("On Japanese Art," *Journal of the Society of Arts*, July 24, 1863, p. 596)と指摘して語った言葉の方により真理は含まれているかもしれない。

或いは又、一八六二年の第二回ロンドン万国博覧会の中世の部を担当した建築家ウィリアム・バージェスも幕末日本を西欧中世になぞらえながら、目の付け所が違っていた。バージェスは中世後期においては生活と藝術とが結びついた生活の藝術があったと見て、その点で日本との共通性を見出していたのである。

イギリス人には総じて心地よい生活の場としての家に重点を置く国民性がある。英国唯美主義もこのことと無縁ではない。イギリス人になじむ形での生活藝術乃至美術工藝に対する関心が強かったことは、先づは留意せねばならないことである。

十七世紀前半においてはイギリスは日本から漆器を輸入するようになり、次いでその半ば以降はこれに有田焼が加わることになる。漆器や有田焼は貴族達の奇貨として珍重されはしても、その邸宅の外の江湖の藝術家達の目に触れる機会は殆ど鎖されていたと言ってよい。一八五四年の日本の開国により、日本物が一般の人々の目に触れる機会が増えてゆくが、やはり第二回ロンドン万国博覧会における大量の日本物の展示とその後の販売は、ダンテ・G・ロセッティを初めとするイギリスの藝術家達に決定的な啓示を与えることになった。開国後、「高度に発展した日本の美術や装飾美術が、大抵のイギリス人には驚きとして登場してきた」("Japanese Woodcuts, An Illustrated Story-Book brought from Japan," *The Reader*, 31 October, 1863)と言うウィリアム・M・ロセッティの言葉にその辺の情況の一端が如実に示されている。

しかしそれでも、英国唯美主義はこの劃期的な機会に恵まれた時よりも以前にその濫觴を辿らねばならない。ウィリアム・M・ロセッティは先の言葉の後にこう続けている、「イギリス人は昔から日本には或る種の装飾製品があるということを、一般的事実としては知っており、そういう作品を個々ばらばらの形で認識していた」と。日本の美術工藝品の存在が断片的に世間で知られていたこと、そしてイギリスの貴族達が日本の美術工藝品をことのほか鍾愛してきた事実は、十九世紀後半の唯美主義運動の勃興に先行する地下水脈として地表への涌出の時を俟つものであったことを示している。

ウィリアム・M・ロセッティが『回想』(*Some Reminiscences*) の中で日本の藝術と中国の藝術とを比較して、「ここ数百年来の中国人は精力と情熱、或いは知覚の深さにおいて日本人にはとてもかなわない」(p. 281) と、日本の藝術の質の高さを評価している。実際、日本の磁器は中国の物に比べてはるかに高価だったにも拘わらず、十七、八世紀のヨーロッパで需要が高かったのは柿右衛門だったのである。『宮殿の磁器』(*Porcelain for Palaces*) でインピー (Oliver Impey) が言っているように、日本の漆塗りの用簞笥と並んで、「日本の磁器は立派な邸宅には標準的な必需品となっていた」(p. 24) のである。日本の美術工藝品と深く関わる英国唯美主義に至る流れは、このように早くから潜在的にあったと見なければならない。

英国唯美主義の起こりにはこのような下地があり、日本開国による大量の日本物の流入は決定的な弾みとなった。言うまでもなく、今度は殊に浮世絵が大きな影響を及ぼし、その色面調和のもたらす色彩の音楽性、線と色彩の純粋効果などは美術の新しい手法として採り入れられることになる。それのみならずしばしば浮世絵を飾る画讃や俳画に見られる絵と詩の一体性も唯美主義者には刺戟的な暗示を与えたようである。文学においても文体それ自体の優位性、そのことにより醸し出されてくる雰囲気、その無限定なるものの音楽性、形即ち文体という限定性を優先することにより必然的にそこから漂い出てくる気というものの無限性に価値を見出した。形は無に変幻することを示唆する藝術形態が生まれてくることになる。これは先づは言わんとする表現内容が形より優先された従前の藝術ではあり得ない思想を含んでいる。

さはれ感覚的な美的効果を第一とするが故に、内容は内容として充実していながら、文体の意《こころ》或いは様式の意《こころ》によって美的効果としての形の形成へと秩序づけられていなければならなかった。これは何を意味するかと言えば、道具にして美的価値を持つ日本の美術工藝品に代表される生活藝術の原理なのである。ペイターはその原理に手段と目的との理想的一致を見たのである。この一致にこそ藝術のための藝術の根本原理があるが、この藝術思想は日本の藝術により大いに促されたのは間違いなかろう。

ペイターは表向き、藝術のための藝術の源流をプラトーンに辿っているが、日本の美術に接してその藝術思想を強めていったように見える。それ以上にペイターがエピクーロス哲学を奉ずる立場にあったことの方が一層重要である。『ルネサンス』の「結語」への苛烈な指弾に対する辯明として書かれた『享楽主義者マリウス』において、エピクーロス的思想を下敷にしてマリウスの人生を縷々語ることを通して、英国唯美主義思想の何たるかを解き明かして見せたのが、ペイターだからである。人生観としてエピクーロスを復活させたのが十六世紀のモンテーニュであれば、物理学でエピクーロスを復興させたのは十七世紀のピエール・ガッサンディ、そして藝術思想としてエピクーロスを甦らせたのはペイターである。

エピクーロスは「自然に服従すべきである」と説き、「すべてを、感覚にしたがって見るべきである」(『エピクロス』出隆・岩崎允胤訳、九十頁、十一頁)と言った。自然に即し物そのものが語るところを知り、認識は感覚を第一とし、真理の直覚的把握を是とし、辨證論は人を誤らせるものとして斥けた。そしてエピクーロス哲学の最終目的はアタラクシア即ち心の平静であった。

英国唯美主義で一貫している思想は、自然重視、感覚主義、経験主義、それらに基づく真理の直観的把握の重用、キリスト教の神の観念に縛られ煩わされない自由な思考である。この唯美主義の鼻祖たるロセッティは早くに弟ウィリアムと共に、キリスト教とは相容れないアグノスティック（agnostic）即ち不可知論者であった。この造語は進化論的生物学者トマス・ハックスレーが一八六九年にロンドンの形而上学協会の会合の席上用いたのが、最初の使用例である。

しかしウィリアム・M・ロセッティが『回想』の中でいみじくも語っているように、ロセッティ兄弟はそれよりもずっと早くにこの立場に身を置いていた。曰く「Agnostic という言葉は当時〔一八四〇年代半ば前後のこと〕生まれていなかった。それが生み出されるや否や、超自然との関わりにおける私の立場をこの上なく明瞭且つ簡潔に明らかにするものだと知った。目で確認できない事柄に関して多くの人に是認されていることがいくつかあるが、私はそれらのことについて何も知らないし、また何も知り得ないと思っているので、私は何も知らないと言って憚りもしないというのが、この立場である」（p. 122）と。そして兄ゲイブリエルについても、「兄は年長なので〔一歳年上〕異端の道を私より少し早く歩んでいたのであろう」（p. 129）と追想している。

感覚で知り得ない領域に踏み出さないこの姿勢は、経験によって知る得る事実のみを思考の出発点とし、形而上学的世界には入っていかない仏教と揆を一にする。仏教では知識を得る手段としては知覚しか認めないが故に、感覚の限界を以て判断も中止される。中村元によると、判断中止の懐疑論の開祖たるピュローンはアレクサンドロス大王の東征に随行し、インドで裸の哲学者達と交わり、この判断中止の懐疑論とアタラクシアの思想をギリシアに持ち帰った（『インド思想とギリシア思想との交流』一八七頁、二六九〜七〇頁参照）。

エピクーロスは原子論を体系化したデーモクリトスの門下であるナウシパネースの教えを受けたが、この師はまたピュローンの弟子でもあったので、ナウシパネースを通してピュローンの判断中止の懐疑論とアタラクシア思想を知ることになる。エピクーロスは仏教と同じ知覚第一の立場から、感覚的事実を超えて臆見には立ち入らない判断中止の懐疑論を実践躬行した。

インド由来のアタラクシア思想は仏教の悟りの境地、寂滅或いは無の境地に通じる観念である。この思想をエピクーロス哲学から受け継ぐペイターはパルメニデースの絶対的一者の形態と結びつけて「パルメニデース的タブラ・ラーサ」と呼び、これを心の理想的範型としてその境地に至ることを藝術的人生の是とした。即ち、「有限なる幻影と相関的関係を持つにすぎない万物を自己の内において滅却することによって、煩いなく外面の鎮まる絶対的な心」（"Sebastian van Storck," *Imaginary Portraits*, pp. 106-7)、言い換えれば自己滅却の無我の境地に至ろうとしているのである。ペイターのアタラクシアは無関心（indifference）という言葉で、物事に煩わされない泰然自若とした態度に徹する藝術的な心の構え方としても言い表されてくるが、これが仏教的な自己滅却に通じていることは言うまでもない。

パルメニデースはインド哲学との関わりが議論される一人であるが、ペイター自身、「静の学説」を説くパルメニデースの絶対的一者について、「『一者』の学説は先に自己滅却という古いインドの夢想となって現れていた」（*Plato and Platonism*, p. 40）と、その思想の濫觴をインド哲学に辿る説を採用している。

そしてこの一者たるものは「畢竟、零にすぎないものであり、無を表す単なる代数の記号にすぎない」（同上）と説明している。万象を無と見る「色即是空、空即是色」の仏教の根本義と同様のものをパルメニデースに見出している。従ってペイターの求めるパルメニデース的タブラ・ラーサとは、仏教的無の境地に通じるものと理解されねばなるまい。

三島由紀夫は、ペイターの「自然描寫の抽象性は同時に薄黄に暮れてゆく風景の疲れた官能味を如實に示し、彼の作品すべての透明すぎるやうな抽象性は、同時に官能にぢかに接してゐて、物象の明瞭な輪郭は、最後まで明らかにされずに終る」（「貴顯」、三島由紀夫全集第十巻、五一四頁）と評した。微妙な写実的描写とその抽象的な透明性との二重性を三島は指摘しているが、これはペイターが「文体」論において、文体を形の全一性を守る理智に関わる文体の意《こころ》（mind in style）と、色香による雰囲気の一体性に関わる文体の魂（soul in style）とに分解したことに対応する肯綮に中った指摘にほかならない。

その謂は、錯綜するほどに精緻な描写を重ねながらも形を成り立たせている文体の意を保障する理智の一貫性が、作品の構成全体に透明な抽象性を与えている。しかし一方、その意図的に構成された錯綜性ゆえに、様々な物象の放つ色香は全体として官能性豊かなひとつの漂漾する雰囲気と化し、物象の輪廓は「最後まで明らかにされずに終る」と理解される。

因みに、その漂漾する雰囲気こそ文体の魂と呼ばれるものの実体であるが、ペイターが文体の魂を気体のような流体になぞらえているのは、ギリシア語の霊魂を意味する語プシュケー（ψυχή, psykhe）は元々息の意味であり、霊魂は一般的には気と捉えられていたからであろう。霊魂も原子から構成されていると考えるエピクーロスでも、「霊魂は微細な部分から成り、全組織にあまねく分散しており、熱を或る割合で混合している風（息）に最もよく似て」（『エピクロス』二十八頁）いると言っている。中村元によれば、霊魂を息とする考え方はギリシアのみならず、「インドにおいても、すでにリグ・ヴェーダ時代のアーリア人のうちに存し（中略）古ウパニシャッドの中にも現れてゐる」（前掲書七十九頁）と言う。ペイターが文体の魂を気になぞらえるのは、このギリシア思想を踏まえたものである。

話を元に戻せば、物象の輪廓が最後まで明らかにされずに終わるのは、ペイターの意図である。ペイターは「数の学説」においてピュータゴラースの「一にして多」の観念に注意しているが、それはこの考えの藝術的実践だったのである。「一」は文体の意《こころ》であり、「多」はその多様性が醸し出す文体の魂に対応する。そして一見錯綜するように見えながらも秩序づけられた物象は、文体の魂という形を取って「一」なる無に収斂する。それは「色即是空」に通じた表現形態だったのである。鈴木大拙が言っているように、「一即多、多即一」は、どの仏教各派においても仏法の根本義としているものであり（『禅と日本文化』三十二頁参照）、それは「色即是空、空即是色」と表裏一体をなしている。

ピュータゴラースは一即多のみならず、インド哲学特有の輪廻転生を説いたことでも知られる。この哲学者の輪廻転生説は、中村元によれば、直接的には東方からの影響があったと想定されるオルペウス教に由来するものであろうと言われている（前掲書一〇三～四頁参照）。それのみならず、プラトーンもこの輪廻転生説を受け継いでいることについて、プラトーンは神話的説明の中における言及だけで、体系的には論じていないことを理由に、インドから、或いは仏教から採り入れたものだとするエルンスト・ベンツ（Ernst Benz）の学説を、中村は引いている（同上三四五頁参照）。

ペイターは「動の学説」においてはヘーラクレイトスの永遠的流動、即ち無常に注意しているが、この哲学者も一即多を説いたことで知られている。このヘーラクレイトスも、インド哲学の影響が取り沙汰されているピュータゴラースと同じく、インド哲学の影響が指摘されている（同上二六八頁参照）。

明瞭な輪廓を残さないのは、詩は「曖昧模糊とした混沌と自滅的な矛盾の感じしか残さない」（*Notes on Poems and Reviews*, p. 6）と言ったスウィンバーンとて同様であり、最終的に内容は無に帰してゆくような印象を与える。そしてワイルドも『サロメ』において、極限的に単純化された言葉の律動性の裡に「単なる虚構の一形態にすぎない」（*De Profundis*, p. 77）現実を撥無して人生の虚無性を藝術化している。「セバスティアン・ファン・ストーク」の中で、唯一の実体のみ認めて、「非存在、目に見えたり感じることのできる有限の事物が本当に存在すると考えることは、最大の誤りである」（*Imaginary Portraits*, p. 106）と言うペイターは、仏教的な唯名論ではなく、パルメニデース的一者論を踏まえながら、現象を無とする立場に立っている。エピクーロスを初めとして、インド哲学或いは仏教との関わりを取り沙汰されるギリシア哲学者達の思想を血肉化したペイターは思想的に仏教に近いものを持っている。

ロセッティについては、先述したようにウィリアム・M・ロセッティが兄とともに感覚主義を拠り所とする不可知論的立場にあったことを自ら認めたことのほかにも、ラフカディオ・ハーンからは輪廻転生の生命観や不可知論的態度など、東洋的思想の流入が一再ならず指摘されている（"Studies in Rossetti" 及び "Note upon Rossetti's Prose" 参照）。勿論ハーンはロセッティが直接東洋の文献を勉強して知り得たことではなく、中世文学を通して知ったのであろうと推測している。十二世紀ルネサンスによってギリシア思想が西欧にもたらされたので、インド思想との関わりを持つギリシア思想も人の知るところとなり、中世文学に反映されたことは十分考えられる。それのみならず、輪廻転生については十二世紀の南仏における抒情詩人トゥルバドゥールの登場に少なからぬ影響を与えたと見られている十一世紀初めに書かれたイブン・ハズムの『鳩の頸飾り』には、プラトーンの伝える輪廻転生が取り込まれている。こうした事実に鑑みて、ハーンの見解は正鵠を射ているように思われる。

とまれ、英国唯美主義文学の藝術思想を代表するペイターを念頭に置きながらこの藝術運動を眺めてみると、これらの代表的な英国唯美主義者達の思想には、エピクーロス哲学を初めとしてインド哲学に関わりのあるギリシア哲学を通して、仏教に近接した思想が隠微な形で滲透していることが見て取れる。しかもスウィンバーン、ペイター、ワイルドはみなギリシア学者だったことも忘れてはならない重要な事実である。仏教思想への近接に目を向けなければ、英国唯美主義が単なる外見だけでなく、思想的にも日本の藝術に近づいた藝術思潮であった所以を、その根源から理解することはできまい。

「美の宗教」に焦がれたロセッティに対して、「目の宗教」を求め大空三昧を詩と絵画の理想形態として寂滅的永遠に憧れたペイタリアン西脇順三郎が、何故に仏教思想に深く分け入っていったかということも、上のことを知れば理解できる。英国唯美主義者の衣鉢を継ぐ順三郎は、繰返し幾度も読んで全部「暗記してしまった」と語ったほどに徹底的に読み込んだ『享楽主義者マリウス』の核心をなすエピクーロス思想を自家薬籠中の物とした後、仏教信仰の篤い郷里小千谷と浄土宗を宗旨とする家庭との二重の宗教的環境に培われた心の仏教的素地へとごく自然に回帰していったのである。エピクーロス哲学と仏教との近接を示す好例である。

平成二十八年丙申八月三日

著者識

英国唯美主義と日本　目次

第一章　英国唯美主義と日本の影

一　ペイターの唯美主義批評とスウィンバーン

オスカー・ワイルド（Oscar Wilde 一八五四〜一九〇〇）は『獄中記』で「私の人生にかくも不思議な影響を及ぼした」（*De Profundis*, p. 85）と回想したウォルター・ペイター（Walter Pater 一八三九〜九四）の『ルネサンス』〔『ルネサンスの歴史的研究』*Studies in the History of the Renaissance*、一八七七年の第二版より『ルネサンス　美術と詩の研究』*The Renaissance: Studies in Art and Poetry* と改題〕について、一八九〇年三月に『スピーカー』（*Speaker*）誌上に「ペイター氏の近著『鑑賞論集』」（"Mr. Pater's Last Volume [*Appreciations*]"）と題して書評を書いた時、「精神と感覚の黄金の書、美の聖典（the golden book of spirit and sense, the holy writ of beauty）」（*The Artist as Critic*, p. 230）と評した。この言葉は、実は自分の表現ではなく、アルジャノン・C・スウィンバーン（Algernon Charles Swinburne 一八三七〜一九〇九）がゴーチェ（Théophile Gautier 一八一一〜七二）の『モーパン嬢』（*Mademoiselle de Maupin* 一八三五刊）を題材にして書いた詩『ソネット』（*Sonnet* （with a copy of *Mademoiselle de Maupin*））の冒頭の二行を借用したものである。ワイルドはこの言葉の引用を通して、スウィンバーンとペイターとを結びつけた。

ゴーチェが唯美主義の元祖的存在であることに思いを致し、又、スウィンバーンがペイターにとって唯美主義の先生的存在である（Donoghue, *Walter Pater*, p. 141参照）ことを思い合わせると、ワイルドがスウィンバーンの詩句を用いて、内面的にゴーチェとペイターとを繋ぎ合わせたこの言葉の引用は、ワイルドの批評的炯眼が躍如としていて見事と言うほかない。しかもワイルド自身がこの唯美主義の流れの赫奕たる終焉を演じたことを思うと、この言葉の引用はなおさら意味深長で興味深いものがある。

イギリスで最初に「藝術のための藝術」（art for art's sake）という言葉を使ったのは、スウィンバーンである。『ウィリアム・ブレイク』（*William Blake* 一八六八年刊、実際には一八六七年末に刊行、以下場合に応じて *Blake* 又は『ブレイク』と略記）の中での使用がそれである。これに類した表現は、実際には既に一八六六年に出版された『詩と批評に関する覚書』（*Notes on Poems and Reviews*）に「作品のために制作された作品」（work done for the work's sake）という形で出てきている（p. 23参照）。

スウィンバーンがこの小冊子を出すことにしたのは、彼の作品を下品だとか不敬だとか批難するジャーナリズムに対していちいち取合って自分の作品の辯明や辯護をするつもりなどさらさらなかったものの、現在関わっている出版社や貴重な助言を寄せてくれる友人達の要望があり、それらの批難に答えるためであった。道徳に囚われる英国ジャーナリズムを売春婦と同列において、その「淫乱な上品ぶり」と「悪意に満ちた美徳」（同上p. 8）からの詩の解放を言挙げしている。

詩人にとってそういう御仁の目に自分が不道徳に見えようがそうでなかろうが、取るに足らぬことであった。詩というものは、それが作者の信念を慎重に煎じ詰めた帰結ないし結果であるならば、「曖昧模糊とした混沌と自滅的な矛盾の感じしか残さない」(同上 p. 6)ものであり、しかもスウィンバーンにとっては純粋に自己の喜びのために書くというのが、詩に関する基本的な姿勢であった。即ち詩は快い効果であって、道徳表現の具ではないことを標榜したのである。

詩とは作品のために制作された作品であり、それがもたらすぼんやりとした快感がその本質であるというスウィンバーンの基本理念は、唯美主義批評家とはあらゆる藝術作品を快感を生み出す力だと見なす者であるという、『ルネサンス』の序文でペイターが表明した考えに反映されており、その支柱となっている。

更にはペイターが、「対象をその本質において真にあるがままに見ること」("Preface," *Culture and Anarchy*)というマシュー・アーノルド(Matthew Arnold 一八二二〜一八八八)の批評の目的を一捻りして、「自己の印象を真にあるがままに知ること、それを識別し、はっきりと実感すること」("Preface," *Renaissance*)に転換した背景の一端には、やはりスウィンバーンに倣って、詩とは「曖昧模糊とした混沌と自滅的な矛盾の感じ」であるという確信があればこそ、なし得た転換と言えるのではあるまいか。この「感じ」、即ち印象の出所とその実体を探らんとするのがペイターの批評的立場で、アーノルドとスウィンバーンとを掛け合わせたところにそれは置かれている。

ペイターの批評的立場へのスウィンバーンの関わりについては、藝術は「事実の下僕」どころか、「事実に忠実」になったら藝術は人間にとって有用でも価値あるものでもなくなってしまうと、この詩人が『ブレイク』の中で明示した考え(p. 92 参照)が、ペイターにおいて藝術は事実ではなく、「事実感の表現」（"Style"）であるという藝術観に発展していった事実を見ても明らかである。「作家の目的が意識されていようといまいと、世の中や単なる事実を書き写すことではなく、事実感を書き写すようになるにつれて、作家は藝術家になり、作品は藝術になる」（"Style," *Appreciations*, pp. 9-10）と、ペイターは言っている。

「宗教の女中にも、義務の唱道者にも、事実の下僕にも、道徳の魁にも絶対なり得ない」（*Blake*, p. 90）ものとして、藝術に全景的な地平線を与えたスウィンバーンは、文学は生全体、事物の全本質を扱うことにあり（*Notes on Poems and Reviews*, p. 21 参照）、人を批評へと魅了するものは、藝術の目で見て良いものはどんなものでも「褒めることの高貴なる喜び」（同上 p. 22）であると言明した。藝術の純粋性と、宗教や倫理道徳の純粋性とを峻別したのである。英国唯美主義における囚われのない批評精神の地均しを、このギリシア学者の詩人がしたことに留意しておかねばならない。

スウィンバーンのこの働きがなければ、唯美主義批評家の務めとは、「絵や風景、生活や本の中で出会った美しい人が、美しいとか快いとかというこの独特の印象を生み出すその元となっている美質を識別し、分析し、附属物からそれを引き離すことであり、その印象の出所がどこにあり、どんな条件下でそれが経験されるのかを示すことである」（"Preface," *Renaissance*）と規定した、ペイターの新たな批評の展開はあり得なかったであろう。この展開によって、藝術、人生、自然がもたらす上質の喜びの源泉たる美質、その実体を解き明かすことが、唯美主義批評の本領となってゆく。

ペイター批評の形成に関わるスウィンバーンの重要性を述べるに当たっては、現実生活における両者の交友について、それが批評基盤形成の時期であるだけに、一瞥しておく必要がある。

二　ペイターとスウィンバーンの交友

一八六九年から七三年にかけてオックスフォードのブレイズノウズ・コリッヂ（Brasenose College）に在籍し、ペイターの教え子だったエドワード・マンソン（Edward Manson）の伝えるところによると、スウィンバーンやユダヤ人画家シメオン・ソロモン（Simeon Solomon 一八四〇～一九〇五）はペイターの友人であった（*Letters of Walter Pater*, p. xxxix 参照）。一方、エドマンド・ゴス（Edmund Gosse 一八四九～一九二八）は『スウィンバーン伝』（*The Life of Algernon Charles Swinburne*）の一八七一年の項で、「スウィンバーンは頻繁にベイリオル・コリッヂ（Balliol College）を抜け出してブレイズノウズ・コリッヂにウォルター・ペイターを訪ね、もてなしを受けていたが、ペイターと親密だったのは短い期間であった」（*The Life of Algernon Charles Swinburne*, p. 202）と述べている。そして『ペイター書簡集』の編者ローレンス・エヴァンズは、親しく交わったのは一八七〇年前後と見ている（*Letters of Walter Pater*, p. xxxix 参照）。

ペイターの部屋でスウィンバーンが自作の詩を朗読して夜を明かした様子を、ゴスは「ウォルター・ペイター　肖像一八九四年」（"WALTER PATER: A PORTRAIT, 1894"）の中で次のように語っている。「詩人は当時ペイターの学寮の部屋を足繁く通った。当時、オックスフォードの青年達には誰にとってもスウィンバーンの名前は魅力であり、他の部屋にいるのを羨むかの如く、ブレイズノウズ通り（Brasenose Lane）では上部の窓を夏の夜に向けて開け放つようになった。そうするとそこから音楽のような詩が流れ込んでくるのであった。詩は最初、小夜鳴鳥の歌声を凌ぎ、次にはそれを黙らせてしまった。その諧調は延々と続き、ついには夜明けに雲雀を戸惑わせた」(R. M. Seiler, *Walter Pater: A Life Remembered*, p. 188)。
ゴスは別のところ("Algernon Swinburne")では又、こんな逸話を書き残している。

帽子のことと言えば面白いことがあり、滑稽な光景が思い出される。一八七二年のことだと思うが、ひょっとしたらもう少し前のことかもしれない。私はチェイニー・ウォークのW・ベル・スコット〔William Bell Scott 一八一一~九〇、スコットランド出身の詩人・画家・批評家、スウィンバーンやダンテ・G・ロセッティの友人〕の家の二階の朝顔形〔手前より奥へと広がっている形〕の張出窓でスコットと話をしていると、ハンサム馬車〔二人乗り一頭引き二輪の辻馬車〕が目の下の玄関先に止まった。最初は何事もなかったが、次いで淡黄色の子山羊革の手袋をはめ、しゃれた身なりをしたウォルター・ペイターが身のこなしも優雅に降りてきた。次いでスウィンバーンが続き、辻馬車の端で体の釣合を取っていたものの鋪道に転げ落ち、両手をついて四つん這いになった。優美なシルクハットはスウィンバーンの頭から飛び、大きく弧を描きながら、ずっと先の側溝の中に落ちてしまった。ほどなくしてペイターは我々のいる上階の部屋に姿を現し、夢心地のような何食わぬ顔をして由なし事をしゃべっていたが、私はそれっきりスウィンバーンの姿を見ることはなかった。彼は汚れを落とし、酔いを醒ますために別室に連れて行かれたのだと諒解した。

(A. Thwaite, *Portraits from Life by Edmund Gosse*, p. 72)

一八七〇年前後の数年間にこのような親しい交際の時期があったことは興味深い。

三　スウィンバーン――ペイターの「本歌取り」

この時期にスウィンバーンとペイターとの文学上の関わりを示す資料のひとつに、スウィンバーンが一八六八年七月に『隔週評論』(*The Fortnightly Review*)に載せた「フィレンツェの老大家の意匠に関する覚書」("Notes on Designs of the Old Masters at Florence")がある。この著作が翌一八六九年十一月に同じ『隔週評論』に掲載されたペイターの「レオナルド・ダ・ヴィンチに関する覚書」("Notes on Leonardo da Vinci")に歴然たる影響を及ぼしていることの指摘は、それが発表された当初からあった。

ダンテ・G・ロセッティ(Dante Gabriel Rossetti 一八二八~八二、以下本書では単にロセッティまたは時にゲイブリエルと表記)がそれに気付いてスウィンバーンに伝え、スウィンバーンは一八六八年十一月二十八日付のロセッティ宛の返書の中で、「小生はペイターのレオナルド論は大いに気に入っています。確かに小生も貴下が仰る通り、小生の文体の趣が少々あるとは思っていますが、ペイター自身の良い本質が多くありますし、興味をそそられるところも多々あります」(*The Swinburne Letters*, vol. 2, p. 58)と、こだわらぬ濶々とした態度を見せている。「私は他人の趣味や成功を妬まないし、いい作品なら何でも楽しむし称讃もする」(*Notes on Poems and Reviews*, p. 22)と、他に対する評価の公平性と客観性を自負していたスウィンバーンらしい鷹揚さと言える。

そして又、ペイターがスウィンバーンに負っていることを本人に認めていることも、次の一八七三年四月十一日付、ジョン・モーリー(John Morley 一八三八~一九二三)宛のスウィンバーンの手紙から諒解される。

ペイターの作品に小生は心から感服し楽しませてもらっていますが、一度オックスフォードでペイターに、ロセッティ（D・G）が小生と同様に『隔週評論』に初めて出た彼の著作をどれほど高く評価しているかということを話すと、ペイターは、その著作は同じ方向にある小生の作品を鑑としており、想はすべてそこから得たものと思っているという趣旨の返事をしました。それ以来、どれほど感服しているかということについて話すことには幾分慎重になっています。そして勿論、他には誰もその価値を、このような事柄について書いた小生の文体を研究した結果によるものだとは、ゆめゆめ思わないでしょうが、ロセッティが言いましたように、彼にはその影響がどことなく感じられたのだと小生は思います。一ポンドの讃辞の中に一グレイン〔一ポンド＝七千グレイン（一グレインは〇・〇六四八グラム）〕の真相が混じっているだけのことですから、その著作の秀逸さについて、小生の意見を忌憚なく述べることは憚られるのです。

（*The Swinburne Letters*, vol. 2, p. 240-1）

スウィンバーンが内心感じていたことを、ロセッティが初めて直接スウィンバーン自身にその文体上の影響を指摘し、最終的にはペイターが詩人に直接その事実を認めたのであった。それでは、「フィレンツェの老大家の意匠に関する覚書」の、具体的には例えばどんな箇所の表現が、ペイターのレオナルド論への霊感となったかを見ておく必要がある。前者から二箇所を引用し、ペイターと比較してみる。先づは詩人はレオナルドについてこんな風に書いている。

レオナルドについては、見本となる素描は精選され、数も非常に少ないが、あの名状し難い気品と厳粛な神秘に満ちている。その気品と神秘はどんなにつまらぬとりとめのない作品にさえも含まれている。おぼろげな疑いとかすかな蔑みに満ちた女たちの美しくも風変わりな顔は、ぼんやりとした運命の影がかかり、見たところ熱望しながらも疲れ、我慢或いは熱情ゆえに蒼白にして熱を帯びながら、男たちの目と思いを誘い、迷わせている。

(*The Fortnightly Review*, July 1868, p. 17)

もう一箇所はミケランジェロの素描について書いている一節である。

その女の目は金《きん》と血に対する冷静にして大いなる欲望に満ちている。ふさふさしたその巻き毛は今にも震えてばらけ、幾匹もの蛇になって分かれるかのようである。女の喉はふっくらとして瑞々しく、見た目には胸や腕《かいな》のように丸く固く、すっくと伸び上がって威厳がある。頭《かしら》はうなだれず顎も上がらず、その上にしっかりと載っている。口は虎の口よりも残忍で、蛇の口よりも冷たく、女の口よりも美しい。女は命取りとなるウェヌスの化身である。(中略)この世においても女にはあまたの名が見出せるからである。即ちラミア、再び変身し、今度はもっと豊かな美しさを具え、蛇には本来ない女性的な特質はすべて剝ぎ取られている――ラミアのような女、愛情というものがなく、ソフィストに攻撃のすきを与えず、恋人のために寄り添って衰えてゆくよりも、恋人から命を飲み干すことを好んでする者。或いはペルシアのアメストリス、この世でただ一人自分よりも美しい乳房を持つ敵女《かたきおんな》の乳房がその生きた胸から切り取られるのを眺めている女。或いはクレオパトラー、蛇に咬まれて、死ぬのではなく蛇になった女。或いは又、東方の果てのあの妃、夫と共にすばらしく残忍な仕掛けを新しく作っては、毎日過ぎてゆく日々の印とした女。

（同上 p. 19）

昇騰する想像力のままに、対象のもたらす喜びの源泉へと、心像を奔放に連鎖させながら接近し潜り込んでゆこうとするスウィンバーンの姿勢と、それが形となって現れたその文体は、ペイターに反映色を深めてゆく。ペイターの余りにも有名な、『ルネサンス』のレオナルド論におけるモナ・リザ描写の次の一節を、先の引用と照らし合わせてみるといい。

かくもあやしく水辺に立ち現れた人は、一千年の時を閲するうちに、人間が欲しがるようになった物をよく表している。その人の頭には「この世のあらゆる末が集まり」、その瞼は少し疲れている。それは内側から肉体の上に形作られた美、奇異なる思想や風変わりな幻想や激しい情念がひとつづつ小さな細胞を成して堆積したものである。それをちょっとの間、あの白いギリシアの女神或いは古代の佳人の傍らに置いてみるといい。そうするとあらゆる病を持った魂が入り込んでいることの美しさに、女神や佳人はどれほど思い悩まされることであろうか。この世のあらゆる思想と経験はその画像に、即ちそれらの内にあり外形を洗煉して表現の豊かなものにする力を備えた場所に、ギリシアの獣性、ローマの色慾、精神的野望と想像上の愛のあった中世の神秘主義、異教世界への回帰、ボルジア家の罪業を、そこに刻み象っている。女は坐っている岩よりも齢を重ねている。吸血鬼のように女は幾たびも生死を繰返し墓の秘密を知った。そしていくつもの深い海に潜り、身にはいつもそれらの海に落ちた日の光が纏いついている。そして珍奇な織物を求めて東洋の商人と交易し、そしてレーダーとなってトロイアのヘレネーの母親となり、聖アンナとなってマリアの母親となった。そしてこのことすべては、女にとってただのリュラと笛の音のようでしかなく、繊細さを以て変わりゆく容貌を形作り、瞼や手を染めた。この繊細さの内にあってのみそれはながらえているのである。

(*Renaissance*, pp. 124-5)

スウィンバーンがその独特の文体を通して提示しているものは、対象の在り方、ものの有様であり、形への注視が主体を成している。それが文体に絵画性を与え、次いでその巧妙な措辞には魂の独特の律動が息づいている。ここに引用したペイターのモナ・リザ描写も、スウィンバーンと同様の幾分奇異な神秘性を含ませながら、内面的音楽性に満たされた連鎖的影像を重ねてひとつの心像を浮かび上がらせている。ペイターがスウィンバーンの手法を巧みに換骨奪胎していることが見て取れるのである。或いは日本風に言えば、本歌取りの趣がある。

ペイターが「描かれた詩」と呼んだあの音楽性に満ちたジョルジョーネ派の絵に対応するかの如き絵画的散文の原型は、スウィンバーンに見出せる。その再確認のために、「フィレンツェの老大家の意匠に関する覚書」からもう一箇所引いてみる。アンドレア・デル・サルト（Andrea del Sarto 一四八六〜一五三一）のサロメをこう語る。

サロメはヘロデの前で舞う、厳かにして優美、軽やかにして晴れやかな音楽の化身となり、肉と化した小鳥の囀りとなり、乙女の顔から旋律的な足に至るまで美しくすらりとした体を完璧に釣り合わせている。命取りの美しさを見せる暴虐的な或いは不実な女神ではなく、少女らしい冷酷な魅力と子供らしい移ろいやすい魅力を持った単なる処女にすぎない、ヘローディアスの前に立つ時に、又、切り離されたヨハネの首をか細いながらもしっかりとした両の手で受け取る時には、無頓着で無邪気であったように。ただ利発なだけの動物で、人間のことは何も知らず、生命については本能と動きということ以外何も知らない。サロメの母親の成熟した意識的な美しさには、売春婦にして妃の淫らな意志が見えるが、サロメ自身には悪意もなければ憐れみもなく、その美しさは、人殺しの罪の意識もないままに流血をなし得る処女に備わった自然力である。王はサロメの動きの音楽、そのすみやかに動く美しい四肢に跳ね踊る生命の律動にじっと聞き入る、さながら音の歓喜に搦められ、ただひとえに恋情に溺れて調べに耳傾ける人のようである。

(*The Fortnightly Review*, July 1868, pp. 38-9)

意識の流れに乗るようにして、蜿々と途切れることなく続くように見えながら、程よく想像の放縦を抑え、律動的に明確な輪廓を描き出しつつ影像を結ぶ手腕は見事である。確かにペイターが自ら認めたように、この詩的散文と言える文体を鑑にして、表面的には凝《こご》ったように見えながら内面的には律動性を豊かに孕み、個々はっきりした輪廓を切って影像を重ねてゆきながら、全体的には物象の明確な輪廓は結ばない息の長いペイターの文体は、生み出されたのである。「ペイター氏の近著」において、「ペイターのような細緻な藝術にあっては、本質的に模倣不可能なものがあるからだ」(*The Artist as Critic*, p.234)とワイルドに言わしめるまでに、スウィンバーンの文体を礎にしてペイターが独自の藝術性を築いていったことは、先の引用に見るように、早くにスウィンバーンの認めるところである。この詩人に霊感を得て己の文体の転換を図ったことは、一八六四年に書かれたあの生硬な文体の「透明性」("Diaphaneité")と比較すれば一目瞭然である。

スウィンバーンの文体はペイターのみならず、唯美主義の系譜の中でワイルドの中にもはっきりと読み取れる。先の引用に見た無頓着にして無邪気なる残忍な処女、音楽の化身としてのスウィンバーンのサロメは、宿命の女(femme fatale)として官能性を強め、やがてワイルドの『サロメ』となって生み返される。ペイターが内面化したスウィンバーンの音楽性は、詩人同様の開かれた音楽性としてワイルドに継承されてゆく。しかしスウィンバーンの諧調は捨てられ、徹底的に単純化された律動に乗せられた豊饒なる空疎な言葉と、その合間に発せられる含みをもつ単純化された言葉のうちに、ワイルドの目論見通り、「単なる虚構の一形態にすぎない」(*De Profundis*, p. 77)人生の虚構性を、『サロメ』は響かせてくる。

最初に触れたように、英国で「藝術のための藝術」の言葉の最初の使用例は、一八六七年末に出たスウィンバーンの『ウィリアム・ブレイク』を以て嚆矢とする。スウィンバーンの顰みに倣うが如く、この言葉を追うようにして早速使ったのがペイターである。一八六八年十月号の『ウェストミンスター評論』(*The Westminster Review*)に発表した「ウィリアム・モリスの詩」("Poems by William Morris")がそれである。

四　藝術のための藝術

言うまでもなく、このエセー「ウィリアム・モリスの詩」は後に、後半は『ルネサンス』の「結語」（"Conclusion"）、前半は「審美詩」（"Aesthetic Poetry"）として、手を加えて二篇のエセーに仕立て直された。「藝術のための藝術」は「ウィリアム・モリスの詩」の掉尾を飾る言葉となっている。この言葉は一八七三年刊の『ルネサンス』の「結語」においても大事に残された。

しかし若者達の間で人気を博した『ルネサンス』は、殊に「結語」に対して、所謂オックスフォードの良識派から厳しい指弾を受けた。例えば古典学の恩師ベンジャミン・ジャウイット（Benjamin Jowett 一八一七〜九三）、かつてペイターのチューターであったW・W・ケイプス（William Wolfe Capes 一八三四〜一九一四）、ブレイズノウズ・コリッヂの特別研究員でありディーコンの聖職位に就いていたジョン・ワーヅワス〔John Wordsworth 一八四三〜一九一一、ロマン派詩人ワーヅワスの兄弟の孫息子で、短い期間ではあったが、ペイターの教え子〕らがそうである。殊にジャウイットが言ったとされる「風紀を紊す道学者」という評言は、オックスフォードでのペイターの評判を決定的に貶す言葉となった（M. Levey, *The Case of Walter Pater*, p. 143 参照）。

「ウィリアム・モリスの詩」は一八六八年に公表されているのに、一八七三年の時点において何を今更、という感なきにしもあらずだが、公表されたそのエセーは無署名記事であった。ところが今度は学寮の特別研究員であることが特定できる著者名を明記した『ルネサンス』という本の形を取り、そのエセーの四分の一に相当する後半部分が「結語」として収められたことが問題であった（同上 p. 144 参照）。教師たる者が不謹慎な文章を公表して学生を堕落させんとするとは何事か、という道徳的批判であった。

この批難を受けて一八七七年の第二版では「結語」は削除され、一八八八年の第三版で手が加えられて復活した。そして「藝術のために藝術を愛すること」(the love of art for art's sake) という表現は、一八九三年の第四版においては、「藝術をそれ自身のために愛すること」(the love of art for its own sake) という形に和らげられた。すんなりと身を引っ込め、甲斐甲斐しくも「結語」の辯明として長篇『享楽主義者マリウス』(*Marius the Epicurean*) を一八八五年に出版した上で、改訂版「結語」を復帰させたペイターの姿勢は、ジャーナリズムの批判に対して敢然と挑みかかったスウィンバーン、或いは大胆にも社会に向けて鏡を掲げ、その醜悪さを逆説のうちに皮肉ったり、ジャーナリズムを冷やかしながら蔑んだワイルドとは対照的である。

スウィンバーンは『詩と批評に関する覚書』において、「変えられないものを変えたり、不純なものを純化するなど望みもしないし、したいとも思わない。ジャーナリズムの連中を懐柔すること、彼らの眼鏡に叶うようにして自分を擁護するなどということは、たとい確実にそれをなし得るにしても、身を落としてまですべき仕事ではない」(p. 8) と、真っ向からジャーナリズムに対して決然たる対決姿勢を示した。

こんな姿勢からもスウィンバーンとペイターとでは、「藝術のための藝術」の意識に微妙な差があることが窺い知れる。ペイターは「詩的熱情、美の願望、藝術のために藝術を愛すること」("Poems by William Morris," *The Westminster Review* 90, October 1868, p. 312) という具合に、三つの句を同格関係にして併置しており、そこには美への願望の強さが滲み出ている。そのことは「審美詩」の方にもそのまま残されることになる、「死の意識と美の願望、死の意識によって生気を帯びる美の願望」（同上 p. 309 *Sketches and Reviews*, p. 19）という一節にも明瞭に見て取れる。死に繋ぎ合わされた美意識は、ペイターがダンテ・G・ロセッティの流れを汲んでいることを示唆している。

スウィンバーンにとっての藝術のための藝術の標榜は、ひとつにはいかなる分野であれ、藝術をその従属的位置から独立させ、藝術それ自体の価値を英国社会に認知させる狙いがあった。

スウィンバーンは、先の一八六六年に出した『詩と批評に関する覚書』で、道徳に囚われる英国ジャーナリズムを批判し、それからの詩の解放や、藝術が宗教や道徳とは無縁であることを訴えたが、更に先にも触れたように、実際には一八六七年末に出た『ブレイク』の第二章「抒情詩」（"Lyrical Poems"）の中でそのことを徹底的に論じた上で、藝術のための藝術という表現を用いた。詩人がこの言葉によって何を言いたかったのかを見る前に、その観念の由来を簡単に見ておく。

五　藝術のための藝術の観念の由来

スウィンバーンがダンテ・G・ロセッティと知己となったのは、スウィンバーンの一八八四年四月八日付、ウィリアム・M・ロセッティ（William Michael Rossetti 一八二九〜一九一九、後者の弟）宛の手紙によると、一八五七年十一月末乃至十二月初め、オックスフォードのユニオン（学生会館）で始まったフレスコ画の制作を見に案内された時で、この時その他にはバーン＝ジョーンズ（Edward Burne-Jones 一八三三〜九八）とウィリアム・モリス（William Morris 一八三四〜九六）にも紹介された。スウィンバーンはこうして出会ったダンテ・G・ロセッティと、更にはテオフィル・ゴーチェから深甚な影響を被っており、この影響について、一八八七年八月十日付、テオドール・ウォッツ（Theodore Watts 批評家・詩人、後年姓をWatts-Dunton と改める。一八三二〜一九一四）宛の手紙にこう書いている。「文学上及び倫理的問題に関して、小生は当時〔一八六二年頃のこと〕ゲイブリエル・ゴーチェとテオフィル・ロセッティの双方から道徳的に同一の影響を余りに深く被っていましたので、想像力から生まれる作品が博愛主義に色づけられたり変色されたり、そして又、目的によって形が決められたり歪められたりするのを遺憾に思っていました。そして軽々しくあろうとあるまいと、その遺憾の意を表明しておくのが、先づは適切であろうと思っております。」

ゲイブリエル・ゴーチェ、テオフィル・ロセッティとは言うまでもなく、ダンテ・ゲイブリエル・ロセッティとテオフィル・ゴーチェとを掛け合わせた名前で、いかに詩人がこの二者の藝術思想に深く傾倒していたか、自ら語って見せているのである。そしてスウィンバーンがゴーチェの『モーパン嬢』を知ったのは、ロセッティの紹介によるものだろうと言われている（*After the Pre-Raphaelites*, p. 17 参照）。「藝術のための藝術」宣言の魁とも言うべき、その序文の一節を見てみよう。

本当に美しいものは無用のものだけである。有用なものはすべて醜悪である。それは何らかの必要性を表しているからであり、人の必需品は、貧弱で脆弱な人間の本性と同じく、品がなく実に不快であるからだ。家の中で一番役に立つ場所は便所である。

（前略）、私は不必要を必要とする者の仲間である。そして人間も物も、私の役に立たなければ立たないほど私は好きである。或る有用な壺ではなく、龍や清朝の官吏をあしらった、私には全く無用の中国の壺が好きである。私が非常に自負している自分の才能は、文字謎やシャレードが言い当てられない無能さである。本物のラファエロの絵、或いは裸の美しい女を見るためなら、私は喜々としてフランス人としての、市民としての権利を放棄するだろう（中略）。文明人にとって一番ふさわしい職業は、無為か、或いはパイプや葉巻を吹かしながら人生に思いをめぐらすことであるように私には思える。私は又、九柱戯をして遊ぶ人や良い詩を書く人に尊敬の念を抱く。実用主義は私とは対蹠的な主義であることはおわかりいただけると思う。

（中略）快美が人生の目的であり、それがこの世で唯一有用な物に私には思えるからである。

（*Mademoiselle de Maupin*, translated by Helen Constantine, pp. 23-4）

藝術の無用の用を宣言することで、藝術の本来の目的が人に美の感覚的な喜びを与えることにあり、宗教や政治、その他の道具ではなく、それ自体が美としての独立した主体性を持っていることが、ここに示されている。美の喜びが人生の目的であるということの裏にある含みは、人生即ち生活それ自体を美の世界となす藝術的生活或いは生活化された藝術への志向である。

有用な壺ではなく、自分に何の役にも立たぬ壺が好きであるというのは、一種の逆説である。この精神はラファエロ前派そしてペイターへと展開されてゆくのを見ることができる。一八五〇年一月から五月まで、四月を除いてわづか四号までしか出ず、しかも第三号からは『美術と詩』（*Art and Poetry*）と誌名を改めたラファエロ前派の機関誌『萌芽』（*The Germ*）には、この定期刊行物の意図は、「美術でも詩でも自然の単純性を真の藝術的精神で厳格に守る人々の信念を、明確に表明することにある」。「従ってここでの仕事には、純粋で気取りのない文体を見せんとする精神で、或いはそのような意向を以て構想されているような、（散文や詩での）独創的な物語、詩歌、評論などといったようなものが含まれる」(No. 3, March, 1850, *The Germ*, p. 270）と述べられている。

端的に言えば、藝術的精神を以て奇を衒わぬ自然な形を持った独創的な作品を追求しようとしているのである。藝術的精神と独創性を言挙げしている意図は、言うまでもなく、藝術の独立性、自律性を明言することにある。『萌芽』誌の追求するものは藝術において展開できるような自然思想であった。「自然の単純性」、即ち物のあるがままの簡素な姿、人為を超えた無為を憧憬する。事物は何か他のために存在するのではなく、相互に有機的関聯を持っているのであり、その関係において対象をあるがままに捉えない限り、自然の単純性を藝術において実現することはできない。そして藝術自体も他の何かのために存在するのではなく、それ自体としてありながら、人間の生活の中で相互関聯的に存在するのであれば、それ自体は無用の用なるものである。自然の単純性に従うことは、無為にして無用の用に徹することである。

先の『萌芽』誌からの引用にあった「真の藝術的精神で」という藝術的姿勢は、ペイターによって受け継がれることになる。「人生を藝術的精神で扱うことは、人生を手段と目的とが一致したものにすることである」(“Wordsworth,” *Appreciations*, p. 62）と、ペイターにおいては藝術的精神が生活と結びつけられて敷衍される。手段と目的との一致は自然であることである。そしてそれ自体としてあるがままに存在するものとしての自然に人生の理想を見出す時、現世を最終目的の天国へ行くために歩かねばならぬ道程と見るキリスト教からは離れることになるという、異教的な含みにも注意しておかねばならない。

この考え方に従うことで、人生の目的は観照にあるが故に、「すること」ではなく、「在ること」だとペイターは言う（同上参照）。ワイルドはこれをもう一歩進めて、「在ること」のみならず、「成ること」即ち生成でもあると言う。生成でもあるというのは、「行動から身を引き離すことで自分自身を精神的存在にし、活動の拒否によって完全になりうる」（"Critic as Artist," 1890, *The Complete Works of Oscar Wilde*, vol. IV, p. 179 以下 *Works* として略記）という意味をこめて、ワイルドは生成を加えている。

人生の目的を存在や生成であるとすることによって、東洋的な思想の様相を色濃く帯びていると思われるが、ペイターは表向きの論理としてはギリシア思想にその拠り所を求めている。パルメニデースの所謂「純粋存在」に対応するものとして知があることを、プラトーンの『国家』第五巻に拠りながら、『プラトーンとプラトーン哲学』（*Plato and Platonism*, 1893）の第二章「静の学説」（"Plato and the Doctrine of Rest"）で述べていることから、そのことは諒解される。しかし決してキリスト教を拠り所とすることがなかったことは、注意しておいてよい。

なるほどワイルドは「社会主義下の人間の魂」（"The Soul of Man Under Socialism," 1891）の中で、「キリストが人に伝えんとしたことは、単に『汝自身になれ』ということにすぎなかった」（*Works*, IV, p. 240）と言い、又「イエスが言っていることは、人は所有物によってではなく、況や行動によってですらなく、すべて自己たることによって己の完全に至るということだ」（同上 p. 241）と言葉を繋いでいるが、しかしワイルドはイエスをギリシア風に仕立て直して、「在ること」の完全調和の重要性を語ったにすぎない。ギリシアの神殿や丸彫彫刻の形態における全方位的な調和に見られるように、ギリシア思想を礎にして人間性の全一的調和を求めるワイルドの新個人主義は、このエセーの掉尾で明言されているように、それ故にこそニューヘレニズムであることに留意しておかねばならない。ラファエロ前派の「自然の単純性」を基軸にした自然観は、ペイターやワイルドにおいてこのように展開され、手段と目的との一致という自然であることの由来を、ペイターもワイルドもギリシアに見出してはいる。しかし恐らくそれはギリシアだけに留まることではあるまい。

ペイターは手段と目的との一致の見地に立って、『ルネサンス』の序文でワーヅワスに触れた折、「自然の一部としての人間の生活」という見方を示した。そして『ルネサンス』が出た翌年一八七四年四月に「ワーヅワス論」（"On Wordsworth"）を『隔週評論』に発表して、そのことについて更に徹底的に論じた。「在ること」とは、手段と目的との一致の理念と表裏一体をなすものとし、「ワーヅワス論」の中でペイターは改めて、「ワーヅワスは、日常生活と仕事によって永遠の自然の事物との交わりに導かれるにつれ、このように自然の一部としての人間が高められ厳粛にされるのを見て、（中略）卑近な物に情念を感知することができた」（*Fortnightly Review*, XV, n.s., April 1874, p. 459; *Appreciations*, p. 50 同書においては"Wordsworth"と改題）のだと言う。人間を自然の一部という、西欧のキリスト教社会ではなじまない東洋的自然観を示している。

前掲の「人生を藝術的精神で扱うことは、人生を手段と目的とが一致したものにすること」であるという考えの背後には、人間を自然の一部としてみることが前提としてあると思われる。ギリシア人の生活も自然と一体化してあったのではあるが、それはワイルドが『獄中記』の中でいみじくも、ギリシア人にとって「海は泳ぐ人のためにあり、砂は走る人の足のためにあった」（*De Profundis*, p. 144）と言っている

ゴッホ『収穫』

ように、人間を中心に据えた自然と人間との一体性であった。「自然の一部としての人間」というペイターの言葉は、ギリシア的というより、寧ろジャポニザン・ゴッホ（Vincent van Gogh 一八五三～九〇）の『収穫』（*The Harvest* 一八八八年、アルル）のように、人物は点景となって自然に融け込んでいるような一体性を思い起こさせ、日本的な自然観との繋がりを印象づける。それでも表向き、ペイターは己の自然観、藝術思想をギリシアに結びつけている。そのギリシアたるや十九世紀後半においては日本と結びつけて考えられることがしばしばあった。例えば英国初代日本公使オールコック（Rutherford Alcock 一八〇九～九七）は次のように言っている。「日本人の外面生活・法律・習慣・制度などはすべて、一種独特のものであって、いつもはっきりと認めうる特色をもっている。中国風でもなければヨーロッパ的でもないし、またその様式は純粋にアジア的ともいえない。日本人はむしろ、ヨーロッパとアジアをつなぐ鎖の役をしていた古代世界のギリシア人のように見える」（『大君の都』（上）山口光朔訳、三三三頁）。

オールコックの友人であった美術家ジョン・レイトン（John Leighton 一八二一～一九一二）は、「日本の美術について」（"On Japanese Art," *Journal of the Society of Arts*, July 24, 1863）において日本の寺院や門に触れ、「古代エヂプト、アッシリア、ギリシア由来のあまたの様式が、これらのすばらしい人々〔日本人のこと〕の作り出した物に永存されているのを見出すことは、極めて興味深いことである」（p. 596）と、述べている。

ペイター自身も、一八八〇年に発表した「ギリシア彫刻の起こり」（"The Beginnings of Greek Sculpture"）の中で、ギリシア彫刻の理想目的は、人間の本性と運命の最も深遠な要素を、草花を描いた日本の絵師と同様な清澄優雅で簡潔な流儀と表現を以て扱うことであると述べ、更には、「日本の藝術は自然物に見られるような優美さを――葉と花、魚と鳥、葦と水――などの模倣や再現や取合せ等々、あらゆる形の中に取り込んでいる。しかし神聖な人間の形に関わるとなるとうまく行かないのであり、一見した時の思いとは異なり、ギリシア藝術の最初期の段階によく似ている」（*Greek Studies*, pp. 221-2 参照）という見解を示している。

そして、日本と古代ギリシアとの精神的な類似性を両者の魂の領域にまで踏み込んで闡明したのは、ラフカディオ・ハーン（Lafcadio Hearn 小泉八雲 一八五〇［嘉永三年］～一九〇四［明治三十七年］）を措いてほかにないだろう。ハーンは東京帝國大學の英文学の講義で、昆虫とギリシア詩について講じた時、古代ギリシア人と日本人との感性の類似性を指摘し、「日本人は田舎生活の大きな魅力のひとつとして虫の音《ね》の音楽を楽しむことにかけて、古代ギリシア人と思いを同じくしている」（*Insects and Greek Poetry*, p. 2）と述べている。ハーンはその證しをギリシア詩に求め、「ギリシア詩を読むと、古代ギリシア人と日本人の性格は多くの点で似ていることがわかる」（同上 p. 3）と、両民族の「生活と思考の平行性」を語っている。しかも、「ギリシアの詩人が日本の歌人に近似しているのは、昆虫を詠んだことのみならず、神々のことや人の運命、祭日の楽しみ、更には人類のすべての時代に共通する生きていることのあの様々な悲しみなどに関するあまたの感情的な機微においても、両者はよく似ている」（同上 pp. 14-5）と、見事な観察を披瀝している。

十九世紀後半の西欧において、ギリシアと言うと自づと日本が聯想されるような状況があったことを念頭に置いておかねばならない。このようなことを踏まえるならば、それ自体としてあるがままに自然を見るという自然観を礎にして、藝術の独立性が推し進められていったことは看過し難いことである。そして又、スウィンバーンが藝術のための藝術をイギリスで初めて言挙げし、唯美主義の土台固めをするのに、「予が風雅は夏炉冬扇のごとし。衆にさかいて用る所なし」（「許六離別ノ詞」）と言った芭蕉の藝術的価値観にそのまま通じる、『モーパン嬢』の序文に現れた果敢な藝術の無用の用論がひとつの大きな後楯になったことも、ゴーチェへの傾倒ぶりから明らかであり、見逃し得ないことである。

六　プラトーンと藝術のための藝術

ペイターが唯美主義を進めるのに、ダンテ・G・ロセッティやスウィンバーンの魁がいたことは極めて有利だった。スウィンバーンは『詩と批評に関する覚書』だけではまだ意を尽くせず、更に『ウィリアム・ブレイク』で懸命に、先づは藝術の独立性を重ねて叫ばねばならなかった。「先づは藝術のための藝術である。そうすれば残りのことはすべて後から藝術に付いてくると思ってよいのだ」（*William Blake*, p. 91）と、形の重要性を真っ先に説かねばならなかった。成し遂げられた仕事そのものが藝術にとって最高の価値があるのであって、そこに含まれる道徳に価値があるわけではない。形を守ってさえいれば、藝術は何物も失うことはないし、魂を保護してくれると訴える。藝術形態の中でこそ言う価値のあるものがあるからだ、というのがこの詩人の主張である（同上p. 87参照）。

ペイターが一八六八年に藝術のための藝術という表現を使った時、先ほど触れたように、美を追究する意識がスウィンバーンに優るとも劣らぬほどに強くなっている。尤もこの時のこの表現の使用には受売り的な軽さがないわけではないが、スウィンバーンの形態第一の藝術理念はしっかりと受け継がれ、一八七七年に『隔週評論』に発表した「ジョルジョーネ派」（"The School of Giorgione"）で、「詩の単なる内容そのもの、例えば題材、即ち特定の出来事や情況は――絵の単なる内容、出来事の実際の情況、風景の実際の地形は――それらを扱う技倆のもたらす形、即ち精神なくしては無であるということ、この形、この技倆の流儀それ自体が目的となり、内容のあらゆる部分に滲透していなければならないということ、これこそあらゆる藝術が懸命に追い求め、程度の差こそあれ成し遂げることなのである」（*Renaissance*, p. 135）と述べ、形が第一であると同時にそれ自体が精神であると言うところなど、スウィンバーンをそっくり反映した物言いである。そしてワイルドも、「真理とはすべて絶対的に様式に関わる事柄である」（"The Decay of Lying," 1889, *Works*, IV, p. 88）と言って両者を踏襲してゆく。

ペイターはこの藝術理念によほど思い入れがあったらしく、晩年なおも、「哲学的文学の創作にあっては、他のあらゆる藝術的産物と同じく、形こそ、その語の完全な意味においてすべてであり、単なる内容は無である」（"Plato and the Doctrine of Motion," *Plato and Platonism*, p. 8）と、繰返した。それは死の前年、一八九三年に出た『プラトーンとプラトーン哲学』においてである。更には、「プラトーンは、藝術はそれ自体としてはその目的はそれ自身の完成にしかないという現代の考え――『藝術のための藝術』――を先取りしている」（"Plato's Æsthetics" 同上p. 268）と、唯美主義の源流をプラトーンに辿った。

実はこの一八九三年というのは、『ルネサンス』第四版が出た年で、それに際して批判を招きそうな文言をあまた取り除き、そして既に触れたように、「藝術のために藝術を愛すること」も「藝術をそれ自身のために愛すること」に変更された。

ペイターは自分が利益を被った藝術家の名を、恰も手の内を隠すかの如く、明かすことは稀である。従って例えばペイターが読み続けたゴーチェ、ボードレール（Charles Baudelaire 一八二一～六七）、スウィンバーン等、道徳的に問題になりそうな作家はその名を著作の中で挙げることを避け、同時に恩恵を被っていることを隠すようにしたと、デニス・ドノヒューのように指摘する研究者もいる（*Walter Pater: Lover of Strange Souls*, p. 66 参照）。美術史家のケネス・クラークがペイターはどの先達よりもボードレールの批評を読んでいると思われるのに、その確たる證拠が見つけられないと、『ルネサンス』の「序文」（*The Renaissance*, ed. by Kenneth Clark, pp. 22-3, n. 3 参照）で言う所以でもある。

このように用心深いペイターであるにもかかわらず、一八九三年の『ルネサンス』第四版とは逆に、同じ年に出た『プラトーンとプラトーン哲学』においては「藝術のための藝術」という思い入れのある文言を敢えて用いると同時に、その藝術思想はプラトーンにその由来があると明言した。ペイターは藝術のための藝術の精神を直接植え込まれた藝術家達の名は挙げず、それは単なる現代の考えとしていとも簡単に片付けて、その濫觴はプラトーンにありとしたのは、それは間違っていないにしても、ギリシア最大の哲学者としてのプラトーンの絶対的権威を借りていると見なされても仕方あるまい。藝術のための藝術の文言を敢えて言挙げしても、その由来がプラトーンだと言えば、批難の矢面に立たずに済む。しかし事はそれほど単純ではない。

ペイターはプラトーンが藝術のための藝術という現代的理念を先取りしていたという理由を次のように説明する。

先づ第一に、人間の魂はプラトーンの見解によると、人が見聞きした物から作り上げられている。恐らく限られた敏感な人々にしか見出せないもの、即ち物や人の有様やその他感覚を以て知り得るそれらの特質、それらの表情や形の要素とその動き、〈現象〉それ自体に対する絶えざる感受性——プラトーンは一般的に人々にはこういう感受性があると想定しているのである。人に教育的効果をもたらすのは、藝術作品の〈内容〉、即ち色や形や音となりそして又それらにより伝えられる内容——例えば、劇の言葉や舞台面によって展開される主題——と言うよりは、寧ろ〈形〉であり、簡潔、直截性、律動性、或いは逆に豊富、多様性、不調和などといったその特質である。

(“Plato’s *Æsthetics,” Plato and Platonism*, p. 271 山括弧の箇所は原文ではイタリック)

七 藝術のための藝術と教育的効果

ペイターはここで藝術のための藝術を教育との関わりで論じている。その観点から内容ではなく美しい形にこそ教育的効果があることを、ペイターはプラトーンの『国家』第三巻の次のような一節を踏まえて言っている。即ち、「若者たちがいわば健康な土地に住むように、あらゆるものから身の為になるものを摂取して、いたるところから、あたかもそよ風が健全な土地から健康を運んでくるように、美しい作品からの影響が彼らの視覚や聴覚にやってきて働きかけ、こうして彼らを早く子供のころから、知らず知らずのうちに、美しい言葉に相似た人間、美しい言葉を愛好しそれと調和するような人間」を作り上げるために、「音楽・文芸による教育は、決定的に重要」である。「なぜならば、リズムと調べというものは、何にもまして魂の内奥へと深くしみこんで行き、何にもまして力づよく魂をつかむものであって、人が正しく育てられる場合には、気品ある優美さをもたらしてその人を気品ある人間に形づくるからである。「しかるべき正しい教育を与えられた者は、欠陥のあるもの、美しく作られていないものや自然において美しく生じていないものを最も鋭敏に感知して、かくてそれを正当に嫌悪しつつ、美しいものをこそ賞め讃え、それを歓びそれを魂の中へ迎え入れながら、それら美しいものから糧を得て育くまれ、みずから美しくすぐれた人となる」。しかも「まだ若くて、なぜそうなのかという理《ことわり》を把握することができないうちから」するのだと言う（『プラトン全集』第十一巻、藤沢令夫訳、二一九頁）。

『プラトーンとプラトーン哲学』は晩年の著作で、しかも講義原稿として書かれたものでもあるので、かなり道徳的傾向を強めているように見えるが、ペイターは世間から指弾されがちな藝術のための藝術の考え方が、実は真の意味での本質的教育効果があることを、プラトーンを踏まえながら明らめているのである。しかしこのことについてはずっと早く、ドナルド・ヒルによればペイターも読んだというスウィンバーンの『ブレイク』に既に示されており、ペイターはスウィンバーンを引き継ぐ形になっている。スウィンバーンは先行者として『国家』の同じ箇所に拠って次のように言う。

身の回りによい藝術を置いたり、高尚な著作物や絵画に触れる時を過ごしたりすると、恐らく次のようなことがその偶然の結果として生じてくるだろう。即ちそういう時を過ごしている人々の精神と心は、詩や絵のそういう形や色の影響によってもたらされる或る高揚や明察を享受する瞬間があるということ、又ひとつには、悪い作品には耐え難く、それ故に当然のことながら、最上のものをたしなむことができるようになるということ、そのようなことには勿論、道徳的だとか精神的だとか人の言うその他数々の利益を呼び寄せることが含みとしてある。

(*William Blake*, pp. 90-1)

ギリシア学者の詩人は美しい形の教育的効果を述べながらも、その後に但し書きを付ける。「しかしもし藝術家がそのような結果を目当てにしたり、そのような改善を成し遂げるために制作を行なうならば、それは先づは失敗に終わるだろう」(同上 p. 91) と。

プラトーンの美的環境は美しい人格の形成という最終目的のための従属的手段としてあるが、スウィンバーンはプラトーンの目的を附随的結果として扱い、あくまでも美しい形象それ自体を第一目的にした。プラトーンをそのまま単純に或いは時に恣意的に受容することは、藝術創造の場においては、人格形成という第一目的のために藝術本来の目的を逸れて美的形態を損ないかねないからである。プラトーンの真の目的を達成するには藝術それ自体の完成を求める必要がある。プラトーンに拠りながらその重心を移動することによってプラトーンの真の目的が附随的に得られる。この移動によって詩人はプラトーンの思想において従属的位置にあった美的環境の重大な要素としての藝術それ自体の完成を目的にした。これを詩人は藝術のための藝術と言った。そしてペイターは、ラファエロ前派の言う藝術的精神を生活に結びつけながら、同時にスウィンバーンの藝術のための藝術の精神を受け継いでゆく。ここにおいてペイターは実質的には、窮極目的を教育に置くプラトーンよりも、寧ろ生活の藝術化に本質がある日本の藝術のあり方に近づいている。

八　教育の異端

ギリシアでは人格でも藝術でもそれ自体の完成を求める気風があった。プラトーンも環境としての藝術がそれ自体として完成を極めていることを前提にしている。ところがイギリスにはそんな考え方はなかった。それを覆すべく藝術のための藝術の第一声を張り上げたスウィンバーンは、プラトーンに倣って教育を窮極目的とするのではなく、環境としての藝術それ自体の完成を先づは第一目的とすることを唱道したのである。それをしないで道徳を目的として藝術作品に取り組めば、その人は自分本来のものまでも失うことになると語るほど、詩人は危機感を感じていた（同上参照）。

そして又、美的人格のために藝術を環境とすべきことを説くプラトーンの考え方には、ギリシア人の自然観が背景にある。ギリシア人には、自然は霊気を発する生命体であるという意識があり、ギリシア神話もそういう意識の中から生まれてきた。ペイターも、「あのもっと古い非機械的な、霊的な、或いはプラトーン的な哲学は、自然を機械的な力の組織としてよりも、寧ろ同類の精神を持つ観察者には様々な度合を以て顕現する生きている霊乃至人の統一体と見なす」（"Demeter and Persephone," 1875, *Greek Studies*, p. 96）、と述べている。唯一神が自然を人間の利用に供するために創造したと考えるキリスト教徒にとって、現象は機械的な力の絶えざる動きであって、霊気を発して人身に影響を及ぼしてくるものとしては捉えられなかった。「在ること」即ち単に存在しているだけで、人に影響を及ぼすということはあり得なかった。そうするには「すること」即ち行動によって強制的に他者に働きかけるほかないと考えるのが、一神教のやり方である。それ故に藝術はただ「在ること」によって美的快感を与えるのが目的であってはならず、否、あろうはずがなく、それは道徳教育の道具でなければならなかった。それ自身の完成のみを極めて、無用の長物の如く、ただ単に「在る」という様態に徹する藝術など、ピューリタン的傾向の強いイギリス人には、基本的には受け容れ難い。

そのような社会環境の中では、先づはひとつの生命体としての藝術のそれ自体の完成を第一目的として強く打ち出してゆくほかない。藝術のための藝術は、一見したところ何ら社会的な用をなす風はないので、ピューリタン的な立場からすると、「これほど不毛なものは想像し難いし、これほど破壊的なものはない」(*Blake*, p. 92) ということになる。スウィンバーンは道徳の具として藝術を見たがるピューリタニズムに対して、ボードレールの言葉を引いて、藝術のための藝術は「教育の異端」だと言い、更には自らの言葉で、「大いなる道徳的異端」とも言い換えた (同上 pp. 91-2 参照)。

因みに、ボードレールの言葉とは言っているが、その由来はポウ (Edgar Allan Poe 一八〇九~四九) にあり、ポウが「詩の原理」("The Poetic Principle") の中で「ただに詩のための詩」を主張した時に用いた「〈説教〉の異端」(*Selected Poetry and Prose of Edgar Allan Poe*, p. 387 参照。山括弧の箇所は原文ではイタリック) という言葉を、ボードレールが先の言葉に言い直したものである。

藝術は道徳的異端だと逆説を以て居直って見せているスウィンバーンに対して、先に引用した『プラトーンとプラトーン哲学』の一節でペイターは、「人に教育的効果をもたらすのは」、形であって内容ではないと言って、藝術のための藝術と言いながら、教育的効果を前提としたような発言をしている。スウィンバーンと比べたら、ペイターの方が藝術における道徳の意識が強いことをこれらの言葉は窺わせるが、『ルネサンス』を出した三十四歳の時とは二十年の隔たりがあることを思えば、その点はやむを得ない。ともあれ教育の異端乃至道徳的異端というスウィンバーンの提示した言葉はひとつの逆説でしかない。

上にスウィンバーンとペイターとが等しくプラトーンの『国家』の第三巻に言及していることを述べたが、言うまでもなく、ペイターが二十六年後にスウィンバーンの顰みに倣ったわけではない。唯美主義の理論的由来を説明するのに適切な一節だからである。自然或いは環境の人への影響力に関するギリシア思想については、ペイターも早くから取り上げ、これが彼自身の藝術理念の基盤を成し、批評の基準ともなっている。

スウィンバーンの『ブレイク』が出る前年の一八六六年一月に、ペイターは『ウェストミンスター評論』に処女評論「コウルリッヂの著作」("Coleridge's Writings")を発表した。その中で、神話は一種の言葉の偶然的出来事だとした上で、「言葉のあの諸々の偶然的出来事に影響を受けて、ギリシア人の心は、自然は生きており、物を考え、人の心にほぼ間違いなく話しかけてくるものだという考えに引きつけられるようになる」(*The Westminster Review*, vol. 29, January 1866, p. 118)と述べている。ペイターはこれを、遺伝学をも取り込みながら、現代的に一般化してこの一節に先立つところでこうも言っている。「人の肉体の有機的組織はその周りの物理的条件のみならず、遠い遺伝法則、即ち今生活している場である事物の新しい秩序のただ中へと人に伝わってくる遙か昔の行為の振動によっても、影響を受けるのである」

（同上p. 107）。ペイターはこのギリシア的自然観に共鳴しつつ、これを先づは土台にしてコウルリッヂを論じた。

このギリシア的自然観は上記のことからして、スウィンバーンもペイターも共に有していたものと見なしうるが、ギリシア思想、その精華たるプラトーンの哲学を踏まえて、スウィンバーンが「藝術のための藝術」を標榜したことには、やはり劃期的な意味がある。ペイターもこの起爆力によって、その文学理念にはづみをつけたと言ってよかろう。

しかし「藝術のための藝術」は、今見てきたように、スウィンバーンにせよ、ペイターにせよ、この二人のギリシア学者はプラトーンの思想に藝術の原理的根拠を見出しているので、道徳・教育とは不離の関係を結ぶことになる。好環境が善美を求める人の心を育て上げるというプラトーン的な反映の思想を、「藝術のための藝術」の理念に立つ藝術がその根本原理にする限り、藝術が「大いなる道徳的異端」であるというのは、逆説的言辞であり、この逆説はもう一人のギリシア学者ワイルドに大いに利用されることになる。

ワイルドは「英国藝術ルネサンス」（"The English Renaissance of Art"）と題して、一八八二年一月九日にニューヨークのチッカリング・ホール（the Chickering Hall）で行なった講演を皮切りに、十二月に帰国するまでアメリカ講演巡業の途に就いた。題はワイルドの愛読書であったペイターの『ルネサンスの歴史的研究』に因んで付けられただけに（Ellmann, *Oscar Wilde*, pp. 149-50 参照）、その内容は多くをペイターの藝術思想に負っている。

ワイルドはペイターに負いながらも、唯美主義を装飾藝術の方へと舵を切り、ワイルド独自の唯美主義へと発展させてはいるが、根本原理は同じなので、やはりプラトーンの『国家』第三巻を引用して自分の説の補強に努めている（"The English Renaissance," *Essays and Lectures*, p. 147参照）。この引用については、一八九三年に同じ箇所を引用したペイターとは時期を異にするので、一八六七年のスウィンバーンによる当該箇所への言及に触発されているのではないかと推察される。

この箇所はワイルドの藝術理念の土台を成すものと見え、一八九〇年の「藝術家としての批評家」でも言及を繰返し、その前年に発表された「虚言の衰頽」では、「人生は藝術を模倣する。事実、人生は鏡であり、藝術の方が現実である」（*Works*, vol. IV, p. 90）という卓抜な機智ある逆説を放った。自然を「生きている霊乃至人の統一体」と見なして、人はその影響の下に反映色に染まる受容体であると、ペイターと同様に考えるのであれば、この逆説は実にわかり易い。自然という言葉を藝術に置き換えればもっとわかり易い。自然がひとつの有機的生命体であるように、藝術もそうである。ペイターは早くに「コウルリッヂの著作」で、「藝術作品は往々にして生きた有機体に譬えられる」（*The Westminster Review*, vol. 29, p. 122）と言い、ワイルドも同様のギリシア的認識を共有していたからである。

こうして美的環境の人心への好影響を説いたプラトーンの思想に唯美主義の根拠を置いたスウィンバーンもペイターもワイルドも、教育的異端者の仮面を被った道徳家である。

ついでながら言っておけば、道徳家ということに関聯してT・S・エリオット（T. S. Eliot 一八八八〜一九六五）は、「人生を藝術的精神で扱うことは、人生を手段と目的とが一致したものにすること、即ちこのような扱いを、美術と詩の真の道徳的意義を、促すこと」であるという、先にも一部を引用した「ワーヅワス」論の一節を引用して、「ペイターはいつも本来的に道徳家である」（"Arnold and Pater," *Selected*

Essays, p. 438）と、ペイターの唯美主義の本質からはづれた観点から断じた。そして、「この智慧は、詩的熱情、美の願望、藝術のために藝術を愛することに最も多く含まれる。藝術は過ぎゆく一刻一刻に、しかもその瞬間のためにだけ最高の質のみをもたらすと明言してやって来るからである」（*Studies in the History of the Renaissance*, p. 213）という、一八七三年初版の『ルネサンス』の「結語」を締めくくる掉尾を引いて、それは「倫理の理論であり、藝術ではなく人生と関わるものである」（*Selected Essays*, p. 439）と、唯美主義者としてのペイターを否定的に捉えている。

しかしスウィンバーンが「藝術作品を最高度に仕上げること、そして偶然的な結果はすべて無視すること」（*Blake*, p. 92）と言ったことを、ペイターは「この形なるもの、この手際の流儀それ自体が目的にならねばならない」（"The School of Giorgione," *Renaissance*, p. 135）と言い、ワイルドは「藝術はそれ自身しか決して表現しない」（"The Decay of Lying," *Works*, vol. IV, p. 96）と述べ、それぞれ別様の言い方はしたものの、三人の唯美主義者達は、藝術それ自身の完成を求め、一見生活に背を向け遠ざかるかに見えて、却って、生活を藝術化しようとするその藝術は生活に深く結び付き絡み合うものであり、ギリシア的な、或いは日本的な生活の藝術を本質的には志向するものであった。このような〈形の藝術〉に対して、エリオットの理解は及ばなかったのかもしれない。

九　反映と効果としての藝術

「すること」によって特定の教えを強制するのではなく、「在ること」によって、反映として美的効果をもたらすような藝術を生み出すことが、三人の藝術家達に一貫する唯美主義の理想であった。この理想を追うには、藝術家自身の心も「在ること」を旨とする受容体となることが前提となる。このことは殊にペイターとワイルドが強く意識していた。

従って三人の藝術家達にとって、藝術は基本的には伝達内容ではなく、反映としての効果を第一にせねばならなかった。ペイターの言葉を借りれば、藝術において、「本質的に絵画的な特質は、先づは感覚を喜ばせねばならない。ヴェネツィア・ガラスの破片の如く直接的且つ感覚的にそれを喜ばせる」ものでなければならず、優れた絵といえども、「壁や床に落ちた日の光や影のたまゆらの偶然の戯れと同じく、私達に伝えるべきはっきりとした内容など何もない」（"The School of Giorgione," *Renaissance*, p. 132-3）のであり、先づは単に快美な感覚的効果でなければならなかった。或いは又、スウィンバーン同様、真理は文体にありとするワイルドに言わせれば、「藝術は比類のない唯一独自の効果を生み出し、そうしながら次から次へと新たな効果を求めて移ってゆく」（"The Decay of Lying," *Works*, vol. IV, p. 95）ものなのである。

日本趣味のワイルドはオックスフォードのモーダリン・コリッヂ（Magdalen College）の自室に相当数の染付磁器を蒐集していた。その自室で人をもてなした或る時、「僕の持っている染付に負けない人生であればなあ」（W. Hamilton, *The Æsthetic Movement in England*, p. 100）と言ったという有名な逸話が残っている。これもその美的効果が自づと心に及んで、染付の反映となるような精神の変容、即ちワイルドの言う「生成」を願ったことを物語るものであろう。

ペイターは形と効果との関係について、一八八八年十二月の『隔週評論』に発表した「文体」

（"Style"）で詳細に論じた。この論攷において、文藝の構成は文体の意《こころ》と文体の魂との二つの部分に分けられ、前者が意匠、即ち形に関わる限定的な要素、そして後者は魂に関わるものとして、「電撃的な類似」により文体の意と特殊な形態とが繫がり合った時、色となり匂いとなって人に訴えかけ、無限なるものとしてひとつの雰囲気を醸し出すのだと言う。ここに表明された文体論は、もっと早く一八七六年の「ディオニューソス研究」（"A Study of Dionysus"）以来、「ギリシア彫刻の起こり」（一八八〇年）、「アイギナの大理石彫刻」（"The Marbles of Ægina," 1880）で幾度か繰返された、ブレイクの「霊的形態」〔*The Spiritual Form of Pitt Guiding Behemoth* や *The Spiritual Form of Nelson Guiding Leviathan* 等のブレイクの絵を参照〕という言葉を借りてペイターが言わんとしたことと同根である。霊的なものの顕現として藝術の形があると考えるのである。形それ自体の完成を目的として初めて霊的効果がもたらされるというペイターのギリシア藝術観には、自己と対象とを繫ぐ気質的一致の藝術観が取り込まれている。即ち中世的な象徴主義が持ち込まれているのである。かくしてペイターは独自の唯美主義を発展させた。気質的な一致という藝術観は、スウィンバーンにもワイルドにも認め難いことであろう。

十　事実感

ペイターの藝術思想には中世主義の影が差しているという特殊性が認められるにしても、反映と効果としての藝術を原理とする唯美主義の流れの元を作ったスウィンバーンには、それに関わるもうひとつ重要なことがある。既に少し触れたように、詩人は藝術において、事実に忠実であることや、道具としての有用性を否定した。内容から形と手法へと藝術の重点を移すことで、事実と有用性から藝術を離脱させた。「藝術にとって考慮する価値のある唯一の事実とは、単に詩形乃至色彩の卓越性にすぎない」（*Blake*, p. 92）と言い、色そのもの、形そのものの持つ美的効果を求める方向へと藝術の関心は移されてゆく。「どのようであれ、良い絵画或いは書き物とは、それらにとっての事実と現実に十二分に一致したものである」（同上）と詩人は言い、自律性を確保した藝術作品そのものの事実と現実に重点を移したことに注目しないではいられない。それは、「虚言の衰頽」において社会にはびこる新聞雑誌的な或いは虚構性を失った写実主義に見られる事実崇拝を叩き、そして『獄中記』では、「私は藝術を最高の現実として、人生を虚構の単なる一形式として扱った」（*De Profundis*, p. 77）と述懐したワイルドの藝術家としての人生観、生き方を用意するものであった。

藝術が「事実の僕」として「事実に忠実である」（*Blake*, pp. 90 and 92）ことに対するスウィンバーンの断固たる拒否の姿勢から、最高の文学はありのままの事実の写実性ではなく、個人の事実感の写実性にありとするペイターの藝術理念（"Style," *Appreciations*, p. 34 参照）が導き出されてくるが、このような発展を見るに先立って、詩人は、「藝術にとっては最も美しいことが最善であり、科学にとっては最も正確であることが最善であり、道徳にとっては最も高潔であることが最善である」（*Blake*, p. 98）と、それぞれの独立性と役割を明確にした。美しいことも正確であることも高潔であることも根本的には同一のこととすることは、事物の事柄を言葉の事柄に還元してしまうことであり、或る事物本体の問題をそれとは別物の衣裳の事柄に移し替えてしまうものと断じたのである（同上 pp. 98-9 参照）。

悟性による事象の分析を事とする科学と、想像力を通して事物の精気を捉えてくる藝術とは、それぞれに相容れない持ち場があって、互いに相手方に価値を見出したりすることなどできない関係にあり、両者を交わらせることは「天と地の結婚」ほどに困難なことだというのが、スウインバーンの主張である（同上 p. 98 参照）。

しかし、事象の分析と正確さという科学の要諦は、詩人のこの峻別の流れを汲むペイターにおいて、却ってこれが取込まれて藝術のひとつの支えとなり、藝術は事実ではなく事実感の忠実な表現、即ち分析された個々の印象としての事実に対する忠実な表現となった。そしてワイルドにおいては、自分自身であることの證したる限界としての文体に藝術性を保障する虚構の写実性が生み出された。

スウィンバーンは事実に対する忠実性を拒否し、又藝術と科学とは交わることなく平行線を辿ることは述べても、科学的思考をいかに生かすかという考えについて発展させたとは言い難いが、事実に対する忠実性の否定的態度は、却ってその態度をどのように発展的に生かすかということを、ペイターにもワイルドにも考えさせ、唯美主義文学の発展に繋がった。

道徳との関わりについては、唯美主義は藝術それ自体には道徳的効果があることを認めるものであった。しかしそれを目的にするや否や、藝術としてはその価値は失われると考える藝術思想であり又その実践だった。藝術は徹底的に無用の用であるべきことを、唯美主義は訴えたのである。

十一　線と色彩の純粋効果

ただスウィンバーンのこうした考えも独創というよりも、先達藝術家の流れを汲むものであり、ゴーチェのみならずこの詩人の崇拝したボードレールの影をも色濃く反映している。先程引いた藝術、科学、道徳それぞれの独立性と役割についても、「『眞』は諸科學の根柢と目的となるもの」であり、「『善』は道徳的探究の根柢と目的」であり、「『詩歌』は『それ自體』以外の目的を持つことはない」（「テオフィル・ゴーティエ」、『ボードレール藝術論』佐藤・中島訳、十七〜八頁）と言うボードレールの明快な辨別を踏まえたものだった。

スウィンバーンにおけるボードレールとの関わりはこれのみにとどまらず、もっと藝術の本質に及ぶものを秘めている。ボードレールは一八六三年にドラクロワ（Eugène Delacroix 一七九八〜一八六三）を追悼して書いた「ユージェーヌ・ドラクロワの制作と生涯」において、ドラクロワはただ輪廓と色彩だけで魂を表出し得た画家だったと言い（同上八十二頁参照）、「線も色彩も二つながら、思考せしめ且つ夢想させる。そこから發する快樂は性質こそ異なるが、完全に同等であり、畫幅の主題とは絶對に無關係なものである」（同上九十三頁）と、主題からは独立して、線それ自体、色彩それ自体の思想と感情の喚起力を指摘した。ボードレールは、一八六二年にパリのリヴォリ通り二二〇番地に開店した日本の美術工藝品を売るドソワ夫人（Madame Desoye）の店の常連客の一人であったことや、又、一八六一年に、「日本美術品の一梱」を手に入れ、友人とそれを分け合い、そのうちから三点ほど自分のものにしたと記した友人A・ウッセー（Arsène Houssaye 一八一五〜九六）に宛てた手紙からも知れる通り、日本美術や浮世絵に強く惹かれた文学者であった（大島清次『ジャポニスム』三十一、三十四頁参照）。この事実を考慮に入れると、線と色彩に関するボードレールの言葉も日本美術と無縁ではあるまい。

この線と色彩の純粋効果については、一八七七年に発表されたペイターの「ジョルジョーネ派」から

ティツィアーノ『聖母の神殿奉献』

木霊が返されていることが思い合わされる。先に引いたように、藝術は本質的にはヴェネツィア・ガラスの破片の煌き、或いは壁や床に射した日の光の戯れの如き、感覚の喜びにすぎない。線と色彩の純粋効果があって初めて、絵に詩情が豊かに濃淡の移ろいを見せながら立ち昇ってくるのであり、ペイターはその典型として日本の扇の絵を例に出してみせる。その絵から、「先づは抽象的な色彩だけを我々は感じ取り、次にその色に花の詩情が少しだけ滲み出た感覚が得られ、次いで時には完璧な花の絵を感得する」(*Renaissance*, p. 133) のだと言う。

扇面画を一例に取ったペイターは、日本美術の形態との同質性を更にヴェネツィア絵画に見出してゆく。偶然の光の戯れに輝く色彩があるという第一条件が備わって初めて、絵に詩情が滲み出てくるのは、ティツィアーノ (Tiziano Vecellio 一四八五/九〇頃〜一五七六) も同じであった。ペイターは続ける。「かくしてこのことは更に先へと続き、ティツィアーノにおいて、『アリアドネー』に現れたその詩情と同様に、ヴェネツィアにある『聖母の神殿奉献』の絵に描かれた、絹のガウンを纏い神殿の階段を上ってゆく美しい小柄な人の姿に、実際、本当に子供らしい気持が感じられるのである」(同上)。

十九世紀後半においてギリシアと日本とが結びつけられる傾向があり、ペイターも「ギリシア彫刻の起こり」では、自然そのものの繊細さを反映した意匠の点で、同様の見方を示したのであるが、絵画的本質として敢えて言挙げした線と色彩の効果がもたらす詩情や対象の実在性の感得に注意を向けて、日本とヴェネツィアとを結びつけて考えていることは、ペイターに先立つロセッティに関わる事柄でもあり、看過し難いことである。

「純粋な線と色彩は、ほぼきまってオランダ絵画にあるように、またティツィアーノやヴェロネーゼの作品にもよくあるように、絵に附随する主題にはっきりと出ている詩的なものとは全く無関係である」（同上 p. 132）と、絵画的本質について熱心に語るペイターの言葉は、先のボードレールの線と色彩に関する考え方を色濃く反映している。しかもそれだけではなく、日本美術の特徴を成す色面構成と線描の概念をヴェネツィア絵画にもあてがおうという意図が見え隠れしている。

十二　ロセッティと色彩調和

ペイターはロセッティと面識もあり、フランスの現代絵画よりも唯美主義的なロセッティの仲間達の絵を好んだ（*The Case of Walter Pater*, p. 154; Prettejohn, "Walter Pater and aesthetic painting," *After the Pre-Raphaelites*, pp. 38-41 参照）。そのようなペイターにおける日本とヴェネツィアとの結合の背景には、ロセッティ絵画の影響が窺われる。ロセッティは一八六六年頃からボッティチェリ（Sandro Botticelli 一四四五〜一五一〇）やミケランジェロ（Michelangelo Buonarroti 一四七五〜一五六四）等、フィレンツェ派を好むようになり、一八五七年から友情を温めてきたスウィンバーンとも距離を置くようになってゆくが、六十年代前半はヴェネツィア派に深く傾倒すると同時に、浮世絵を初めとし、日本や中国の陶磁器を精力的に集め、住まいであるチェルシーのチェイニー・ウォーク十六番の「テューダー・ハウス」（Tudor House）は日本熱の発生源になっていた。ロセッティにおいて、日本とヴェネツィアとが融合していたのであった。

ロセッティの絵がヴェネツィア派の影を濃くしたことは、一八六四年の七月と推測されているスウィンバーンのセイモア・カーカップ（Seymour Kirkup 一七八八〜一八八〇）宛の手紙からも窺い知れる。その中で詩人はロセッティの『レディ・リリス』（*Lady Lilith* 一八六四〜六八年）や『ウェヌス・ウェルティコルディア』（*Venus Verticordia* 一八六四〜六八年）などのような作品について、「ロセッティの今年の絵はすば

ロセッティ『レディ・リリス』

ロセッティ『ウェヌス・ウェルティコルディア』

ロセッティ『花嫁』

らしい出来です。ティツィアーノやジョルジョーネのすばらしさ、完璧な美しさ、華麗な力強さを思わせます」（*The Swinburne Letters*, vol. 1, p. 103）と伝えている。

　この時期のロセッティの絵画は、日本とヴェネツィアとが結合された形で表現されている。殊に『花嫁』（*The Beloved*）はそうである。一八六五年から六六年にかけて描かれ、終生手を加え続けていったこの作品の慎重な色彩の取合せは、マネ（Édouard Manet 一八三二～八三）の『オランピア』（*Olympia* 一八六三年制作、六五年公開）に影響を受けたものだと言われ、実際ロセッティは『花嫁』の制作中にマネを訪問している。更にこの作品はティツィアーノに負うところが多いとも見られている（Hawksley, *Essential Pre-Raphaelites*, p. 110 参照）。

『オランピア』には、ジャン・レーマリ（Jean Leymarie 一九一九～二〇〇六）の言うように、「張りつめた金属線のような引き締まった輪廓線、色彩の澄んだ輝き」（*French Painting*, p. 165）がある。『オランピア』も『笛吹く少年』（*La Fifre* 一八六六年）も浮世絵の影響の下に描かれたマネの代表作であるが、マネにとっての日本美術の魅力は、「自然な装飾性、律動的な線描《せんがき》様式、簡潔な空間処理、すみやかに変転する明暗の対照」（同上）であった。この明暗の度合が効果的に変転し澄んだ輝きを放つ色面構成の色の取合

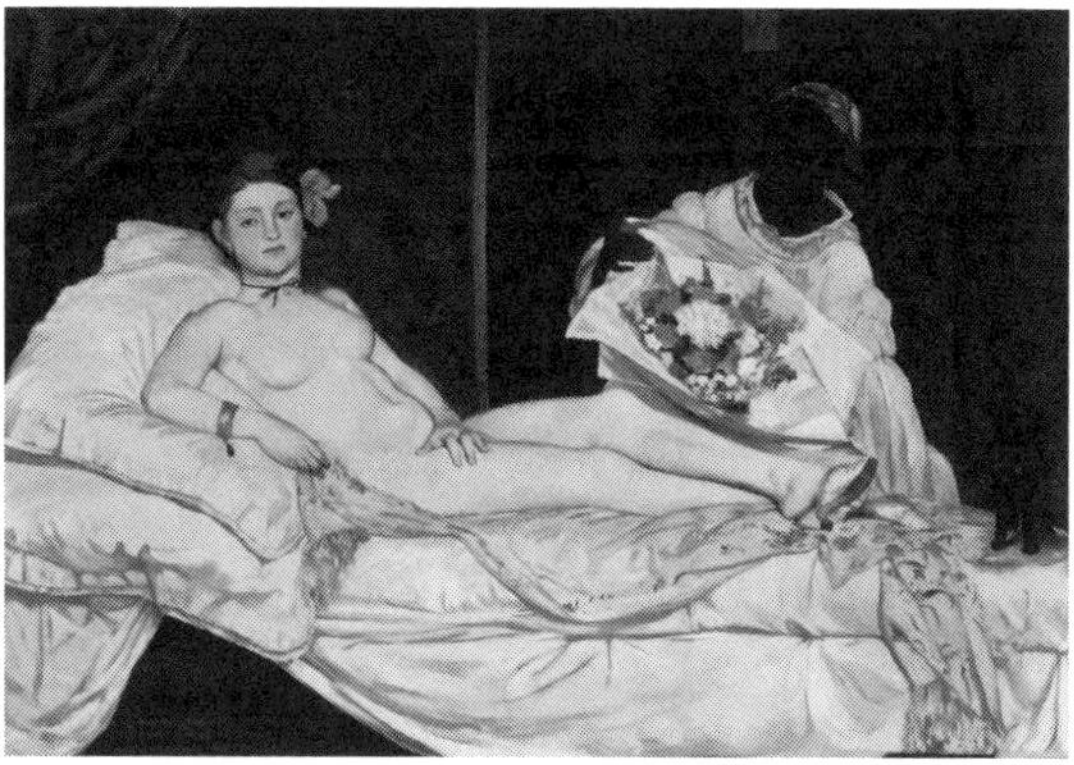

マネ『オランピア』

せの美を、日本美術に馴染んだロセッティもまた『花嫁』において意識的に追求しているようである。

『花嫁』は、「私の愛する方は私のもの。私はあの方のもの」（雅歌二・十六）及び「あの方が私に口づけしてくださったらよいのに。あなたの愛はぶどう酒よりも快」（雅歌一・二）いと歌われている、旧約聖書のソロモンの雅歌を主題にしたものであるが、この作品では着物をやや着崩して纏った花嫁を中心に四人の乙女の付添と黒人の付添の少女とが描かれている。着物はロセッティが、友人で水彩画家でもあるジョージ・プライス・ボイス（George Price Boyce 一八二六～九七）から借用した日本の緑色の絹の着物である。巧みな濃淡を成す肌や髪の色の対照と、旋律的な色の取合せで、一種の色彩の音楽を奏でている絵である。複数の人物像の併置的な配置と重なり合いも日本的な意匠を思い起こさせる。

一例として挙げた『花嫁』の制作段階におけるマネとの関わりを含め、ロセッティの日本美術及びヴェネツィア派との深い繋がりに思いを致す時、殊に一八六〇年代のロセッティにおける、日本とヴェネツィアとの巧みな結合を見出すのである。

日本的な色の取合せの妙については、当時から既にその指摘がある。ロセッティの友人F・G・スティーヴンズ（Frederic George Stephens 一八二七～一九〇七）も一八六五年十月二十一日付の『アシニーアム』

誌（*The Athenæum*）に無署名で書いた「ロセッティ氏の絵」（"Mr. Rossetti's Pictures"）において、「彩色の調和」に注意している。

ロセッティ『青の閨房』

　ロセッティの『ブルー・バワー（青の閨房）』（*The Blue Bower* 一八六五年）について、スティーヴンズは純粋な色彩効果である色の取合せの妙と、その音楽性に言及している。「『青の閨房』は抒情詩的な本質を有しており、主題は単に表面的なものにすぎないにしろ、それと全く同程度に固有の美と旋律的彩色によって効果を狙っている」（*The Athenæum*, Oct. 21, 1865, p. 545）と、色の取合せの効果に着目している。そして又、スティーヴンズは題名の由来を説明しながら、色面調和について次のように言及している。「題名の由来は背景となっている染付の壁面用タイルにある。その染付タイルは東洋ではよく知られているあの完璧に藍色と調和した白の模様が施されたもので、それが貴婦人の居室に東洋風に貼りめぐらされている」（同上）。『青の閨房』ではその壁面が東洋的雰囲気を醸し出している。それのみならず中心を成す女性が奏でているのは、一見日本の小型の箏〔通常琴と呼んでいる楽器は正しくは箏と言う〕に見える。しかし背景の絵模様は多分に西欧化された印象を与えるし、また実際には、描かれているような十四弦の箏はないのみならず、このような小型の箏もない。ロセッティが日本的雰囲気作りに小道具として用いただけの箏を、構図の関係から意図的に変形した可能性が高い。

ロセッティ『ラ・ギルランダータ』

ロセッティ『ラ・ベッラ・マノ』

とまれ、このような日本的な道具立ての中で、ロセッティは色の取合せの効果を意図した。その点をスティーヴンズはこう評している。「作品は内容が限定されてはいないので」、藍色と白との見事な調和「以上には、主題、時、或いは場所などを示唆するものは何もない」のである。この純粋な効果が先に来て初めて、その後に「絵画の理智的で純粋に藝術的な輝きが展開し始める」のであり、「色彩の音楽が目に訴えかけてきて、ダルシマー〔スティーヴンズは箏というものを知らなかったので、中世に西洋に伝えられた東洋起源の弦楽器の名を便宜的に用いたのではないかと思われる〕の音楽に取って代わると、ダルシマーの音楽は見ている者には聞こえなくなる」。「目と空想の耳とが連れ立って歩むのである」と（同上）。即ち『青の閨房』を見ていると精妙な色の取合せが音楽となり、聞こえぬ音を響かせてくると言うのである。

F・G・スティーヴンズは十年後の一八七五年に、八月十四日付の『アシニーアム』にこれもまた無署名で、「ロセッティ氏の絵」（'Pictures by Mr.

Rossetti")と題して『プロセルピナ』(*Proserpine* 一八七三年)、『ラ・ベッラ・マノ』(*La Bella Mano* 一八七五年)、『ディス・マニブス』(*Dis Manibus* 又は *Roman Widow*『ローマの寡婦』一八七四年)、『ラ・ギルランダータ』(*La Ghirlandata* 一八七三年)、『問い』(*The Question* 一八七五年)を論じ、ロセッティ絵画における色調の音楽性、絵の詩情性を語っている。スティーヴンズはロセッティの絵画作品をベッリーニ(Bellini)の一統やティツィアーノの壮麗なヴェネツィア絵画の単なる反映などではなく、その魅力を現代的に解釈し、現代思想を注ぎ込みながら、ヴェネツィア藝術の本質を自家薬籠中のものとしていると見る。即ち、「色彩の華麗さ、色調の奥行きの深さ、めりはりのある明暗を伴った色彩と色合いとの組み合わせ」(*The Athenæum*, August 14, 1875, p. 220)がそれだと言う。

ロセッティが色彩の音楽性へと向かった転換点は、中世からルネサンスへと、藝術の源泉を求める目の向きを変えた一八五〇年代末であるが、今見た通り、スティーヴンズは、一八七五年現在、ヴェネツィア的特質がロセッティ絵画の本質となっていることを指摘している。

十三 ロセッティの日本的意匠

ロセッティがルネサンスへと目を移し変えてゆく時期である一八五〇年代末にその新たな藝術への出発を記念する作品が、『ボッカ・バチアータ』(*Bocca Baciata*『口づけされた口』一八五九年)である。もう一点『ボルジア一家』(*The Borgia Family* 一八六三年)もロセッティの転換を如実に物語る作品であろう。

後者の主題は最初一八五〇年にペン画として描かれたが、翌五一年に水彩画に描き改めた。二、三年後に手を加え、ついに一八五七年のクリスマスにはそれを全面的に描き直すことを決意して、持主（ジョージ・プライス・ボイス）から借り戻し、一年後持主に返された時には画面が一変し、現在ヴィクトリア&アルバート・ミュージアムにあるその拡大版は一八六三年に弟子兼助手ニュースタッブ（W. J. Knewstub 一八三一〜一九〇六）の手を借りて描かれ、ヴェネツィア的手法に対する新しい関心がその衣裳の濃い赤や金色に顕著に表れている（Cooper, *Pre-Raphaelite Art in the Victoria & Albert Museum*, pp. 44-5 参照）。『ボッカ・バチアータ』と『ボルジア一家』がルネサンス、殊にヴェネツィア派の手法に範を取り始める記念碑的作品となったが、同時に、これは表向きの見方であって、第二章の「英国唯美主義の濫觴」

ロセッティ『ボッカ・バチアータ』

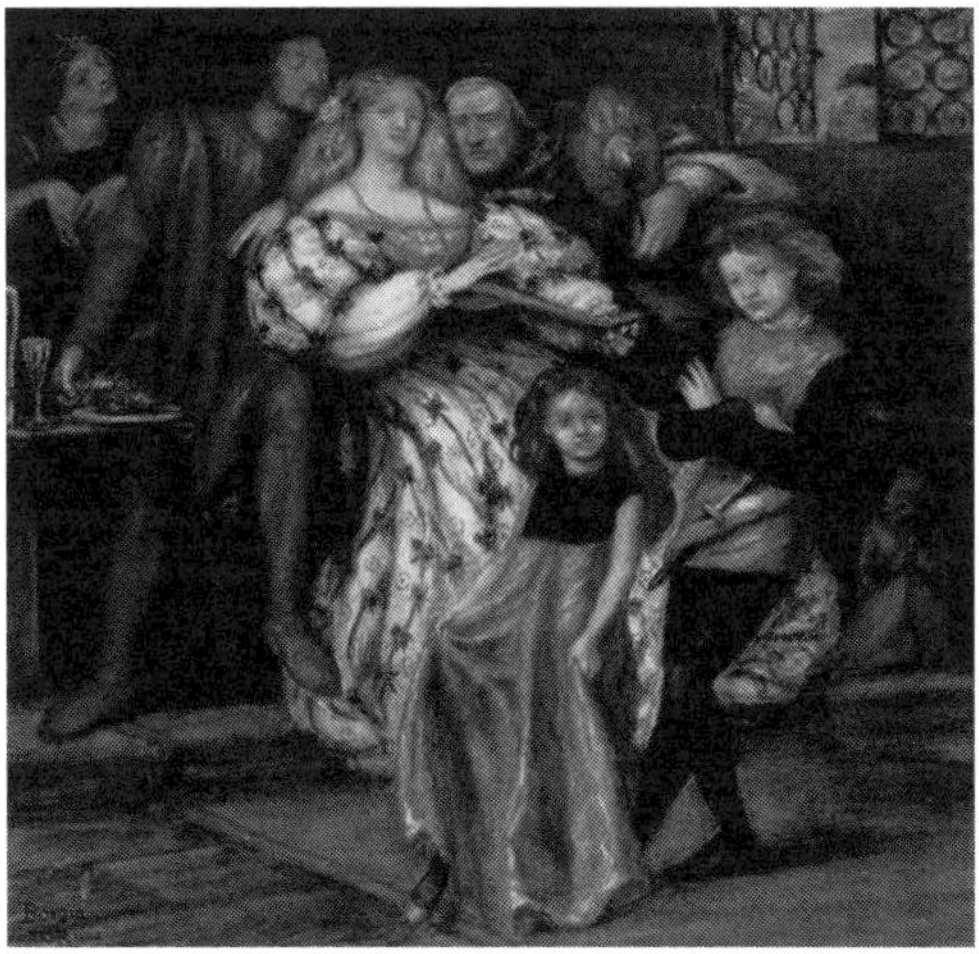
ロセッティ『ボルジア一家』

ロセッティ『ダンティス・アモール』

で論じるように、この時期のロセッティの方向転換は、日本美術への深い関心と傾倒とを示した時期と重なるものである。ロセッティのヴェネツィア藝術と、英国に「日本熱」を引き起こした日本美術への関心は、実は表裏一体化していると見た方がいい。或いは又、日本美術との接触がヴェネツィア派への関心を一層深めるきっかけとなった可能性もあり得る。

先にロセッティは『花嫁』において、マネの『オランピア』から日本的な色彩調和の効果を学んでいることを述べたが、画家は早くも一八六〇年、『ダンティス・アモール』（*Dantis Amor*『ダンテの愛』）において極めて日本的な手法を試みている。先づは画面の平面性、次に背景の画面を対角線で割って二分していること。ジョン・レイトンは一八六三年七月二十四日付『藝術界ジャーナル』（*Journal of the Society of Arts*）に、「日本美術について」（"On Japanese Art"）と題した記事で、日本人の非対称好みについてこう述べている。

製品に応用された美術では日本人は極めて高い位置にあり、思考の多様性は際立っている。何事も大雑把に繰返したり、変化を加えずに複製することは滅多にしない。（中略）日本人は製品が（先述の通り）左右対称になることを慎重に避け、最小の空所に最大の多様性を凝縮し、又自然を極度に様式化すると同時に、この上なく自然を崇拝しようとする。そうしたやり方の中には驚くほどにおかしみを感じさせるものもある。このことを私は、R・オールコック卿が持ってきてくれたごく普通の箱の装飾を元にして説明しよう。この品物の蓋が四角であることを日本人の目はいやがる。他の目ならきちんとそのように作るのであろうが。装飾性を求めて一本の線が箱に引かれている。水平或いは垂直ならばどこの国の人でもすることなのだが、そうではなく対角線に線が引かれている。最も安価にして最大の多様性を生み出せるからである。箱には多くの色が用いられ、漆塗りの滑らかな表面には不規則な押し型紋様が極めて不規則に配置されており、またもやそこに破調が生み出されているのである。（p. 598）

ジョン・レイトンがこのように指摘する日本独特の意匠はロセッティにも同様の強い印象を与えたものと思われる。画家は『ダンティス・アモール』で日本的意匠を大胆なまでに借用して実験している。円内にキリストの顔が描かれた日輪の昼の世界と、三日月の尖端が繋がった円内にキリストを見上げるベアトリーチェを描いた星明かりの夜の世界とが、片身替りの着物の如く対角に突き合わされていることの図柄は、ヨーロッパの伝統にはない、明らかに日本の意匠を借りていることを窺わせる。

それのみならず、対角に位置する両端から日輪のキリストと月のベアトリーチェとが、視線を結び合わせている。この両者の顔を円の中に収めたところが、また興味を引くところである。ここに見られる円の意匠は、後に例えば一八六五年に出たスウィンバーンの詩『カリュドンのアタランタ』（*Atalanta in*

スウィンバーン『カリュドンのアタランタ』
（筆者撮影）

Calydon）の装幀に見られる箔押しの円形意匠と同様、日本の家紋に想を得たものであろう。

この詩書の装幀については、ロバート・シュムッツラー（Robert Schmutzler）も一九五五年二月号の『建築評論』（*The Architectural Review*）に寄稿した「英国アール・ヌーヴォーの起源」（"The English Origins of Art Nouveau"）でこう述べている。「同年〔一八六五年〕（中略）、ロセッティはスウィンバーンの『カリュドンのアタランタ』の装幀を手がけたが、これは明らかに日本に想を得たものだった。（中略）飾り気のなさ、縁《へり》への装飾配置、及び装飾そのもの——丸形及び部分的に重なり合う丸形——は日本の漆器から借りたものであり、反対方向に広がる二枚の羽毛〔実は棕櫚の図柄〕もまたそうである。しかしロセッティの天才は新しいものを附与した。日本関聯のものとギリシア関聯のものとを結び合わせたのである。というのも、右下の丸形の中のパルメットは五世紀《ママ》〔前五世紀の誤植か〕の壺でよく知られているものであるからだ」（*The Architectural Review*, vol. 117, no. 698, Feb. 1955, pp. 110 and 115）

日本とギリシアとの結合は既に触れたことでもあるので、ここではそれは再度注意を促すだけにとどめておくとして、シュムッツラーは家紋の「三つ割棕櫚」或いは「抱き棕櫚」に見られる棕櫚の意匠を利用をしていることをここで指摘しているのである。

丸形の紋様やその部分的な重なりについては早くから注意され、先のジョン・レイトンは同記事において、「紋様の上に紋様を重ねたり、形の上に形を重ね合わせることは、東洋の美術においてはごく普通のことであるが、丸形を雷文や地《ぢ》の上に置くというやり方は、中国及び日本に独特のことと思う。(改行)小さな円形装飾は日本では非常に好まれる。恐らく大名の家紋乃至印——法で守られた形——に似ているからであろう」(*Journal of the Society of Arts*, July 24, 1863, p. 598)と言っている。

日本の家紋はやがてクリムト(Gustav Klimt 一八六二〜一九一八)を中心とするウィーン派の藝術家達にも大いに利用されていくことになるが、一八六三年にその記事を書いたジョン・レイトンよりも逸早く、ロセッティは日本の美術工藝における家紋や不規則に散らした丸形装飾に注目し、一八六〇年の『ダンティス・アモール』にこれを応用したのではないかと思われる。対角的位置の両端に配置されたキリストとベアトリーチェの顔を嵌め込んだ丸形の図柄は、その後ロセッティに何回か利用される日本の家紋或いは丸形装飾の借用の走りであろう。

対角線で仕切られた右下斜め半分に描かれた、深い藍色の地に金色《こんじき》の星が輝く夜空は、東方系のモザイクで描かれた夜空、或いはパドヴァのスクロヴェーニ礼拝堂の、ジオットー(Giotto 一二六七頃〜一三三七)によって描かれた壁面を埋め尽くすフレスコ画の上に広がる天井の青い満天の星空を思い起こさせる。前者の代表的な一例を挙げれば、ラヴェンナのガッラ・プラチディア廟(Mausoleo di Galla Placidia 五世紀創建)の円蓋には濃い藍色の夜空に金色《こんじき》に輝く幾多の星が描かれている。しかしこの廟では天頂の金色のラテン十字を中心にして、同形の金色の星が同心円を描いて整然と並んでいる。キリスト教は砂漠地帯で生まれ、それを信じる原始キリスト教徒にとって、夜空が描かれた円蓋は神の支配する宇宙を象るものであった。一方、『ダンティス・アモール』の平面的な星空はそういう意味を担っているというよりも、寧ろもっと意匠性が強く意識されたものとして描かれているようである。この絵の夜空には大小の星々が不規則にばら撒かれている。

ジョン・レイトンは先の記事の中で、黒地に大小の星が散らばった図案を例示しながら、「自然は空を星で、大地を雛菊で輝かすにしても、決して反復をすることがない。日本人はその自然の先例に倣う」（同上p. 597）と言っている。ロセッティにせよ、ジョン・レイトンにせよ、日本美術工藝における非対称性に逸早く着目した藝術家であるが、一八六二年の第二回ロンドン万国博覧会で大量に日本物がかつてない規模で一般大衆の目に触れる以前に、ロセッティが早くも一八六〇年に『ダンティス・アモール』において日本的意匠を思わせるような実験をしていることは、留意してよかろう。

十四　藍色

藍染は日本の特徴をなす伝統的染色であるが、夜空として使われている地の藍色はその意味において一層注意を引く。明治二十三年（一八九〇）に初めて日本の土を踏んだラフカディオ・ハーンにとって最も印象深く心に残ったことが、店の暖簾や人々の衣裳が殆ど一様に藍色だったことは、随筆「東洋の土を踏んだ日」（"My First Day in the Orient"）に縷々語られている。又、大島清次によれば、ユイスマンス（Joris-Karl Huysmans 一八四八〜一九〇七）は一八八三年に出版した『近代藝術』（*L'art moderne*, 1883）において、日本版画に深く影響を蒙ったモネ（Claude Monet 一八四〇〜一九二六）などを中心とする印象派風景画家を「藍狂い」と呼んだように（『ジャポニスム』一二九頁参照）、日本の藍色は特別に注意を引く色だった。染付陶磁器と浮世絵に魅せられたロセッティもその例外ではなかったのではないか。『ダンティス・アモール』において夜空の地に用いられた藍色系は、その後の絵においてもひとつの主調をなす色のひとつとなっているようである。その系統の色はティツィアーノの『聖母被昇天』に代表されるように、高価なラピスラズリの顔料を用いたマリアの青の衣が、象徴的な意味を持っているのとは違い、ロセッティの藍色系の色は純粋に画面全体の色彩効果から用いられているところが特徴的である。

この青系統の色彩についてもう少し敷衍しておけば、マリアの上衣が青系統の色で表される理由は、その色がキリスト教においては天の王国を象徴するからである。マリアの上衣と言うと、今し方述べたようにラピスラズリ即ち瑠璃色が先づ想起されるが、実際には、マントヴァ、ヴェローナ、パドヴァ、フェッラーラ、ヴェネツィアなど、北イタリアの中世とルネサンスの様々な宗教画をつぶさに観察すると、それは濃緑から、濃緑と紺色との中間色であるピーコック・ブルー、そして瑠璃色に至る色彩領域において、微妙な色合いの違いを以て様々に彩色されている。そして一方、緑系統はキリスト教信者達の新しい共同体を象徴する色と見なされている。従ってキリスト教においては青系統は天、緑系統は地上を表す色として、両者はその一神教的世界観の中で繋がり合っている。そのような関係の中でマリアの上衣は彩色されているのである。ロセッティの『ベアータ・ベアトリックス』に描かれたベアトリーチェは濃緑の上衣を身につけているし、『プロセルピナ』においてプロセルピナを装って描かれたウィリアム・モリスの妻ジェイン（Jane Morris, née Burden 一八三九〜一九一四）は濃紺の衣を纏って描かれている。ロセッティはキリスト教の伝統的な色彩を用いながら、この画家の美の宗教の下ではそれらの色がキリスト教の本質から離れて、純粋な色彩効果として利用されているのである。

i 『ラ・ピア・デ・トロメイ』

先にも言及した『青の閨房』の背景をなす染付風のタイルが見せる藍と白との対照の妙のその効果的配置はここで重ねて言うまでもないことだが、その他に例えば、ダンテ（Dante Alighieri 一二六五～一三二一）の『神曲』の浄罪篇の第五歌で歌われたシエナのピアを題材にした『ラ・ピア・デ・トロメイ』（*La Pia de' Tolomei* 一八六八～八〇年頃）では、胸の上で交差して背後へと流れる濃い鴇《とき》色の領巾《ひれ》様の布帛と、その色を幾分反映しているかのようなやや赤味を帯びた薄黄金《こがね》色の上衣の下から出ている中着の衣裳の紺色の襟や袖とが、それとなくリズムを作り効果的に画面を引き締め、首や手の白い肌との際立った対照を引き立てている。一方、下半身を包む白い中着は袖口の紺色をかすかに反映するかのように青みを帯びている。前者も後者も一種の濃淡をなし、色彩の連続性を生み出している。そしてマレンマ〔イタリア・トスカーナ南部〕の城外に広がる沼沢地も鳥も、更には鐘や塁壁も、日時計は正午を指しているというのに、その一様にくすんだ褐色《かちいろ》は、ピアの心の憂いと呼応し、白と

ロセッティ『ラ・ピア・デ・トロメイ』

ロセッティ
『ラ・ドンナ・デッラ・フィネストラ』

薄紫とがまだらになって広がる空と対照をなしながら、背景にも人物の心情を投影させている。鴇色系統と藍系統の濃淡、それに白系統の色が加わって基調をなし、その他に政務日課書の小口や旗及び屋根に使われている代赭色も褐色系統に連続してその色彩効果を高め、画面全体は精妙な色彩調和を得ている。

　この画面に展開される鴇色系統と藍色系統の取合せは、時としてどこかで見たような既視感を感じさせる何かがある。浮世絵でもよく見るように、襲《かさね》の着物の襟元と袖口には、同じ色が露れていてひとつの律動性を与えているように、トロメイの襟元と袖口は同様の趣向を感じさせるのみならず、藍色と鴇色は浮世絵でよく使われる色の取合せのひとつである。因みに、襟元と袖口に同色を配している類例では、『ラ・ドンナ・デッラ・フィネストラ』（*La Donna della Finestra*『窓辺の淑女』一八七九年）がある。この場合も、褐色《かちいろ》が使われている。

ii　『ベアータ・ベアトリックス』

葛飾北斎（宝暦十年［一七六〇］〜嘉永二年［一八四九］）や歌川廣重（寛政九年［一七九七］〜安政五年［一八五八］）に代表される風景版画に特徴的に認められる空気の色彩反映の表現は、印象派風景画家達に取り

ロセッティ『ベアータ・ベアトリックス』

入れられていったことはよく知られていることであるが、その表現手法はホイッスラー（James McNeill Whistler 一八三四〜一九〇三）の一連の夜景画にも見ることができる。アルバート・ムーア（Albert Moore 一八四一〜九三）は、「夜景連作（the *Nocturnes*）にはひとつ尋常ならざるものがある。それはホイッスラーが空気を描いたことである」（R. Spencer, "Whistler, Swinburne and art for art's sake," *After the Pre-Raphaelites*, p. 85 参照）と言っている。「空気を描く」とは、まさにジャポニザン・ホイッスラーが日本の風景画家から大気の反映色を描くことを学び取っていることを、ゆくりなくも的確に示している言葉である。

「兄の注意を初めて日本の美術に引き寄せたのは、ホイッスラー氏であった」（*Some Reminiscences*, vol. I, p. 276）と、ウィリアム・M・ロセッティの言葉が示す通り、一八五九年にパリからロンドンに移ってきたホイッスラーが、その後しばらくロセッティと親しくする時期を過ごし、浮世絵の表現手法についても一部共有し合うところがあったのではないか思われる。殊に『ベアータ・ベアトリックス』（*Beata Beatrix* 一八六四年）については、くすんだ濃緑《こみどり》と褐色《かちいろ》との間を漂う藍系統の色を主調とする色彩反映の表現に属するものと見ていいのではないか。

ここでこの作品の成立事情について少し触れておきたい。ロセッティの最も代表的な作品として知られる、ベアトリーチェを描いた『ベアータ・ベアトリックス』は、画家の妻リジー（Elizabeth Siddal 一八二九～六二）が一八六二年二月にアヘンチンキ服用過多〔実際には自殺が疑われている〕で亡くなった後に描き始めたのではなく、画家がエレン・ヒートン（Ellen Heaton 一八一六～九四）宛に送った一八六三年十二月二十二日付の手紙によれば、ベアトリーチェの絵としてリジーをモデルにしながら、一八六三年の時点よりも何年も前に描き始めたものであるが、描きかけのまま放置してあった。それを最近見つけ出したのだと、画家はその手紙の中で語っている（Surtees, *The Paintings and Drawings of Dante Gabriel Rossetti 1828-1882*, 1, p. 94）。

放置されていた理由は、H・T・ダン〔Henry Treffry Dunn ロセッティ晩年のアトリエ助手〕によると、妻をモデルにして頭部と両手まで描いた時に、一八六二年の妻の時ならぬ死に遭遇し、その悲しみに意気阻喪し、もうその絵に興味が持てなくなって、アトリエに荒れるがままに放置されていたのであった。それをチャールズ・ハウエル〔Charles Augustus Howell 一八四〇～九〇、画商、ロセッティの秘書を務め、その立場を利用してロセッティの作品を盗んだと言われる。ジャン・マーシュ『ラファエル前派の女たち』五三九頁参照〕が無断で持ち出し、裏張りを取り替えてもらい、仕事に取りかかれる万全の状態にしてから再びロセッティの手許に戻して完成を慫慂した。その言葉の気持を汲んでロセッティは心機一転絵筆を取り直すことにしたのである（Surtees 前掲書 p. 94 参照）。恐らく翌六四年に着手し、そしてウィリアム・クーパー＝テンプル（William Cowper-Temple 一八一一～八八）に引き渡すべく一八七〇年に完成したと、サーティーズは言い、更にはもともとリジーをモデルにした絵ではあるが、頭部に関してはこの作品を描く時に、『ティブッルス、デリアの許に帰る』（*The Return of Tibullus to Delia*）におけるデリアの頭部の習作が用いられたのではないかと推測している（同上 p. 93 参照）。

この絵の成立には、妻をモデルにしていたことに加えて、その妻が六一年の五月に死産し、その九ヶ月後の翌年二月十一日には時ならぬ死を迎えて、画家が深い悲しみの淵に沈んでいたところを、外的な慫慂によりやっとその絵に絵筆を執り直す目処をつけたという特殊事情がある。この作品はベアトリーチェを描きながら、内面的にはそれは理想の恋人としてのリジー・シダルであるという二重性を帯びている。それのみならず、ロセッティ自身の側にも自らをダンテ・アリギエリになぞらえる向きがあったことも、『ベアータ・ベアトリックス』の表現に重層性を与える一因となっている。

ロセッティの洗礼名はゲイブリエル・チャールズ・ダンテ・ロセッティ（Gabriel Charles Dante Rossetti）である。ゲイブリエルはダンテ学者にして詩人の父の名ガブリエーレ・パスカーレ・ジュゼッペ・ロセッティ（Gabriele Pasquale Giuseppe Rossetti, 1783-1854）から取っているが、中間名ダンテは言うも更なり、大詩人ダンテに因んだ名である。ロセッティが育った家庭は親兄弟家族全員にダンテの影響が色濃く染み込んだ家柄だった。それだけにロセッティのダンテへの思い入れは一方ならぬものがあり、署名にしても、初め手紙にゲイブリエル・チャールズと書いていたものが、ダンテの『新生』の翻訳を始めた頃でもある二十一歳の一八四九年からは、ダンテ・ゲイブリエルと書くようになる（Prettejohn, *The Art of the Pre-Raphaelites*, p. 199 参照）。ダンテを強く意識していることを窺わせている。こうした背景からこの絵はダンテとしてのロセッティ、ベアトリーチェとしてのリジーという二重写しの絵を内面的に構成している。

ロセッティは一八六三年十二月の先のエレン・ヒートン宛の手紙の中で、『ベアータ・ベアトリックス』は「ベアトリーチェが日時計の置かれている壁際で眠り込んでゆく姿を表現することにあった」と、簡単にその主旨を語っているが、制作後の翌七一年三月二十六日付、クーパー＝テンプル夫人宛の手紙では次のように書いている。

その絵の意図は死を表現することでは全然なく……それが恍惚にも似た状態にある様を描写することでした。そうした状態の中で、町が見えるバルコニーに坐っているベアトリーチェは、突如としてこの世から天へと運び去られているのです。ダンテがベアトリーチェの死という出来事に関聯して、どれほど町の侘びしさを縷々語っているかを覚えておられることと存じます。それ故に私はそのことを背景として取り入れ、ダンテと愛とが街路を歩きながら、その出来事を意識して互いを不吉なまなざしで見つめ合っているところを描きました。一方、死の使いの鳥がベアトリーチェの両手に罌粟《けし》の花を落としています。この人は閉ぢた瞼を通して『新生』の掉尾の言葉、即ち「いつの世にあっても祝福されておられる主のかんばせを今見つづけているあの祝福されたベアトリーチェ」に表現されたような新しい世界を見、又意識しているのです。

(Surtees 前掲書 p. 94)

そして画面の中で画家が強調する重要な道具立てとなっている日時計については、「影は九時を指していなければならない」と言う。「ダンテがベアトリーチェに会ったのはその人が九歳の時であり、その人が亡くなったのは一二九〇年六月九日九時」だからである。ダンテにとってベアトリーチェは、「完全なる数字であり、完全の象徴である」九という数字の権化であるとして、画家にとってこの絵にどうしても収めねばならない数字であることを、先のエレン・ヒートン宛の手紙で伝えている。この数字へのこだわりによって、それが神聖視され、却ってベアトリーチェの、延いてはリジーの、存在が神話化され、幻影としての姿を深めてゆく。

更に背景はダンテ由来の風景でなければならないという画家の考えから、フィレンツェを流れるアルノ川とポンテ・ヴェッキオ、その後ろにはドゥオーモが、遠ざかる現世の記憶の如く、黄金色《こがね》の光の中におぼろげな輪廓線をなして浮かんでいる。同じく黄金色《こがね》に輝く心臓を手に持つ朱色で表された愛の姿と、同じ朱色の鳥とを除いては、ベアトリーチェの衣裳の濃緑《こみどり》が手や袖口、罌粟の花、膝辺りの仄かな白い輝きもかすかに染めながら、微妙に濃淡を変化させつつ、背景となっている街の建物の壁や石畳、そしてダンテの姿へと広がっている。そのくすんだ深い緑が物それ自体の固有色を薄めながら、気に反映して幽明の境のおぼろげな特殊な空間を染め上げているのである。

そして又、この画面には前景と背景とが遠近法の構成をなしていないことも、この絵の特徴である。先のエレン・ヒートン宛の手紙の中に、「この絵の背景は風景でなければなりません。そこに古い時代のイタリアの画家達の手法に倣い、主題に関わるダンテ由来の場面を入れます」と認《したた》めているように、ロセッティは意図的に前景と背景との関係に遠近法を取り入れず、この両者の関係は併置的な平面的構成になっているのである。中世的な手法を取り入れたと言うロセッティは古いイタリアの画法に倣い、人物画に風景画を背景に嵌め込むことで、均一な絵画空間を構成する遠近法を拒否した画面構成を意図したからである。『モナ・リザ』（*La Gioconda* 一五〇三〜一九年）、或いはピエロ・デッラ・フランチェスカ（*Piero della francesca* 一四一五／二〇〜九二年）の『ウルビーノ公夫妻』（*Ritratti di Federico da Montefeltro e di Battista Sforza* 一四七二〜四年）などに代表されるような、人物像とその背景をなす風景との重ね合わせが、ロセッティの念頭にあったのであろう。重ね合わせなので風景それ自体は遠近法が用いられていて

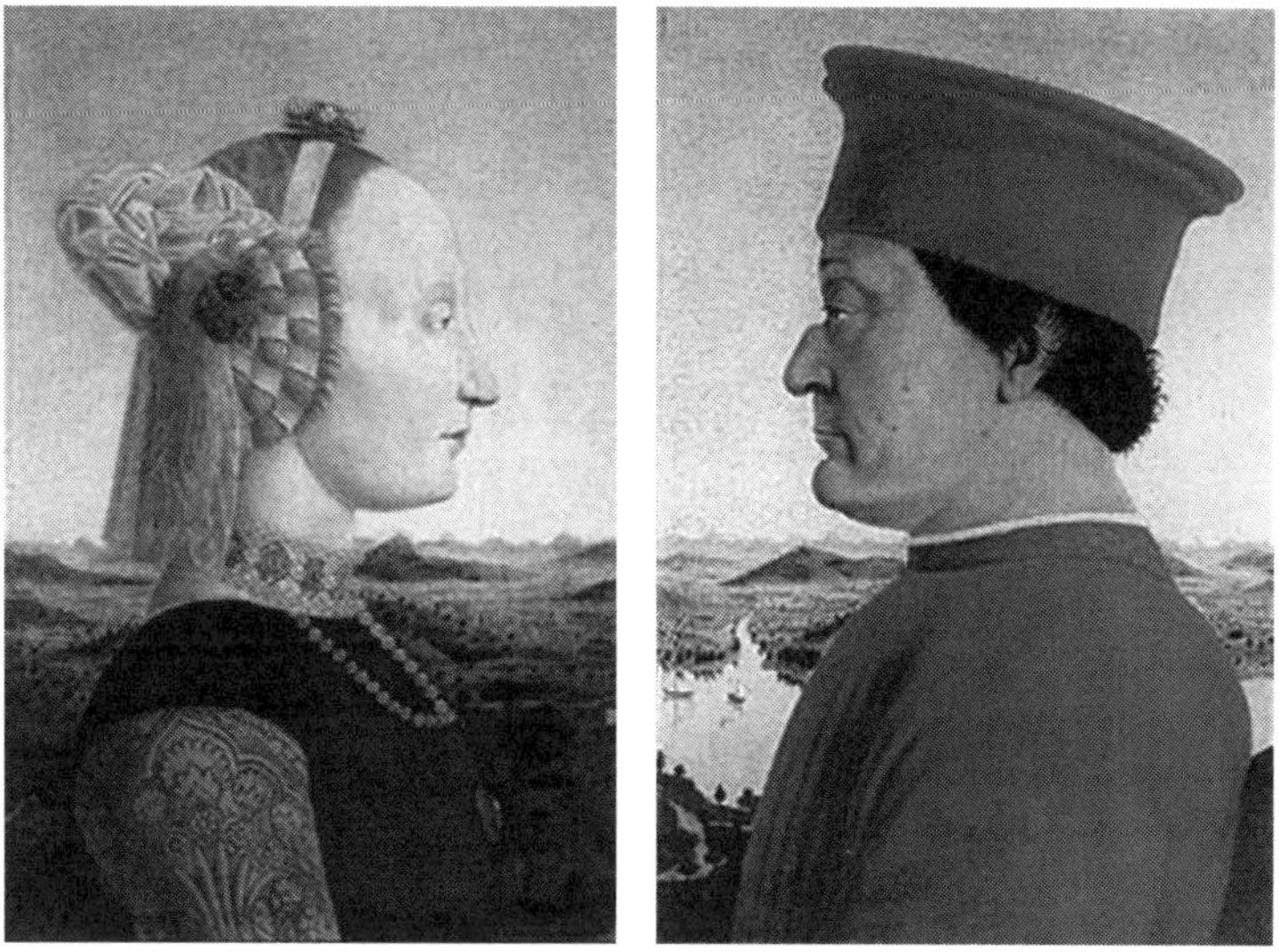

フランチェスカ『ウルビーノ公夫妻』

も、前景と背景とが均一に遠近法で統一されているわけではない。

『ベアータ・ベアトリックス』もそのような合成がなされているので、前景と背景とを繋ぐ中景がない。しかし背景が前景の謂わば絵の読み解きの説明となっているにも拘わらず、その継ぎ目を感じさせない。ベアトリーチェが「突如として地から天へと恍惚のうちに移ってゆく」(前掲クーパー＝テンプル夫人宛書簡)その過渡期的一瞬が画面全体を支配する幻影となり、ふたつの画面がその親密な繋がりを通して融合同化しているからである。

ところで、十八世紀半ばに西洋から日本に遠近法が入ってきた。それは風景の前景に大きな物象を配し、中景を埋没させる所謂近像型構図という特異な画法に発展し、北齋や廣重に至って完成の域に達した。近像型構図は併置的な取合せの日本的美意識に根ざすものであろう。中世後期のイタリアの重ね合わせの画法を応用した『ベアータ・ベアトリックス』と、取合せの美意識と遠近法との融合から生み出された近像型構図とは、偶然であれ、取合せという点で、ゆくりなくも通い合うものを感じさせる。この絵に再び絵筆を取り始めた六十年代初めは、ロセッティが浮世絵を蒐集していた時期と重なり、またふたつの画像が併置的であるだけに、その感を一層深くする。

もうひとつ注意しておきたい。『ダンティス・アモール』で円内図像のイエスとベアトリーチェが左上から右下へと対角線を結ぶ形で配置されていたように、エロスと、罌粟をくわえた鳥によって象徴された死とが、同様の対角線の両端に置かれて同系色の朱色の呼応によって結び合わされているとともに、中央から左下へと大きく配置されたベアトリーチェの体の中心線は左下から右上に結ぶ対角線をなし、その右上端の位置にダンテの姿が配されている。

エロスと死とを結合する対角線と、ダンテとベアトリーチェとを、即ちロセッティとリジーとを結ぶ対角線とが交差する構図は、基本的には『ダンティス・アモール』と同じである。ダンテとベアトリーチェとを結ぶ糸は、愛と結びついた死によって結び切られていることを暗示し、エロスは死によって成就していることを、この画面はその奥からそこはかとなく伝えてくる。日本由来の反映色と対角線の技法とが、ベアトリーチェとダンテの姿を描くのに、その裏にリジーと画家自身とを重ね合わせながら、それと悟らせないほど巧みに利用されているように見える。

iii 『プロセルピナ』

もう一点取り上げておく。『プロセルピナ』は、プルートーンに攫われて冥界に下りその后となったプロセルピナの神話に題材を取った作品である。母親ケレースが地上に帰してくれるように頼むのでその願いをユピテルは聞き入れようとしたが、冥界の果物は食べてはならないという冥界の掟に反して、既にプロセルピナは柘榴を食べていたので、プルートーンと縁を切ることができず、毎年三分の一は冥界で過ごすことになった。この余りにも有名なギリシア・ローマ神話を表向きの題材として扱いながら、その実、『ベアータ・ベアトリックス』と同様、画家の個人的な現実を裏側に持っていて、一種の見立ての手法、即ち後にワイルドが、ロセッティからペイターへと流れ込んだその手法を継いで言挙げした「仮面」の形を取っている。

ロセッティとウィリアム・モリスは一八七一年にオックスフォードシャーのケルムズコット領主館を共同で借りることにした。モリスの妻ジェインと愛人関係にあったロセッティにとって極めて都合のいいことであった。ロセッティとジェインとの出会いはずっと早い時期にあった。一八五七年、ロセッティがバーン＝ジョーンズと芝居見物に行った時に、ジェインと初めて出会い、モデルに誘った。その後リジー・シダルと共にジェインはラファエロ前派の中で代表的なモデルとなった。モリスとは一八五九年に結婚している。画家はチェイニー・ウォークの家とは別に、モリスと共同賃

ロセッティ『プロセルピナ』

ロセッティ『水柳』

借したこの領主館で、モリスの不在の時にもジェインと同じ屋根の下で過ごすことができた。例えばジェインをモデルにした『水柳』（*The Water Willow* 一八七一年）は、モリスがアイスランドへ行って留守の時に描いた作品である。

　ロセッティからすると、地上界に恋い焦がれながらも一定期間プルートーンに束縛されるプロセルピナにジェインをなぞらえることができた。『プロセルピナ』は画家自身のそんな背景を裏に持つ作品であり、又気に入りの作品でもあった。一八七七年に修正してこの絵を売ったW・A・ターナー（W. A. Turner）に宛てた手紙に画家は次のような一節を残している。「プロセルピナがプルートーンに冥府に連れ去られその花嫁になった後、母親ケレースはユピテルに娘を地上界に戻してくれるようにせがんだので、ハーデースの果物を全く食べてさえいなければという条件で、ユピテルはこの訴えを受け容れたのです。しかしプロセルピナは柘榴の実を一粒食べてしまっていることがわかり、このためにプロセルピナはその新たな世界と運命とに繋がれることになったのです。プロセルピナは己を運命づけた果物を手にして冥府の館の薄暗い廊下にいるところが描かれています。プロセルピナが歩いていると、地上界の光が一瞬、一条《ひとすぢ》の光となってどこか突然開いた戸口から差し込んできて、後ろの壁面に当たっているところです。そしてプロセルピナはその戸口の方にそっと目を遣り、物思いに浸っているのです」(W. Sharp, *Dante Gabriel Rossetti*, p. 236)。

プロセルピナは流水紋を描いて流れ落ちる褐色《かちいろ》の衣を纏い、壁面は光が当たって白い。白い壁面の一部を濃い藍系統の蔦が匍っている。その蔦は今引用した手紙の一節の後に、「まとわりつく記憶の象徴として解することもできます」(同上)と語られ、地上界での喜びの記憶を示唆するものである。藍色が全体の主調をなして白と鋭い対照を見せながら、柘榴と唇によって二点の朱が点ぜられている。染付に熱狂したロセッティの経験は、内面的に醸成されて藍と白との対照をなす効果的な画面構成となって甦っている。

この点で忘れるわけにいかないもうひとつの作品が先ほど挙げた『水柳』である。薄藍色をかすかに刷いた白い空とそれを反映する薄く青みがかった白く光るテムズ川、領主館を左岸に配したケルムズコットを流れるそのテムズ川を背景にして、画家を見つめるモデルのジェインが身につけているのは、褐《かち》色《いろ》の衣裳である。ここには藍系統の色彩と白とが主調をなして響き合う音がある。

十五　見立てもどきと画讃風

『プロセルピナ』において、冬の季節に当たる一年の三分の一は冥界に、残りを地上界で神々と共に暮らすことを許されたというプロセルピナの神話を用いて、ウィリアム・モリスを夫に持つジェインをハーデースに繋がれたプロセルピナに、そして光の地上界に過ごす時はロセッティとの愛のひと時になぞらえられている。画家は神話の世界を追体験しているのである。先にも述べたように、『ベアータ・ベアトリックス』でもダンテを自分に、妻リジーをベアトリーチェになぞらえたことは、ダンテの『新生』の再現をもくろむものであった。

まさにワイルドが後に、「人生は藝術を模倣する」（"The Decay of Lying," *Works*, vol. IV, p. 90）と言ったことを実践したのがロセッティだった。因みにワイルドについても『ドリアン・グレイの肖像』（*The Picture of Dorian Gray* 一八九〇年）は自身の運命を予見させるものであった。ワイルドは「虚言の衰頽」の中で藝術を模倣する人物の例をもっともらしく面白く語ってみせるが、ロセッティやワイルドがその藝術形態において見せるようなドッペルゲンガーの様態について、後にフロイトが一九一九年に発表した論文「不気味なもの」において、「空想と現実とのあいだの限界が消し去られる時、われわれがそれまで空想的と思っていたなにかが、現実としてわれわれの前に現れる時、あるいはある象徴が象徴されたものの機能と意義とを完全に所有しはじめる時」（『フロイト著作集』第三巻、高橋義孝他訳、三四九頁）の心理体験として、これを論じている。フロイトのそのような分析と認知よりもはるかに早く、そのような心理をロセッティもワイルドも藝術化している。ロセッティの場合、『ベアータ・ベアトリックス』や『プロセルピナ』やその他において、画家自身の事柄がその裏面に重ね合わされているところに見出される想像と現実との二重性の本質は、西欧の伝統としての中世的寓意に繋がるところが多分にあると考えられる。

しかしその二重性が同質ではないにしても、単なる形の上では見立てという日本的な手法を思い起こさせるところがある。見立絵は浮世絵に多い。ロセッティの作品を浮世絵に想を得たものと見ることはしないが、抽象的観念や道徳律を偶然の形態にくるみ込んだ中世的なアレゴリとも違っており、日本美術における見立ての手法と通い合うところがあるとは言える。

ロセッティの作品は二重性があっても、作品は藝術それ自体として独立し、手段に堕することなく、美の透明性を確保している。スウィンバーンはロセッティを評して、「美のために美を愛すること、神に対するが如き美への信仰と信頼」("Notes on Some Pictures of 1868," *Essays and Studies*, p. 379)の念を抱いているると言っているように、中世的象徴主義を蟬脱したロセッティ藝術の二重性のこうした美の独立性を喜んだ。純粋藝術的二重性をペイターはヴィジョン、幻影として、ワイルドは仮面として引き継いだ。即ち前者においては、批評対象とそれが醸し出す感覚的気分から紡ぎ出されてくる幾多の心象、或いは『マリウス』のように、同時代の宗教を取り巻く問題をマルクス・アウレリウス(Marcus Aurelius 一二一〜八〇、ローマ皇帝一六一〜八〇)の時代に仮託して語るという現実と想像とのあわいに生じる夢にして現の幻影をその藝術の本質とした。そしてワイルドにいたっては現実を虚構にすり替えるという仮面としての藝術形態を生み出したのであった。

ペイターの幻影としての美は西脇順三郎(明治二十七年[一八九四]〜昭和五十七年[一九八二])に継承された。順三郎の藝術は日本の見立てに通じるのではないかという見方も最近出てきている。しかしそれは、順三郎が優れた見立てを残した鈴木春信(享保十年[一七二五]頃〜明和七年[一七七〇])を初めとする見立絵の研究をした結果、西脇藝術が見立てに通じる幻影を生み出したというより、実際その方面の研究をしたという記録が殆ど見当たらないことからしても、順三郎自身が中世英文学者であることや、中世思潮に親近するとともにロセッティ藝術に親しんだペイターの幻影的藝術形態に親密になじんだことによるものであろう。西脇藝術が見立てを感じさせるということは、却ってロセッティの表現の二重性は日本の見立ての手法に通じるところがあるということを證することにもなる。

ロセッティ
『ダンテの肖像を描くジオットー』習作

そもそも浮世絵が見立ての題材に取ったものは、日本物では源氏物語、伊勢物語、忠臣蔵、中国物では寒山拾得、瀟湘八景等であり、浮世絵最初期の蒐集家だったロセッティにその機智が摑めたとは考えにくい。画家が捉えたのは感覚的な面に限られたことであろう。ロセッティの二重性と見立てとの直接的関聯はないにしても、ロセッティが中世的寓意を捨てて神話と現実、或いは想像と現実の平行的二重性に還元したことは、藝術美それ自体の独立性を保障するとともに、結果的に日本の見立てとロセッティの平行的二重性とを形態的に近づけることになった。

『プロセルピナ』には他にも画讃に通じるような工夫があり興味を引く。この作品の右肩にはこの絵を主題にしたイタリア語のソネットが添えられている。見立絵では周知の詩歌を添えることによって、その意を当世風の風俗で描かれた絵のうちに伝えているが、『プロセルピナ』の場合はその裏にあることは画家個人に関わる事柄として、本来画家しか知らないことであり、見立絵の趣向とは趣を異にして、寧ろモリスに対する当付けと呼ぶべきものではあるが、画面の中に詩を添える趣向はロセッティの絵画作品の中でもその例は少ない。『プロセルピナ』以外にその例を取り上げれば、次のようなものがある。

先づは一八五二年に描かれたペン画『ダンテの肖像を描くジオットー』(*Giotto Painting the Portrait of*

Dante）の習作には下部の余白にダンテの「煉獄篇」の中から六行、『新生』のソネットから二行を引用して書き記している。正式の作品にはこれらの詩行は省かれている。次いで一八五三年に描かれたペン画『ヘステルナ・ローザ』（*Hesterna Rosa*）があり、画面下の余白を用いてヘンリー・テイラー卿（Sir Henry Taylor 一八〇〇〜八六）のロマンス劇『フィリップ・ファン・アルテフェルデ』（*Philip van Artevelde* 一八三四年）第一幕第一場からの引用がなされている。しかし前者も後者も、絵と引用詩句とが截然と切り離されており、詩句が絵の構図の一部となっている訳ではないのみならず、描かれた時期が画家が日

ロセッティ『ヘステルナ・ローザ』

ロセッティ『ウェヌス・ウェルティコルディア』習作

ロセッティ『ローマの寡婦』

本美術に引き入れられるようになるよりも約七、八年早いので、日本の画讃との類似を論ずる対象とはならない。

二つ目に一八六三年に描かれた『ウェヌス・ウェルティコルディア』習作には画家自身のソネット『ウェヌス』〔Venus 公表された本文には表現に一部異同あり〕が、『プロセルピナ』と同じく右肩に書き込まれている。しかし正式の絵では省かれてしまっている。

三つ目は一八七四年の『ローマの寡婦』（*Roman Widow* 又は *Dìs Manibus*『神聖なる霊魂に』）の画面に配置された骨壺に刻まれた死者への別れと冥福を祈るありきたりの定型的な文であり、文は骨壺に必然的に附属するものにすぎず、これも当該対象にはなり得ない。

四つ目は一八七六年に描かれた、『祝福された乙女』（*The Blessed Damozel*）のいくつかある習作の一点には、前景中央に配置された石に刻まれた形で四行の詩句が書き込まれている。しかしこの詩句は正式の絵の方には採用されてはいない。

西欧絵画一般においても完全な一篇の詩を画面の中に説明として添えるというのは、一般的な慣例としてはない。しかしブレイクの『無垢と経験の歌』（*Songs of Innocence and Experience*）のような場合もある

ロセッティ『祝福された乙女』習作

が、これは詩が主体を成しており、絵は挿絵としての役割を受け持っているにすぎない。遊び心を持った日本の画讃とは全く異質である。しかし『プロセルピナ』にちょっとした添え物の如く片隅に置かれた詩は日本の絵画の画讃と通い合うものがある。そのソネットはイタリア語と英語の両方で書かれているが、絵に描き込まれているのは前者である。英語の方からこの詩を和訳して次に掲げる。

この壁に冷え冷えとした喜びをもたらし
ひと時それを限りに私の遠い館の戸口に
差し込むはるか遠くの日の光
この悲しくおぞましい果物のはるか彼方のエンナの花
一度口にしたがゆえに私はここの虜にされた
凍えるようなこのタルタロスの灰色のはるか彼方にあるあの空
そしてきのうまであった昼からはるか遠くに離れどれほど遠ざ
　かり
あしたの夜が広がっていることか
自分が自分から遠くに離れてしまった感じがする

思いは千々に見知らぬ方《かた》へと飛んでゆき合図に耳をそばだてる
そしてなおもだれかの心がだれかの魂へと焦がれる
（その聲を私の内なる感覚が
たえず共につぶやきながら伝えんとする）——
不幸なプロセルピナよ　あなたは悲しかろう

ボードレールは「一八四六年のサロン」で、「一枚のタブローの最上の解説は、一篇の十四行詩《ソネ》あるいは哀歌《エレジー》であり得るだろう」（『ボードレール批評1』阿部良雄訳、八十一頁）と言っているが、その考えと同じくするかのように、ロセッティは『プロセルピナ』や『ウェヌス・ウェルティコルディア』〔詩の題は単にVenus〕以外にも、『フィアムメッタの幻影』（*A Vision of Fiammetta* 一八七八年）、『ラ・ベッラ・マノ』（*La Bella Mano* 一八七五年）、『海の魔力』（*Sea-Spell* 一八七七年）、『アスタルテ・シリアカ』（*Astarte Syriaca* 一八七七年）、『祝福された乙女』（*The Blessed Damozel* 一八七五〜七八年）、『白日夢』（*The Day Dream* 一八八〇年）、『見つかって』（*Found* 一八五四〜八一年）などの絵に寄せた同題の詩を書いている。但し、『シビッラ・パルミフェーラ』（*Sibylla Palmifera* 一八六六〜七〇年）は『いのちの家』（*The House of Life*）第七十七番「魂の美」（"Soul's Beauty"）、『レディ・リリス』は同七十八番「肉体の美」（"Body's Beauty" 但し初出の題は "Lilith"）と題され、対応する絵と詩の題名は同じではない。

絵が詩と対応する形を取っている作品はこのように何点かあるが、絵と詩とが一体化して正式の絵の形で残っているのは『プロセルピナ』だけである。日本の画讃や俳画では絵と詩文とが一体化している

ロセッティ『海の魔力』

ロセッティ『ラ・ベル・ダーム・サン・メルシ』

ところに面白味がある。ロセッティは浮世絵を蒐集していたことが知られているが、画讃が書き込まれている場合がよくあっただけに、そのような浮世絵に接することはなかったと言い切ることは難しい。『プロセルピナ』の構図において詩文が絵の必須の一部となって完全に絵に溶け込んでいるとは言い難いにせよ、絵と詩文それぞれの内容に関しては相互に浸透し合っており、その点では画讃や俳画における一体感に近いものを感じさせる。

『海の魔力』という絵は元々S・T・コウルリッヂ（Samuel Taylor Coleridge 一七七二〜一八三四）の『クブラ・カーン』（*Kubla Kahn*）の一節、「私がかつて幻に見た／ダルシマーを持った乙女」を絵にしようと思って描き始めたものだった（Surtees 前掲書 p. 145 参照）。そして画家は詩の方ではダルシマーをリュートに置き換えて、更に絵においてはリュートでもなくダルシマーでもなく、箏である。箏柱の位置が不自然ではあるが、そこに描かれているのは、琵琶のような形をしたリュートではなく、形は明らかに箏である。ロセッティは『青の閨房』や家紋を用いた装幀でも見たように、それとなく日本の物を幾分変形しながらも小道具として利用する画家であった。そのような手法に鑑みて、『プロセルピナ』の中に描き込まれた詩文は、日本の画讃や俳画の手法と全く無関係とは言い切れないものを感じさせる。ついでながら、『プロセルピナ』のように縦長の絵は、一八四八年の水彩画『ラ・ベル・ダーム・サン・メルシ』(*La Belle Dame sans Merci*) を初めとして数点あるが、十三、十四世紀の中世の宗教画によく見られる形式に繋がるもので、ロセッティがこの形式を用い始めた時期からして日本の柱絵と必ずしも関係があるとは言い切れるものではないにせよ、『プロセルピナ』は画家の日本趣味を何気なく感じさせる要素と中世趣味とが混合しているようである。

十六　詩と絵の一体化

『プロセルピナ』に詩が添えられたことは特殊な例外というよりも、ひとつの新しい流れから必然的に出てきたものと見た方がよさそうである。ロセッティの仲間ではスウィンバーンがホイッスラーの『白のシンフォニー第二番　白衣の少女』(*Symphony in White No. 2: The Little White Girl* 一八六四年) に触発されて書いた詩『鏡の前で』(*Before the Mirror*) は、この絵が一八六五年の夏、ロイヤル・アカデミーで展示された時、その額縁の下半分の両側の位置に九聯のうち六聯を印字した金紙を貼りつけて、絵と連続性をなす形で公表された。詩が画面上にはないとは言え、一種の画讃の趣がある。事実ホイッスラーは「私は額縁を自分の絵と同様に細心の注意を払って設計しています。従って額縁は作品の他のいかなる部分にも劣らず、重要な一部をなし、全体にわたって独特の調和を行きわたらせています」（*Whistler on Art*, ed. by Nigel Thop, p. 48）と、一八七三年一月十八日消印のジョージ・ルーカス（George Lucas 一八二四〜一九〇九）宛の書簡で書いているし、又、「額縁と絵とは藝術作品として一体化している」（Merrill, *A pot of Paint*, p. 151）とも言っている。これは今まで誰もしたことのない自分の独創だと、右の書簡の中で自負してもいる。この藝術観をもとにスウィンバーンの詩を額縁に刻ませているので、ひとつの画讃に相当するものと見てよい。

　更に付け加えておけば、この額縁には渦巻紋様が施されている。ホイッスラーは前年六四年のロイヤル・アカデミーに、日本趣味の宣言として見なされている『紫と薔薇色　六つの印のランゲ・ライゼン』（*Purple and Rose: The Lange Leizen of the Six Marks* 一八六四年）を出品した。それの額縁はホイッスラーの初めての意匠になるもので、この意匠にはロセッティの智慧を借りているのであろうと言われているが、額縁の一番広い面には細かい渦巻紋様が施されている。この渦巻紋様は日本由来のものであろうと言われる（Spencer, *James McNeill Whistler*, p. 28）。これと同様の渦巻紋様が『白のシンフォニー第二番　白衣の少女』の額縁にも用いられているだけに、そこに詩が刻まれたことは一層興味をそそる（E. R. and J. Pennell, *The Life of James McNeill Whistler*, p.

ホイッスラー『紫と薔薇色　六つの印のランゲ・ライゼン』

124 図版参照)。日本的な趣向を凝らしたこの額縁を思い合わせると、そこに刻まれた詩は日本の画讃との繋がり或いは類縁性を自づと感じさせる。

ロセッティにもスウィンバーンにも共通しているのは、絵と詩文との融合を求めようとする強い衝動である。画讃がしばしば添えられていた浮世絵に見られるこの融合に、両者は強い共感を覚えたに違いない。画家と詩人が画讃のある浮世絵を見たことを確認する術はないが、一八六二年十月下旬以降、画家が借りた「テューダー・ハウス」にスウィンバーンも部屋を又借りして同居していたこと、その頃はまたロセッティが日本の美術品を蒐集していた時期であること、加えて、両者が画讃を思わせるような工夫を凝らしていたことなどを考慮すると、ここでは画讃のある日本の絵画にロセッティもスウィンバーンも恐らく接していたであろうという前提で論じるほかない。ロセッティには浮世絵に附された画讃が全く読めなかったにせよ、それが絵との関係で書かれていることくらい推測はついたはずである。ソネットか哀歌が絵の最上の説明になり得るという先のボードレールの見解を支えとして、浮世絵に見る画讃のあり方、絵画形式は、ロセッティやホイッスラー或いはスウィンバーンにとって、藝術上の着想となった可能性が高い。

ロセッティが自作の絵に対応する詩を書いたのは先に列挙した通りであるが、他の画家、例えばレオナルド・ダ・ヴィンチ (Leonardo da Vinci 一四五二〜一五一九)、マンテーニャ (Andrea Mantegna 一四三一〜一五〇六)、アングル (Jean-Auguste-Dominique Ingres 一七八〇〜一八六七)、バーン＝ジョーンズらの絵に寄せて書いたソネットもあり、就中、ジョルジョーネ (Giorgione 一四七八頃〜一五一〇) が描き始め、その死後ティツィアーノが完成させたとか、議論の絶えない『田園の合奏』(*Pastoral Concert* 又は *Fête Champêtre*)

ではあるが、ジョルジョーネ作としてその絵に寄せて、一八四九年十月に書き上げた『ヴェネツィアの牧歌のために』(*For A Venetian Pastoral*) はつとに有名である。この詩はロセッティが一八四九年十月八日付で弟ウィリアムに宛てた手紙に、「ジョルジョーネの牧歌――少なくとも牧歌と言えるもの――これは極めて秀逸なので、謹んでその前に坐しソネットを書きました」と伝えているように、その絵に見入りながら書いた一篇である。

ペイターは既に見たように、ジョルジョーネ派の絵は「明確に表現された物語もなくしてそれ自体を語っている一種の詩に属する」ものと見て、それを「描かれた詩」であると言っている。詩的な絵を描くには、主題が色や意匠の諸要素と相互滲透していることが必要であり、それには先づ主題又は主題の相を巧みに選び取らねばならない。そして「描かれた牧歌」という絵画的詩情を醸し出すべく、絵画的な形を作り出すのにすぐにしかも全面的に役立つ素材を選んで、線描と色彩とによって感覚に直接訴える表現を完成させねばならない、というのがペイターの考え方である (*Renaissance*, p. 149 参照)。

『田園の合奏』

この批評家にとって、絵画にふさわしい特定の素材の「瞬間的な動きを再現」すること、ジョルジョーネ派藝術のように、「突然の動き、束の間の思考の移ろい、たまゆらの表情」

を鮮明に捉えることが、詩的絵画の基本となることであった。これに関聯してペイターは次のように言う、「最高の部類の劇詩は一種の深い意味の含みを持つ生き生きとした瞬間、単なる仕草、表情、笑み――短くも完全に具体的な形を持った一瞬、即ち長い歴史のあらゆる動因、あらゆる関心と作用が凝縮し、又現在に対する強烈な意識のうちに過去と未来とを吸収してしまっているような瞬間を提示して見せるのが、その理想とすることの一端である」（同上 p. 150）。

既視感にも似た過去との緊密な繫がりと予感とを含んだ或る一瞬の一見何気ない光景を摑むと同時に、その表現においてはその内面的な含みを離れてなおも、線と色彩とで構成される画面はそれ自体として独立し、純粋に感覚的な快美の印象を与えるのが、ペイターの言う詩的絵画である。ここで注意しておきたいことは、純粋な線と色彩の独立的優位性を主張するペイターは、そういうものが認められる代表的な例として、先にも引用したようにオランダ絵画やティツィアーノ、ヴェロネーゼ（Paolo Veronese 一五二八～八八）等を表向き挙げてはいるが、その関心の誘因と動機は日本美術における線描と色面にあるのではないかと察せられることである。事実これらの絵画の感覚的純粋性の価値を保障する藝術として、先にも触れた日本の扇面画を代表に持ち出したのであった。ペイターが敢えて絵画の感覚面のそれ自体の美を強調し、それに強いこだわりを見せること、また何気ないものの一過的な光景に対する強い関心、無常性の意識もこの推察を補強する。事象の移ろいに敏感に感応する日本人の美意識から生み出された藝術は、死の意識によって強められた美への欲求を抱いていたペイターの心に強く訴えかけ共感するところがあったに違いない。西欧の伝統からすると異端的な、物事の変わり目、移ろいに対する関心と注意は、日本の美術との接触がきっかけとなっているのではないかという推測は、否定しきれるものではなかろう。

線描や色そのもの、対象の瞬間的一面の把握へのペイターのこだわりには、ロセッティに優るとも劣らぬ日本美術の影響を感じさせるが、ペイターをその方向へと駆り立てていったのが、詩と絵との融合を企てたロセッティではあるまいか。尤も西洋における詩と絵との一体性を理想とする藝術観は、早くに古代ギリシアにあり、「詩はもの言う絵画、絵画はもの言わぬ詩」（沓掛良彦『人間《ひと》とは何ぞ』八十二頁参照）と、詩人シモーニデース（Simonides 前五五六頃～前四六八頃）は言っている。しかしヨーロッパキリスト教社会においては、藝術の独立性を唱道するところから然るべくして生まれてきた新しい流れであることには違いない。

ロセッティにおける詩と絵との融合から醸し出されてくるものは、色の取合せの諧和と言葉の韻律とを織りなすところに現れる音楽である。「あらゆる藝術は絶えず音楽の状態に憧れる」（*Renaissance*, p. 135）というペイターの藝術理念は、ロセッティの詩と絵との融合という前衛的な試みにその基盤があると思われる。ワイルドもそのことを見て取って、ロセッティの『ヴェネツィアの牧歌のために』について、「ロセッティはジョルジョーネの色彩をソネットの音楽に移し替えた」（"The Critic as Artist," *Works*, IV 一八七頁）と言ったのは、肯綮に中った指摘である。この詩を掲げておく。

水を注げ　夏至の暑苦しさゆえに――否
ゆっくりと水差を傾けよ――否　身を傾けて聞け
その端《はな》を波が溜息ながらに流れ物憂げなるを

静かにせよ　あらゆる深みの彼方に
熱暑は日の盛りにじっと黙りこくっている
いまや手はすすり泣くヴィオールの弦をゆるりと這い
褐色《かっしょく》の顔はゆきわたる喜びゆえの悲しみに歌うのをやめる
女の目は今どこをさまようのか
その口元から細い笛はするりと離れ唇は尖ったままである
そして草地は女の裸体の側面にあって翳り
すずやかである　そのままにしておくがいい――
泣かせぬよう女には今は何も言ってはならない
いまのことを言挙げしてもならない　前のままにしておくがいい
いのちが唇に触れそれは永遠と化したから

（*"A Venetian Pastoral by Giorgione," Rossetti: Poems and Translations*, p. 142）

ロセッティの先蹤を追い、ペイターも『田園の合奏』を「ジョルジョーネ派」論においてなぞってみないではいられなかった。

この乾燥した土地で人々が楽しくしているのであれば、水が遠くないところにあるのであろう。そしてジョルジョーネ派においては、水があること――井戸、或いは大理石の水溜、『田園の合奏』

の中で婦人が宝石で飾られた手で水差から水を、恐らくは笛の音楽と綯い交ぜられながら流れ落ちる涼しげな音に耳傾けながら注いでいるように、水を汲んだり注いだりする様――は、音楽そのものがあることと変わらぬほどに独特の風情をなすものであり、殆ど音楽同然に暗示に満ちている。

(*Renaissance*, p. 152)

ロセッティの水への注視をそのままペイターは受け継いで、水の流れの喚起する音楽をその絵の中に聞き取ろうとしている。

十七　音楽と無常

i　音楽的効果性

ロセッティは絵画の音楽性を求めるに、色調の醸し出す色彩の音楽を追求し、更には絵に対するソネットを書くことによっても、絵から音楽の流れを引き出そうとした。ペイターはロセッティの詩的絵画を継承するに、散文による絵画的描写、即ち絵画的散文を以てし、ペイター独特の匂い立つような凝《こご》った音楽性を実現した。そのすぐれた代表的な例は、以前取り上げたスウィンバーンの「フィレンツェの老大家の意匠に関する覚書」の文体を巧みに換骨奪胎して書き上げた「レオナルド・ダ・ヴィンチ」論におけるあの引用したモナ・リザ描写や短篇「家の中の子」("The Child in the House" 一八七八年)などに見られる。

ロセッティもペイターも何故にかくも音楽性を求めたのか。音楽性とは即ち流動性である。音楽性を通して須臾《しゅゆ》の間の美の形を捉え表現しようとしたのであろう。音楽とは事象の一過性のひとつの表現形態であり、言うまでもなく、その裏には強烈な死の意識が隠れている。それ故にこれらの藝術家においては無常感と失われたものに焦がれるような郷愁とが、物憂げな風情を伴って藝術を色濃く染めることになる。例えばペイターはスウィンバーンの「その目は物憂い (the eyes are languid)」(*Essays and Studies*, p. 375) をまねて一捻りし、「ダ・ヴィンチ」論においてモナ・リザの目元を「その瞼は少し疲れている (the eyelids are a little weary)」と形容し、その印象的な表現が読者の心を捉える。ペイターの憧憬する音楽性も、美と死とが密接に繋がり合ったロセッティ藝術同様、「死の意識と美の願望、死の意識によって生気を帯びる美の願望」という美意識と不可分に繋がり合っている。

ペイターにとって事物の存在は感覚を通じた単なる効果にすぎなかった。即ち万象は無であるという認識を持っていた。次の言葉がそのことをよく示している。「ジョアシャン・デュ・ベレー」("Joachim du Bellay") の中でこう言っている、「突然の光が何か取るに足らぬもの、風見鶏、風車、箕《み》、納屋の戸口の塵の姿を変える。一瞬の時が流れれば、物は消え失せてしまう。それは単なる効果にすぎなかったからである。しかしそれは後に快味、その出来事がもう一度起こってほしいという思いを残す」(*Renaissance*, p. 176)。経験の後に残された感覚的効果を表現することに、ペイターは藝術の在処《ありか》を見ていた。事実ではなく、「事実感」を表現することがこの批評家にとっての藝術であった所以である。

スウィンバーンは早くに引用したように、詩は「曖昧模糊とした混沌と自滅的な矛盾の感じしか後に残さない」(*Notes on Poems and Reviews*, p. 6) と言った。この言葉から窺われることは、この詩人は事物の存在の価値を一過的な効果のうちに見出し、その効果の再現に藝術的価値を置いているということである。事実感の表現を標榜するペイターもこの藝術思想の流れの中に立っている。

ロセッティが求めた詩と絵画の融合という理想形態の生み出す音楽性は、死の強い意識のもたらす無常感を表出するには、極めて効果的な藝術形態の神髄を成すものであった。そのような音楽性は形に違いはあれ、スウィンバーンにもペイターにも等しく息づいている。

ii 『鏡の前で』

はかなさ、移ろい易さ、郷愁の感覚は、一八六〇年代におけるロセッティとスウィンバーン両者の親密な友であったあのジャポニザン・ホイッスラーのものでもあった。この画家の蒐集した浮世絵の一部はグラスゴー大学のハンタリアン美術館（The Hunterian Art Gallery）や大英博物館に保存されているが、次の絵師が含まれている。即ち歌川廣重、喜多川歌麿（寶暦三年［一七五三］頃～文化三年［一八〇六］）、葛飾北齋、鳥居清長（寶暦二年［一七五二］～文化十二年［一八一五］）、勝川春潮（生没年不詳、江戸中期）、歌川豊國（明和六年［一七六九］～文政八年［一八二五］）、歌川國貞（天明六年［一七八六］～元治元年［一

ホイッスラー『白のシンフォニー第一番　白衣の女』

ホイッスラー『ふたりの白衣の少女』

八六五〕）、鳥文齋榮之（寶暦六年〔一七五六〕～文政十二年〔一八二九〕）のような世界を通して、これらの絵師達の描いた白日夢の風景や人物像の描き方を学び取り、ホイッスラーは移ろいやすい時の或る一瞬を捉えたのである（Bendix, *Diabolical Design*, p. 70 参照）。夜想曲やその他の作品に応用したのであった。白のシンフォニーの連作においても、少女の心の不安定な状態の或る一瞬の姿を、「白のシンフォニー（Symphonie du Blanc）」のうちに捉えて描いた。

実は、作品の音楽性を捉えた「白のシンフォニー」という評言は、一八六三年の落選展（*Salon des Refusés*）に出品されたホイッスラーの『白衣の女』（*The White Girl* 一八六二年）を、美術批評家ポール・マンツ（Paul Mantz 一八二一～一八九五）が同展における最重要作品と評価して、『美術新聞』（*Gazette des Beaux-Arts*）に寄稿した評論で取り上げた時に、この絵を評して用いた言葉である。因みにこの作品は最初一八六二年のロイヤル・アカデミーに応募して落選したので、バーナーズ街画廊（the Berners Street Gallery）で画廊経営者が展示してくれた作品である。その後パリの「サロン」にも応募して落選したのであった（*The Life of J. M. Whistler*, pp. 73-4 参照）。

マンツの用いた「白のシンフォニー」という言葉はホイッスラーが「白のシンフォニー」の表現を題に用いるようになる何年か前のことである。かくして『白衣の女』は、後に一八七二年、サウス・ケンジントンで開かれた万国博覧会で出品された時、初めて目録に『白のシンフォニー第一番』（*Symphony in*

White, No. 1）と表記されるに至る（同上p. 109参照）。しかしこれより早くに、『ふたりの白衣の少女』（The Two Little Girls 一八六五〜七年）において、ホイッスラーは一八六七年に初めて「シンフォニー」の表現を用い、『白のシンフォニー第三番』と題してロイヤル・アカデミーに送った。ホイッスラーがシンフォニーという音楽用語を使うに至った経緯について、ペンネルはマンツの評言のほかに、ボードレールの散文にその暗示があったとか、ゴーチェに『シンフォニー』（Symphonies）と題した詩があるとか、アンリ・ミュルジェール（Henry Murger 一八二二〜六一年）の作品に出てくるボヘミアン達が『美術への青の影響に関するシンフォニー』（Symphonie sur l'influence de bleu dans les arts）を作曲したことなどを列挙してはいるが（同上p. 101頁参照）、ポール・マンツの言葉がやはり決定的な要因となった可能性が高いように思われる。

さて本題に戻れば、万物の無常を巧みに暗示していることでは、就中、先にも挙げた『白のシンフォニー第二番　白衣の少女』が際立っている。この作品は一八六五年、ロンドンのロイヤル・アカデミーで展示された時には、先にも触れた通り、スウィンバーンの『鏡の前で』が金紙に印刷されて額縁に貼り付けられたが（Swinburne Letters, vol. 1, p. 120参照）、詩人の無常観がこの絵と共鳴し合っている『鏡の前で』をここに、刻まれた六聯だけでなく九聯すべてを掲げておく。

I

赤い薔薇園の白い薔薇も
これほど白くはない

烈しい東風《ひがしかぜ》が初々しく咲きそろった
スノードロップの上を
吹きわたるがゆえに
許しを乞い恐怖に恋い焦がれるこの花も
蒼白から輝きへ変わってゆくこの顔のようには変わらない

目をさえぎる禁断の
帳の後ろには
愛よ　悲しみが隠れているのか
喜びがあるのか
お前の持ち前は喜びなのかそれとも悲しみか
疲れた花びらの白薔薇よ
命は短く数々の愛は移り気のおくての薔薇よ

やわらかな雪はひとひらひとひらが
噛み合うまでに烈風に固められ
花なき園をすっかりおおっている
花は去って久しい

夏が終わり人々が宴の席を立ち
温かな西風が東風に
温かな昼が夜に変わってからは

Ⅱ

「空高く
雪が来ようとも　風や雷が来ようとも
私は自分の顔を見つめ　つややかな髪の毛を見て驚く
心底薔薇を昂ぶらせたり
深く悲しませるものはほかにはない
薔薇はその花びらや対をなす唇への
愛《いと》しさにふくらむ

「この女は自分に口づけしてくれた数々の愛を知らない
それがどこでのことか知らない
お前が幻なのか　我が妹よ
そこの白衣の妹よ
私が幻なのか　誰が知ろうか

私の手　落ちた薔薇の花は白い雪の上に雪のように白く置かれてあり
何ら心するところがない

「私にはわからない　どんな喜びがあったのか
あるいはどんな苦しみがあったのか
新しい年がめぐってくるたびに
どんな青ざめた新たな愛と宝物がもたらされるのか
どんな光が差しどんな雨が降り
持ち前としてどんな悲しみや喜びがあるのか
ひとつだけ花は知っている　花は美しい」

Ⅲ

嬉しげである　しかし嬉しさに顔を赤らめてはいない
喜びは過ぎ去っていくから
悲しげである　しかし悲しみに身をかがめてはいない
悲しみは死んでゆくから
ほのかに光る鏡の奥にいて
女は過ぎ去ったすべてのことが通り過ぎてゆくのを

そして過去となった甘美な生活すべてが伏して死んでゆくのを眺めている
赫奕《かくえき》たる花々の幻が
降りて近づく
そして疾く過ぎた去った時の翼は
飛び立って天翔る
溜息に溜息を重ねるあまたの夢の死んだ口を
女はぼんやりとしたかすかな光で眺め
冷たい幾筋の川の流れの向こうにその聲を聞いている

女は見ている
眠れなかった目をして
顔は沈み白いのどを差しのばして
なぜだか知らねど
漂い流れていってしまったかつて時折重ねた恋が
かつての恋と薄らいでいった恐れとが川を流れてゆくのを
空の下《もと》あらゆる男達のこぼす涙の流れを聞いているその川を流れてゆくのを

（*Poems and Ballads*, pp. 149-52）

『白のシンフォニー第二番　白衣の少女』に触発されたこの作品は、一八六五年四月二日日曜、朝食後、真っ先に取りかかって一気呵成に書き上げ、これをロイヤル・アカデミーのアカデミー目録の標語に利用するとともに、絵の下側に印刷してもらえないかと、手紙に詩原稿を添えて、その当日に画家に頼んだのであった。「私にはこれ以上美しいものは書けないでしょう」（一八六五年四月二日付ホイッスラー宛手紙）と言い添えるほどの自信作だった。ロセッティも絶讃してくれたことを言い添えている。そして実際、アカデミー目録の副題としてこの詩の二聯が採用され（*The Life of James McNeill Whistler*, p. 92 参照）、六聯が先述の通り額縁に貼り付けられた。

ホイッスラーに提示したものは、「I」と「II」の四十二行で完結した形の作品だった。四十二行目の次には署名と宛名が記されているので、それと知れる。最終の三聯はその後に付け加えたもののようである（*Swinburne Letters*, vol. 1, p. 120 脚注参照）。『白のシンフォニー第二番　白衣の少女』の額縁に附せられた『鏡の前で』が四十二行であるのは、このような事情によるものである。

一八六五年八月十一日付ラスキン（John Ruskin 一八一九〜一九〇〇）宛のスウィンバーンの手紙を読むと、ラスキンは既にどこかでこの詩に目を通して、「いつもよりは出来のいい作品」と評したのを詩人は知り、この言葉に感激してラスキンの求めに応じ、この手紙に添えて『鏡の前で』を送ったことがわかる。「この詩は画題の方よりもすぐれていると、一再ならず人から、殊にゲイブリエル・ロセッティからそう言われている」とロセッティを後盾にし、更に当のホイッスラーはどうかと言えば、「ホイッスラー自身、自分の絵よりも高い位置に置いてまで小生の詩を大いに褒めちぎった最初の批評家」だと詩人は認《したた》め、画家からの高い評価を作品の保障とした。

とは言え、詩人は軽率な自惚に浸っていたわけではなく、画家の評価を語る前に、「小生の歌にどんな価値があろうとも、美しさ、繊細さ、意味深さ、絶妙の手際と優美な力強さにおいて、ホイッスラーの絵ほどには完全ではない」と、自戒のうちに客観的姿勢を見せている。

本来、立場と機能の異なる詩と絵画とを、スウィンバーンもホイッスラーも同一の次元で比較し合って見ていることが、この書簡を通して窺われ、そこには音楽性に富んだ詩と絵画の融合、即ち音楽性のある描かれた詩、或いは絵画的散文というペイターの理想藝術の理念が、その先駆として実践されていることに気付かされる。

因みに、詩と絵との、音楽性に富んだ融合の試みについては、先づ第一にロセッティの場合を既に見たが、スウィンバーンは師と欽仰したこのロセッティの試みを意識的に踏襲したと見てよいだろう。この詩人は一八六一年、初めてパリのルーブルで『田園の合奏』を実際に見て非常に感激した。「ゲイブリエルがあのようなソネットに書いた、草上の音楽と水汲む人の描かれたあのジョルジョーネの宴は、何という飛び切り人を気絶させるような一撃を食らわすものでありましょうか」(一八六一年一月十九日付)と、女流画家ポーリーン＝レディ・トレヴェリアン(Pauline, Lady Trevelyan 一八一六〜六六)に書き送ったこの手紙は、その感動ぶりを伝えている。スウィンバーンが『鏡の前で』を書いた背景には、『ヴェネツィアの牧歌のために』において詩と絵とを巧みに繋げて見せたロセッティに倣おうとした意図が感ぜられる。この詩が同様な影響をペイターにも及ぼしたことは先に見た通りである。

そのような藝術意識の中で、スウィンバーンは『白のシンフォニー第二番　白衣の少女』に何を見出したのか。即興的に『鏡の前で』を書き上げてから認《したた》めた先のホイッスラーへの手紙の中で、それは「薔薇の隠喩であり、また、顔それ自体の幻影や、その他あらゆる事物の幻影の側から見たそれらの事物を物憂げに沈思している顔に表れた、悲喜こもごもの神秘の想念」だと、詩人は述べている。

iii　『白のシンフォニー第二番　白衣の少女』

絵にも詩にも共通して現れているものは、調和のとれた内省的雰囲気である。鏡の前で過ぎ去ったことが、ふと思い起こされ、うつろな面持でそれに思いをめぐらし、思いは連鎖的に、実像もまた虚像を映す鏡となり、合わせ鏡の如く広がってゆく。虚像と実像とが相互に反射し合って、虚像は限りなく増殖する。現実と幻影との境界が消え、現実はすべて、虚無化されてゆく。「お前が幻なのか」「私が幻なのか」誰にもわからない空間が現出する。ワイルドの『ドリアン・グレイの肖像』に通じてゆく原型をここに見ることもできる。

ホイッスラー『白のシンフォニー第二番　白衣の少女』

『白のシンフォニー第二番　白衣の少女』には何気ない一瞬、この場合はたまたま鏡の前に立った瞬間が捉えられている。己の内面の淵を覗き込むきっかけとなる一瞬を捉えたのであった。それはペイターの『ルネサンス』の言葉を借りれば、「最大多数の生命力がその最も純粋なエネルギーとなって結合している」（"Conclusion"）極めて意識的な瞬間として、それを見る者をも常に触発する力を内在させている。

この種の藝術は回想を通して未来を探り、常に郷愁と予感に満ちた不安定な雰囲気を醸し出しており、それに触発されて生まれた作品もまた先行する藝術の変異形としてその余韻を響かせて、同様の特殊な雰囲気を漂わせる。表現された個々の心象は明確でも全体の輪郭はぼんやりしている。ロイヤル・アカデミーに展示された時、スウィンバーンの詩が『白のシンフォニー第二番　白衣の少女』の理解に余り役立たなかった所以でもある。

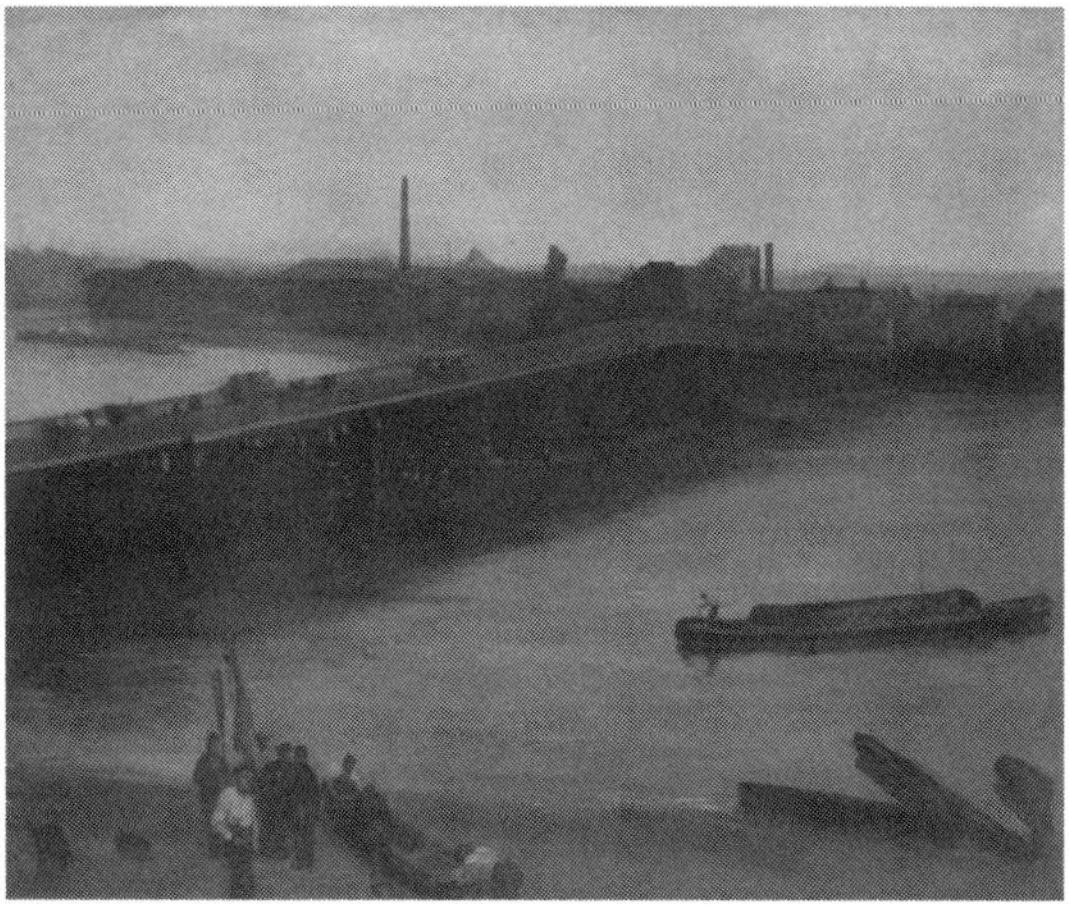

『茶色と銀色　オールド・バタシー橋』

『白のシンフォニー第二番　白衣の少女』は一八六五年のロイヤル・アカデミー展において概して評判はよくなかった。ロンドンのバーナーズ街画廊で一八六二年初めて公開された『白のシンフォニー第一番　白衣の女』ほどにも理解も評価もされなかった。フランスのレヴィ・ルグランジュ（Levi Legrange）は『美術新聞』に寄せた批評で、『白衣の少女』は『白衣の女』の弱々しい退屈な二番煎じとしか見なかったし、『アシニーアム』は、ホイッスラーは女性を最も奇怪な二足動物にして描いたと酷評した（*The Life of J. M. Whistler*, pp. 92-3 参照）。

一般的に『白衣の少女』が評価されなかった状況の中で、炯眼のウィリアム・M・ロセッティだけは、ホイッス

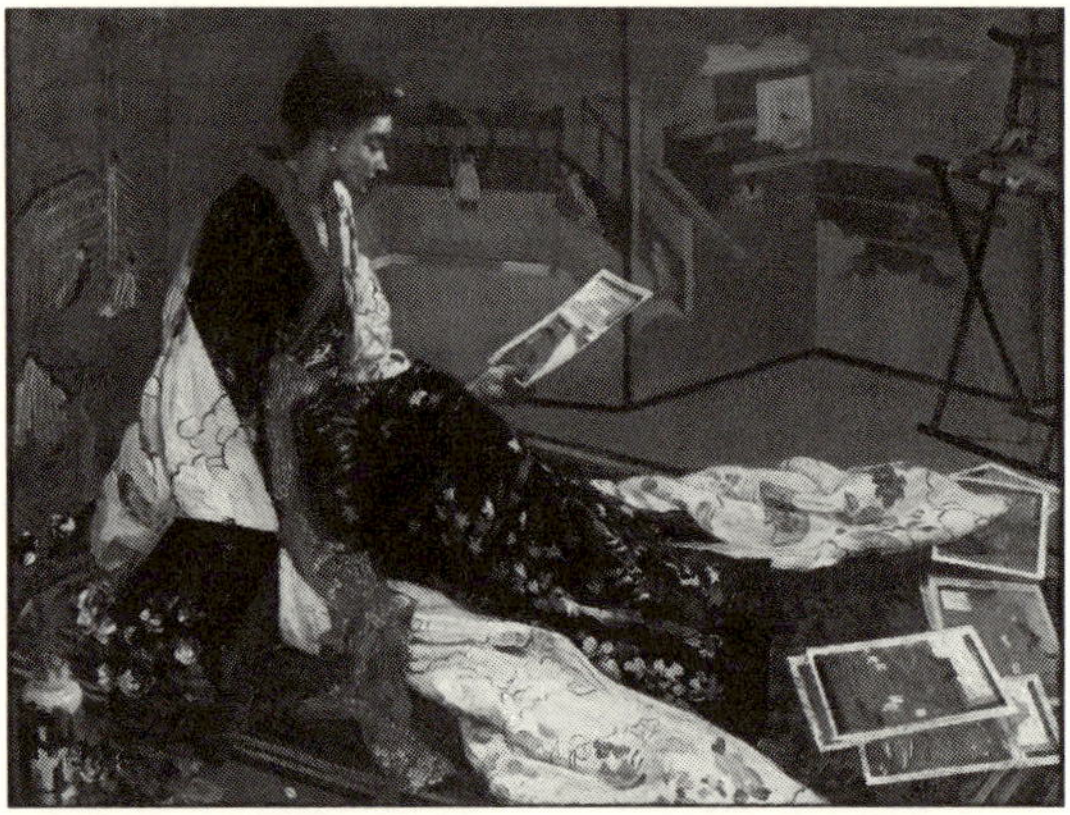

ホイッスラー『紫と金色の奇想　金屏風』

ラーが一八六五年に公開した『白衣の少女』、『茶色と銀色　オールド・バタシー橋』（*Brown and Silver: Old Battersea Bridge* 一八五九～六三年）、『紫と金色の奇想　金屏風』（*Caprice in Purple and Gold: The Golden Screen* 一八六四年）、『スカーフ』（*The Scarf* 筆者未確認）の四点のうち、『白衣の少女』と『茶色と銀色　オールド・バタシー橋』が、前者は見る者を惹きつける魅力、後者は画家独自の手法に即した完璧さゆえに、極めてすぐれた作品だと評した。その魅力とは、ジョン・エヴァレット・ミレー（John Everett Millais 一八二九～九六年）の『エスター』（*Esther* 一八六五年）に見られる閃くような白さに近似した絶妙な美しさ、優美なカーネーション、殊に白衣の上に下げられた手の美しさであり、「髪の毛の炎の色のような黄色、暖炉の黒、躑躅の濃い鴇色《ときいろ》が全体を最高の状態にするのに与っている」ことだった（"Critiques on Contemporary Painters and Designers," *Fine Art, Chiefly Contemporary*, pp. 274-5 参照）。パリの日本美術店に足繁く通って美術品を蒐集し、又理解も深めていたウィリアム・M・ロセッティならではの観察である。色の取合せという色彩の音楽性を見抜いている。ホイッスラーには「色彩とその扱いの手際との或る繋がりに対する狂いのない直観」があり、そこから生み出されてくる作品は、「一見恣意的に見えながら、それ以上に正確に全体が効果的に組織立てられている」（同上p. 275）と、ウィリアム・M・ロセッティはホイッスラーにおける巧まれた色の取

J. E. ミレー『エスター』

ホイッスラー『ノクターン　青と金色
――オールド・バタシー橋』

合せに着目している。

何気ない、しかし選ばれた瞬間は、それ自体匂い立つ含みを持つだけでなく、巧まれた色の取合せによって重層的に色彩の音楽を奏でることになる。色彩の音楽性については、既にロセッティの、例えば『花嫁』でも見たが、ホイッスラーの場合は極めて簡素な構成で、濃密な形態を持つロセッティとは対照的である。ウィリアム・M・ロセッティは『白衣の少女』の魅力の特徴的諸要素は、「軽やかにして力強く」、このことはホイッスラーのこれまでの全作品に言えることだと述べた(同上)。確かに的確な指摘であり、ホイッスラーは日本美術から簡素な様式を学び取り、西欧絵画にありがちな写実的な重苦しさを払拭し、斬新な境地を切り開いた。

他に一例を挙げれば、廣重に想を得た『ノクターン　青と金色――オールド・バタシー橋』(*Nocturne: Blue and Gold—Old Battersea Bridge* 一八七二～

七五年頃）の画面の中に、ぼんやりとした彼方の岸辺にいくつかの黄色の明かりが点々とともり、その中に小さな紅色がただひとつ点ぜられている。画龍点睛の効果を持つ一筆である。

iv　自然と藝術のための藝術

「軽やかにして力強い」全体的効果を鮮やかに決め、くどさのない楚々とした『白衣の少女』に触発された『鏡の前で』は、絵と一体化して、絵と同様に昇騰する想像力の言葉から言葉への飛躍のうちに様々な含みを投げかけ、読む者に明確な心象を結ばせるというよりも、寧ろぼんやりとした或る気分へと拉し去る。浮世絵の画讃や俳画と同じく、詩と絵とは有機的に繋がり合っており、詩を絵の説明と誤って受け取ると、この詩が難解に思われる向きもあろう。『白衣の少女』と『鏡の前で』を通して、ホイッスラーにとってもスウィンバーンにとっても、藝術は言伝《ことづて》の道具ではなく、無常のうちに自づから然るべくして在る事物の存在をそれ自体として表現するものとしてあったことが知れる。

自然物を人間の従属的位置に置いたり、人間を絶対化するのではなく、人或いは事物を独立してあるがままにそれ自体として描く時、人間のみに囚われて広い視野が阻害される人間中心主義から離れ、それらの存在を有機的大系の一部位として、相対的に広く自然、宇宙へと繋げる契機に恵まれる。スウィンバーンは『鏡の前で』を書いた二年後、藝術のための藝術という言葉をイギリスで初めて使うことになるが、この藝術理念は人間や社会的な人間関係ばかりに囚われた西洋の人々に、絶対的人間観の軛から解き放って、自然の一部位としての人間を見る導きを与えた。事実、相対的精神の重要性を唱えるペイターは、一八七三年に出た『ルネサンス』の序文の中ではっきりと、「自然の一部としての人間生活」

と表現するに至っている。

日本や中国においては、古くから人物は自然の中の点景として扱われ描かれてきたが、キリスト教社会の西洋にはなかったことである。ゴッホが、例えば既に挙げたように、『収穫』において人の姿を点景として描き得たのも、親しく日本美術を研究した結果だった。加うるに、中国的自然観ではなく、日本的自然観を引き継いだ結果である。沓掛良彦が指摘するように、中国の自然観の特徴は、「自然の外部に立って、純粋かつ客観的に、しかも一段高いところから、観照者として自然の事物に臨む姿勢」（『西行弾奏』一六三頁）にあり、一方日本の自然観は自然描写のうちに自己の心情を反映させたり、「造化にしたがひて四時《しいじ》を友とす」（『笈の小文』）という芭蕉の言葉に代表されるように、自己を自然に同化させるところに特徴があるからである。

ゴッホの『ひまわり』連作に多くの日本人が引きつけられるのも、西洋の静物画における表現対象が自然の有機的大系との繋がりを失った単なる物として表現されているのに対して、ゴッホの描くひまわりは、あの広大なひまわり畑と生きて繋がっていると同時に画家の精神形態になっているのを、遺伝的な直感で感じ取っているからだろう。日本の絵に描かれた草花が自然との密接な繋がりを感じさせるように、日本藝術に表れた自然観を深く理解したゴッホは、ひまわりを生きた自然との繋がりで描いている。

自然に即することによって初めて生きてくる藝術のための藝術として、何ら特定の言伝を意図することなく、ただ曖昧模糊とした印象を残すスウィンバーンの秀作『鏡の前で』も、ホイッスラーの場合と同じく、「一見恣意的に見えながら、それ以上に正確に全体が効果的に組織立てられている」巧まれた心象の取合せである。

十八　色彩調和の音楽性

i　色彩調和の追求

スウィンバーンは、「一八六八年の絵に関する覚書」で、ウォッツ（George Frederic Watts 一八一七〜一九〇四）、アルバート・ムーア、ルグロ（Alphonse Legros 一八三七〜一九一一）、ホイッスラー、ロセッティ及びその他数人の画家を取り上げて論じている。この中で詩人はウォッツの『ピュグマリオンの妻』（*The Wife of Pygmalion*）について、絵画と彫刻が姉妹藝術になり得ることを述べたことを除くと、今名を挙げた画家達に関してすべて色彩調和の観点から絵の音楽性を指摘し讃辞を呈している。様々な色彩が重なり合って生み出されてくる律動性に極めて強い関心を寄せているのである。既にマネの『オランピア』とロセッティの『花嫁』に関して述べたように、色彩調和が日本美術との関わりで西洋美術史上かつてなかったほどに意識的に追求された。スウィンバーンのこの色彩調和の音楽性という観点もその情況からすると、日本美術との関わりを無視できない。

日本美術の特徴は、ルイ・ゴンス（Louis Gonse 一八四一〜一九二六年）の言葉を使えば、「要約された線描、形態の単純化、光によって生ずる影や明暗の意識的な排除」（「装飾にみる日本人の天分」小林利延訳、『藝術の日本』三十頁）であるが、浮世絵は更に版画という特殊性から限られた色しか使えなかった。それでも浮世絵の色面調和や色の漸次的移行即ち濃淡法の見せる美しさは、日本熱の中心地、ロセッティの「テューダー・ハウス」で当然注意されたことであろう。スウィンバーンが深い共感を覚えていたボードレールも、評論「リヒャルト・ワーグナーとタンホイザーのパリ公演」（"Richard Wagner et Tanhäuser à Paris" 一八六一年）において、「音が色を暗示し得まいということ、諸〻の色が一旋律の観念を与え得まいということ、音と色とは諸〻観念を譯出するに不適であろう」（『ボードレール藝術論』佐藤正彰・中島健蔵訳、一七一頁）などと考えることは驚きであると言い、色彩調和に音楽の観念を結びつけた共感覚を論じていた。

ii　絵画の音楽性

スウィンバーンは一八六二年九月に『スペクテイター』（*The Spectator*）誌に先駆的な「ボードレール『悪の華』」論（"Charles Baudelaire: Les Fleurs de Mal"）を発表し、翌六三年にはこの詩人から先の「ワーグナー」論を贈られている。この時点より早く、「ワーグナー」論を読んでいた可能性はあるにせよ、絵画に音楽性を求めてやまないスウィンバーンのこだわりは、ひとつにはこのボードレールの影響があるようである（Prettejohn, "Walter Pater and aesthetic painting," *After the Pre-Raphaelites*, p. 41 参照）。

　しかし一方、スウィンバーンは『ヴェネツィアの牧歌のために』に歌われた『田園の合奏』を初めて見ることで、両者の相応関係に感銘を深くした。ロセッティのソネットによって音楽化された絵に、詩人は草上の音楽と水の流れの音を聞くことができた。詩と絵、絵と音楽との共感覚的結合を一八六一年一月に体験できたのである。ボードレールの「ワーグナー」は一八六一年四月一日に出た『ヨーロッパ評論』（*La revue européenne*）に発表されたので、スウィンバーンが『田園の合奏』と『ヴェネツィアの牧歌のために』との相応関係を体験した方が確実に早い。

『ヴェネツィアの牧歌のために』が公表されたのは、一八七〇年に出版された『詩集』（*Poems*）であるが、書かれたのは一八四九年十月である。この事実からすると、絵画に音楽性を感じ取る共感覚はロセッティにおいて逸早く始まっていたことになる。スウィンバーンは共感覚に関するロセッティやボードレールの考え方を継承し、それを膨らませていったと見ることができる。事実、詩人はボードレールの詩について、「彼の韻律の音は色と匂いを暗示する」（"Charles Baudelaire," 1861, *Complete Works of Swinburne*, XIII, p. 419）とも言い、詩の共感覚への強い関心を見せている。

絵画における音楽性の意識は、ロセッティやボードレールを初めとする西欧の詩人や画家から、更には十九世紀半ばに造形藝術、詩、音楽を一体化せんとする全体藝術を標榜したワーグナーの存在も含めて、自づと生起してきたものと見ることもできるが、なおも考慮せねばならないことがある。この意識を大きく助長するものとして、嘉永七年（一八五四）の日本の開国に伴って、今まで以上に大量に日本の美術工藝品が流入し始めたという事情を等閑に附すことはできない。

ロセッティは『田園の合奏』における色彩調和の音楽性に動かされて『ヴェネツィアの牧歌のために』を書いたのではない。ペイターは「ディオニューソスの研究」（"A Study of Dionysus" 一八七六年）の中でも『田園の合奏』に触れて次のように書いている。「南国の熱暑を肌で感じたことがある人ならば、この詩情、ジョルジョーネの作品とされるもののうちでも最も美しい作品、即ちルーブルにある『田園の合奏』の主題がわからない人はいまい。強烈な感興、精妙にして隅々にまで行きわたる象徴的意味、こうしたものが次のような場所の見せる物が触れ合う様や音や光景にまとわりついている。思い浮かべてみるとよい。空気のよどんだ中庭の井戸の暗闇、その開口部にたおやかに輪をなして生えている羊歯、夏の朝、ヴェネツィアの家々に木製の樋《ひ》を通って流れる真水の音、パドヴァやヴェローナでは『真水や真水』の売り声が聞こえてくると、人々が得難い混じり気のなさ故に葡萄酒以上に大事なものを走って買いに行く。その売り声は想像力をいやが上にも掻き立てる快感をもたらし、これらの町の街路では物乞いさえも享楽主義哲学を堪能しているであろうと思われる」(*Greek Studies*, p. 28)。

『ヴェネツィアの牧歌のために』を読む限り、ロセッティの感じ取ったものはこれに近いものであろう。詩人はその絵を見ていると湧き起こってくる触感や音の感興をソネットの音楽にしたのであって、色彩調和に直接関わるものではなかった。色彩調和の音楽性へと方向を微妙に転換していったのは、日本の美術工藝品を一般の人が手に入れられるようになった第二回ロンドン万国博覧会の開かれた一八六二年以降、もっと正確には、日本美術工藝品との接触の経験が内面化して醸され、藝術的な形で表面化し始める一八六四年頃以降と考えられる。それは『ウェヌス・ウェルティコルディア』(一八六四〜八年)、『青の閨房』(一八六五年)、『花嫁』(一八六五〜六年)、『シビュッラ・パルミフェーラ』(*Sibylla Palmifera* 一八六六〜七〇年)など、陸続と描かれた作品に流麗な色彩の音楽となって現れてきた。

ロセッティ『シビュッラ・パルミフェーラ』

iii　ヴェネツィア派の官能性

ロセッティが日本美術とヴェネツィア絵画に沈潜していった時期はほぼ重なり、画家がアーサー王伝説やダンテの主題から、ヴェネツィア絵画風へと趣を転換する皮切となった作品は、友人ジョージ・プライス・ボイスに頼んで自分に依頼させて描いたファニー・コーンフォース（Fanny Cornforth 一八三五〜一九〇九）の肖像『ボッカ・バチアータ』（一八五九年）であることは、既に述べた。ロセッティ自身、一八五九年九月五日付ボイス宛の手紙に、「結局はいささかヴェネツィア風になりました」（Surtees 前掲書 p. 69）と書いている。雑で官能的であると、当時批判を受けることもあった作品である（同上 p. 68 参照）。ロセッティのヴェネツィア風の傾向は、この官能性や、衣裳における鮮やかな赤と金色によく表れている（S. F. Cooper, *Pre-Raphaelite Art*, p.46 参照）。

ロセッティのヴェネツィア絵画への関心に促されるようにして、チェイニー・ウォークの「テューダー・ハウス」に同居していたジョージ・メレディス（George Meredith 一八二八〜一九〇九）は一八六一年に、そして弟のウィリアム・M・ロセッティは一八六二年に、それぞれヴェネツィアに行き、スウィンバーンは一八六一年と六三年の二回、ルーブルでヴェネツィア絵画を鑑賞した。同居人ではなかったが、ロセッティと親密な間柄のバーン＝ジョーンズも一八六二年にヴェネツィアに行き、ヴェロネーゼやティントレット（Tintoretto 一五一八〜九四）の模写をラスキンのためにしてきた。そしてこれらの藝術家達が感銘を受けたのは、等しくヴェネツィア絵画における官能美だった（Alastair Grieve, "Rossetti and the scandal of art for art's sake in the early 1860s," *After the Pre-Raphaelites*, p. 25 参照）。ヴェネツィア派はその色彩の鮮やかさに特徴があることは周知のことであるが、ロセッティを中心とする仲間達が、殊にその官能美に魅了されたことは注意に値する。

こうした事情に鑑みても、色彩調和の音楽性についてはロセッティは浮世絵に示唆を得、スウィンバーンはその先蹤を追っているのではないかと推測される。先述したように、浮世絵は多色刷りとはいえ、限られた色しか使えないが、ロセッティは油絵という方法の違いからもっと自由に色を駆使して色彩の音楽を奏でることができた。と同時に、ロセッティの絵にはそれと同じ主題でソネットが書かれている場合がいくつかあるように、基本的に描かれた詩として何か言わんとする内容があり、その内容をめぐる詩的想像力の醸し出す馥郁たる音楽性を併せ持っている。そこが色彩の音楽に徹したホイッスラーと違うところである。

絵画における音楽性を、画面に描かれた内容から引き出してくるのではなく、感覚のみに拠った色彩調和そのものに見出すきっかけを与えたのは浮世絵であろう。このことについてはホイッスラーの場合を見れば一層よく理解される。

iv　ホイッスラーの色彩の音楽

ホイッスラーもシンフォニー、ハーモニー、ノクターン、アレインジメント（編曲）など、音楽用語を絵の題にまで用いて絵における色彩調和の音楽性を徹底した。画家は一八七八年五月二十二日付の『世界』紙（*The World*）の談話「赤布」（*The Red Rag*）の中で、絵の題に「シンフォニー」という語を使用することについて、『灰色と金色のハーモニー』〔*Harmony in Grey and Gold* 一八七二年、後に『灰色と金色のノクターン　チェルシーの雪〔*Nocturne in Grey and Gold: Chelsea Snow*〕』に改題〕を一例に

ホイッスラー『灰色と金色のハーモニー』

挙げて、その絵は「私の意図したこと――一人の黒い人物と明かりのともった居酒屋のある雪景色――を描いたものである。黒い人物の過去も現在も未来もどうだっていいことである。黒がその位置に必要だったから配置されているまでである。私にわかっていることは、ただ灰色と金色の結合がその絵の基盤であるということだけである」と言う。「音楽は音の詩であるように、絵は目で見る詩であり、内容は音や色の調和とは何ら関係ない」。藝術は「ひとりぽつねんとあって、目や耳の藝術的感覚に訴えるべきであって、これを献身的熱情、憐憫、愛情、愛国心などといったような、藝術とは全く関係のない感情と混同してはならない」（*Whistler on Art*, pp. 51-2）。こうしたことが音楽用語を題に用いる理由だという。色彩効果は一種の音楽であるという意識が根柢にある。

　ホイッスラーはその十年前の一八六八年の九月三十日付、ファンタン＝ラトゥール（Henri Jean Théodore Fantin-Latour 一八三六～一九〇四）宛の手紙の中で、自然に即した物の色の取合せと、繰返しが生み出す律動的な色彩紋様の源泉が、日本美術にあることを示唆している。ドソワ夫人の店の常連客でもあり、日本趣味を持ったファンタン＝ラトゥールがホイッスラーに花の絵を二幅送ってきたので、それに対する返事がこの手紙である。「花の色を全く自然のままに写し取ってきてそれがカンバスの上に置かれており、純粋にして生《き》のままで、実にまるで日本人のようです」と褒める。そして「貴下は描いた対象、更にはその配置までもよく理解しているのみならず、色の取合せもよくわかっておられます。色の取合せこそ、小生にとって真の色なのです」と、色の取合せを強調している。かくして、「小生にとって一番重要と思えることは、所定のカンバスに諸々の色が謂わば刺繡されなくてはならないということ、言い換えれば、刺繡で同じ糸が繰返し現れるように、同じ色が絶えずあっちこっち繰返し現れることです。その他の色についても、その重要性に応じて度合を変えてそのようにならなくてはいけません。こうして全体が調和のとれた紋様を形作るのです。このことを日本人がいかによく理解しているか見て御覧なさい。日本人は決して対照を求めません。それどころか繰返しを求めるのです」(同上 pp. 33 and 35)。

ホイッスラーは日本の絵のどこに音楽性があるのか正しく見抜いていた。色の取合せによる色彩調和という旋律と、同一の色の繰返しが生む律動に日本美術の音楽性を見出し、自らその実践を試みたのである。尤も、没我的自然観照のうちに対象を抽象的に簡略化し客観化している日本美術の場合と、自然を寧ろ自我のうちに引き込んでからその幻像を客観的表現へともってゆく、自我が色濃く投影された西欧美術に属するホイッスラーとでは、ロセッティを含め、自づと色彩調和の在り方が違って見えはするが。

このように見てみると、英国絵画における音楽性の意識は、描かれた内容が喚起するものから、日本美術の影響により、色彩調和の音楽性へと重心を移していったことが窺い知れる。

ムーア『躑躅』

v　スウィンバーンの色彩の音楽的流れ

色の取合せが醸し出す音楽性に藝術的価値を見出すという姿勢において、スウィンバーンはホイッスラーと観点を同じくしている。詩人が「一八六八年の絵画に関する覚書」において、アルバート・ムーアの『躑躅』（*Azaleas* 一八六七～八年）について、「色彩の旋律、形態のシンフォニーは完璧である」（*Essays and Studies*, p. 360）と言い、日本版画に親しんだルグロについては、『食堂』（*The Refectory*）に関して「諸々の色彩の音楽的な流れが正確で気品がある」（同上 p. 364）と評したのも、同様の基準に拠っている。

そのエセーでは、スウィンバーンが重視するホイッスラーとロセッティについては最後にもってきて、他より多くの紙数を割いているが、基本的には先の画家達と同様の基準と表現でしか論じていない。即ち、ホイッスラーについては、まだ未完で題も不明の作品を評して、「曰く言い難い色彩の旋律」（同上 pp. 372-3）が期待できると言い、ロセッティについても、「色彩の音楽的な流れが華やかにして簡素である」（同上 p. 377）という表現に行き着いている。そして最後にスウィンバーンは、この二人の大家に仕事の領域や思想感情の調子に逕庭を認めつつも、精神と仕事、共にその質が至高のものであるということ、「美そのもののために美を愛すること、一柱の神に対するように美に帰依しそれを信仰」（同上 p. 379）していることに、両者の美の宗教の帰依者としての共通性を見出している。

一八六七年に出た『ブレイク』においてイギリスでは初めて藝術のための藝術という言葉を使ったスウィンバーンは、フランスではボードレールを、イギリスではロセッティとホイッスラーを、自分と同じ藝術思想を持つ代表的藝術家として語ってそのエセーの掉尾を飾り、自己の考え方の正当性を訴えているように見える。それは新しい藝術への気負いとも言える。幾何学的な遠近法やシンメトリによる形の均斉に囚われて行き詰まっていた西欧美術に対して、非対称や自由闊達な線描の駆使、或いは色面調和の構成などにより、それらを遥かに上回る高度な調和を得ていた日本美術は、その行き詰まりを打破する大きな刺戟を与えた。そのような潮流の中で、スウィンバーンの言う色彩の音楽的な流れという美的観点は、日本美術の色彩調和の音楽性を巧みに取り込んできたロセッティやホイッスラーの藝術観に倣うものであろう。

vi　生活のための「美のための美」

そして、スウィンバーンの言う藝術のための藝術は、綜合の意識から後退し社会の高度化に伴う分化の流れに乗り、絵画を額縁に閉じこめ生活から引き離して美術館の単なる展示品にする、という意味での藝術のための藝術ではなかった。西欧の藝術が行き詰まったのは、そういう種類の藝術のための藝術に迷い込んだからでもあった。ロセッティを中心とする藝術家達が当初中世やギリシアに目を向け、更にそこに日本を重ね合わせていったのも、そこでは藝術が美のための美でありながら、生活と直に関わっていると思ったからである。スウィンバーンの使った藝術のための藝術という言葉は、生活と繋がった「美のための美」の追求の流れの源泉をなすものとして捉えなくてはならない。

この美意識に基づく色彩調和の音楽性やこれに関聯する詩と絵との共感覚的な音楽的融合は、多分に日本美術によって促されていった藝術形態であると見得るものであり、その意味でペイターの、「あらゆる藝術は絶えず音楽の状態に憧れる」という名文句も、畢竟、日本美術との深い関わりの中から生まれてきた言葉だと言っていいかもしれない。ロセッティ、スウィンバーン、ホイッスラーらの藝術家達が考え実践していたことが、当意即妙にこの短文のうちに纏め上げられている。

vii ペイターのロセッティとの間接的な関わり

ペイターはロセッティとは直接的な交流はなかったようだが、スウィンバーンやシメオン・ソロモン（Simeon Solomon 一八四〇〜一九〇五）との交友の中で間接的な繋がりを持っていた。ペイターとスウィンバーンとの関わりについては既に述べたが、更に付け加えておくならば、ペイターが最初のエセー「透明性」を発表した「オールド・モータリティ」（'Old Mortality' essay society）という、一八五〇年代半ばに結成されたオックスフォードの小さなエセーの会にスウィンバーンも会員となっており、この会でペイターはスウィンバーンと出会った。ラファエロ前派系のユダヤ人画家で、一八七二年、ブレイズノウズ・コリッヂでペイターの肖像画を描いたことで知られるソロモンをペイターに紹介したのも、スウィンバーンだった（M. Levey, *The Case of Walter Pater*, p. 106 参照）。

ソロモンは一八七三年二月十一日公衆便所で同性愛のかどで逮捕されてからはすっかり画家生命を絶たれてしまったが、一八六九年以来ペイターの友人であり、オックスフォードのペイターの許にしばしば滞在した。一方、ペイターも一八七六年十二月、『隔週評論』に発表した「ディオニューソス研究」("A Study of Dionysus")において、一八六八年のロイヤル・アカデミーで展示されたと言うソロモンの『バッカス』(*Bacchus* 一八六七年)について、イタリアルネサンスの画家達がディオニューソスを喜びの姿でしか表現しなかったのに対して、ソロモンがディオニューソスの持つ裏の面である憂愁を「完璧且つ極めて魅力的」に描いて見せたと称讃したほどの間柄であった(*Greek Studies*, p. 42 参照)。ソロモンの名前を明示せずに単に「若いユダヤ人画家」としか表記されていないにせよ、社会的に追放されたソロモンを擁護することは、ペイター自身が疑いの目を向けられる危険を冒す振る舞いに違いなかった。既に一八七三年の『ルネサンス』の「結語」で厳しい批判に晒されていたことを思えばなおさらである。しかし落魄の身となっている友ソロモンへの哀憐の情にも誘われて、その絵の現代的な藝術的価値を称揚しないではいられない藝術家としての一種の義務感に近い思いに駆り立てられたのであろう。

ソロモン『バッカス』油彩、1867 年

ペイターの心情はかくもあれ、幾分横道に逸れるが一点注意しておくべきことがある。ペイターは「一八六八年のロイヤル・アカデミーで展示された若いユダヤ人画家の描いた『バッカス』の一点」(同上)と記しているが、ソロモンが一八六八年にロイヤル・アカデミーで作品を展示した事実はないようである。この画家が一八六八年に公表したのは水彩画の『バッカス』(一八六八年)であり、展示会場はダッドレー画廊(The Dudley Gallery)であった。ロ

ソロモン『バッカス』水彩、1868 年

イヤル・アカデミーに展示された作品はもう一点別の油彩の『バッカス』であり、それは一八六七年のことである。従って、一八六八年にロイヤル・アカデミーでソロモンの『バッカス』を見るということは、事実としてはあり得ないことである。ペイターは「『バッカス』の一点」を*"a Bacchus"*と表記していることからすると、一八六七年の油彩と一八六八年の水彩の両方の『バッカス』を見て知っていたものと思われる。ペイターはこの二種類の『バッカス』を念頭においてソロモンの作品について語ったと見るのが自然である。プリティジョンも次のように言っている、「ペイターが一八六七年（中略）にロイヤル・アカデミーで展示された『バッカス』の油彩に言及しようと思ったのか、或いは又ダッドレー画廊に一八六八年に展示された水彩画の『バッカス』に言及しようと思ったのかは、不明である。（中略）いずれにせよペイターは両方の作品を知っており、その評言は両方に当てはまるものなのであろう」（"Walter Pater and aesthetic painting," *After the Pre-Raphaelites*, pp. 38-9）。

この見解は妥当なものと思われるが、一八六八年のロイヤル・アカデミーに展示されたソロモンの『バッカス』の絵という記述が、単に一八六七年を一八六八年と勘違いしたのか、故意に事実を歪曲したのか疑問が残るところである。もし後者であるならば、ソロモンの実名を避けて匿名にしたことと絡んで、一八六八年のロイヤル・アカデミーで展示された若いユダヤ人画家の『バッカス』という、人をはぐらかすような架空の事柄にすることによって、衆道の廉で逮捕されたソロモンとの関わりを虚構に転じようとする気持が働いたのではないかとも解し得る。現実にして虚構のような情況が現出しているように見えるのである。クリストファー・リックスが、「ペイターは繰返し己の細心に考え抜いたものを誤った形で引いてきて対象に組み込むことで、内容を私用に供した」(C. Ricks, *The Force of Poetry*, p. 402)と指摘しているように、対象を或いは事実を自分の都合に合わせて改変するのがペイター藝術の本質であったので、この事例もそのたぐいである可能性も考えられる。もしそうだとすれば、素直に事実を述べなかったことの裏には、友情故にそれを支えとして危険を冒してまでもソロモンを取り上げ、その藝術的価値を世に知らしめたいというペイターの切実で複雑な思いを反映するものとして、その苦衷が察せられることになる。依然、真相は不明である。

とまれ話を戻せば、一時ソロモンと親しかったオスカー・ブラウニング (Oscar Browning 一八三七〜一九二三) は、「ペイターを知ることはシメオン・ソロモンを知ることである」(O. Browning, "Recollections of Pater, 1868-94," *Walter Pater: A Life Remembered*, ed. by R. M. Seiler, p. 26 参照) とも言って、両者の親密さを明かしている。先にペイターがスウィンバーンの文体を換骨奪胎したことに触れたが、藝術家としてのペイターにとって最も気脈が通じたのは、スウィンバーンとソロモンだった (*The Case of Walter Pater*, p. 106 参照)。ソロモンはしばらくはロセッティやバーン＝ジョーンズ、スウィンバーンの仲間であり、ラファエロ前派に連なる画家だった。

ペイターはそのような交友によってラファエロ前派の藝術家集団の周縁の一角を占めていた。ロセッティを中心とする藝術家達の新しい時代の空気を直接的にも間接的にも吸っていた。事実、エドマンド・ゴスも一八九四年十二月の『現代評論』(*Contemporary Review*)に寄稿した「ウォルター・ペイター肖像」("Walter Pater: A Portrait, 1894")の中で、ペイターの鮮やかな変貌ぶりを伝えている。

それによれば、一八六九年五月のロイヤル・アカデミーの内覧会にペイターが姿を現した時、以前着ていた、オックスフォードの教員が通常身につける衣裳とは打って変わって、真新しいトップハットに鮮やかなアップル・グリーンのネクタイといういでたちであった。ゴスはそれを重大な転換期と捉え、もはや地方の一哲学者ではなく、ロンドンと現代美術とに繋がりを得た批評家となったと見た。そして新進気鋭の批評家が現代美術に接したのは、ラファエロ前派の画家達を通してであり、殊にバーン＝ジョーンズを称讃していたが、その画家やロセッティと知合いという訳ではなかった、とゴスは言っている(E. Gosse, "Walter Pater: a Portrait, 1894," *Walter Pater: A Life Remembered*, p. 188 参照)。

viii　ゴーチェ

ペイターは間接的であれ、それなりにロセッティ仲間の雰囲気に浴し、更に、マイケル・レヴィに従えば、ペイターがその藝術的関わりを深くするゴーチェ、フローベール、ボードレールを教えられたのは、スウィンバーンからだった(*The Case of Walter Pater*, p. 108 参照)。就中ボードレールは既に触れた通り、ペイターがこの詩人に極めて近いものを感じさせると共に、日本趣味を持った詩人だった。

ゴーチェも一八六三年二月二十六日付『ル・モニトゥール・ユニヴェルセル』(*Le Moniteur Universel*)紙に、シャシロン(Charles Gustave Martin de Chassiron 一八一八〜七一)の『日本、中国、インドの覚書　一八五八〜一八五九〜一八六〇』(*Notes sur le Japon, la Chine et l'Inde: 1858-1859-1860*)の書評を書き、当時まだ北齋の名を知らないまま、その版画に言及していると言われるが(馬淵明子『ジャポニスム　幻想の日本』二三一頁参照)、日本趣味に関わる藝術家であった。

因みに、芳賀徹の『大君の使節』によると、ゴーチェが『ル・モニトゥール・ユニヴェルセル』の特派員記者として家族連れで、一八六二年五月一日に開幕した第二回ロンドン万国博覧会の見物に来ていた時、次女ジュディット(Judith Gautier 一八四五〜一九一七)に椿事が起こった。折しもこの頃竹内下野守保徳(文化四年[一八〇七]〜慶應三年[一八六七])の率いる遣欧使節もロンドンに到着し、開幕式に臨席し万博見物をしていた。ジュディットが母や姉とロンドンの街を歩いていた時、たまたまその使節の二人の侍と出合った。その二人に魅せられてジュディットの一行も、侍の入った店に同じように入り、片言のフランス語と英語を話すのを知り、話しかけようと試みたと言う。「この瞬間から、私は極東のとりこ」となってしまい、その十余年後には、パリ留学生西園寺公望(嘉永二年[一八四九]〜昭和十五年[一九四〇])と親しくし、共同で仏訳『蜻蛉集』(*Poèmes de la Libellule*)を出版したことは有名である。弱冠十二歳の娘に「特有の美を啓示してくれた」「運命的な邂逅」(芳賀徹『大君の使節』一四六〜八頁参照)だったと思わせるほどのその背景には、一体何があったのか。父親ゴーチェの日本美術愛好の家庭環境を無視する訳にはゆくまい。ここにこんな逸話を引いたのは、他でもない、家族にも自づと影を落としていたゴーチェの好みの傾向を垣間見るためである。

ペイターの好んだボードレールやゴーチェがそういう傾向の藝術家であったことは看過できない。このような環境の中でペイターは、作品の中に何かを語らんとする物語性を含みながら、それでいて感覚的な美しさを第一にしたロセッティと、感覚的効果を最優先したスウィンバーンとを足掛かりにして唯美主義を継承していった。

ix　唯美主義の二筋の流れ

それに対して、ワイルドは己の「人生にかくも不思議な影響を及ぼした」『ルネサンス』の著者ペイターに基盤を置きながらも、「自然と一体化」し、「自己の人としての存在を完全に明け渡そうとした」（"Mr. Swinburne's Last Volume," *The Artist as Critic*, p. 148）、澄んだ感覚を持つスウィンバーンや、「人間を抹消し」「自然に目を向け」て、「人生のつまらぬ事実を絶妙にして逃げ易い効果」のうちに消し去り、「朝まだきや黄昏の藝術的価値」（"Mr. Whistler's Ten O'clock" 同上 p. 14）を追求したホイッスラーに大いに共鳴を深くして、簡潔な文体を作り上げ、ペイターとは趣を異にする唯美主義を展開してゆくことになる。

ウォルター・ハミルトン（Walter Hamilton 一八四四〜九九）は一八八二年に出版した『英国唯美主義運動』（*The Æsthetic Movement in England*）の中で、ワイルドは詩人としてより、藝術講演者及び衣裳改良家としての名声が高かったと述べている（p. 108 参照）。まだ傑作が出るずっと以前のことではあるが、美の装飾性への関心が、ワイルドにおいては初めの頃から強かったことを窺わせる言及である。

確かにワイルドの諸作品のすぐれた音楽性に思いを致すと、その感覚的効果は秀逸にして瑰麗である。丁度、日本美術において線それ自体に人生観が集約されているように、言葉の音それ自体が意味を内包するほどに、表現が純化され尖鋭化されていっている。形の上では寧ろペイターの方向よりも一層ここに日本の影が強く感じられる。

とまれ、ウォルター・ハミルトンが、「真の唯美主義者の本質を成すと考えられるあの一体化された藝術の諸能力は、ロセッティに完全な発展を見る」(同上p. 5)と評したそのロセッティからは、日本の影を反映しながら、ペイター的唯美主義と、更にそこから分岐したワイルド的唯美主義とが、共にスウィンバーンの介在を経て二筋の流れとなって流れ出てゆくのを見るのである。

第二章　英国唯美主義の濫觴

一　産業美術の育成

十九世紀半ばから浮世絵がフランスの美術界、殊に印象派の画家達を中心にして劃期的な影響を及ぼしたことは周知の事実である。ヨーロッパがおもむろに日本美術の価値に目覚めつつあった時に、他国民に勝って感覚が鋭く目利きのフランスの藝術家達は瞬く間にそれを自家薬籠中のものとし、洒落た趣のある意匠を次から次へと送り出して国民にその美を実感させたのであった。それのみならず更には、フランス人は日本美術をひとつのファッションとして取り込み、家庭、店などありとあらゆる所にそれが見られるようになったという（"Keramic Art in Japan," *The Art Journal*, October 1875, p. 314 参照）。新たな美への欲求が個々の藝術家から沸々と自づと湧き起こってくるフランスの藝術環境とその状況は、フランス人とは感性を大いに異にするイギリス人にとっては垂涎の的であったであろう。

藝術より生活そのものへの執着が強いイギリスでは、ヴィクトリア朝においては生活と直結した産業との関わりの中で国家が関与しながら、藝術というより工藝或いは産業美術という形で美の追求が先導されていった。イギリスはヨーロッパ諸国に先駆けて十八世紀半ばに産業革命を成し遂げ、十九世紀初頭には生産機構も飛躍的に改善されてきたが、意匠面ではどうしてもフランスには太刀打ちできなかった。それで先づ、一八三五年から三六年にかけて美術・工藝特別委員会が設けられ、次いで装飾美術の改善という目的で、商務省により、又その監督の下に、一八三七年にロンドンのサマセット・ハウス(Somerset House)に官立デザイン学校(Government School of Design)が設立された。国会から年千五百ポンドの補助金を得て維持された。その後、サマセット・ハウスのデザイン学校を本校として、全国の産業地域にデザイン学校が展開されていった。

この効果は勿論すぐ現れるわけではなく、一般的には十九世紀前半は製品の意匠や品質は共にフランスの真似をすることに終始した。一八四四年のパリ・フランス産業美術博覧会で選りすぐって品々を買い求めたのもそのためであった。これらの品々はその後、ヴィクトリア・アンド・アルバート博物館(Victoria & Albert Museum)の前身、製品博物館(The Museum of Manufactures)の展示物となった。イギリスの立場からすると、人気の高いフランス製品を真似した方が輸出を増やし輸入を減らせるという目論見があった。一八五一年、ハイドパークのクリスタル宮で開催された第一回ロンドン万国博覧会の工業デザイン部門におけるイギリスの展示物は殆どが形状、色共に、フランスを手本にしていた(Aslin, *The Aesthetic Movement*, p. 16 参照)。最初のロンドン万博はイギリスの技術力と国力を誇示し、人類の営みの進歩を謳歌する一大祭典であったものの、意匠に関してはイギリスは敗北を喫した。さはありながらも、五十年代も全般的にはフランスの模倣が続いた。

しかしイギリスはこの意匠の敗北はあったものの、鋭意努力を新たにした。ロンドン万博の翌年一八五二年に、ロンドンのペル・メルの南側、セント・ジェームズ宮の隣に位置するモールバラ・ハウス（Marlborough House）内に実用美術局（Department of Practical Art）を新しく設置し、それに附属する形で教育を目的とする製品博物館が置かれた。製品博物館について附言しておけば、それは最初、ヴィクトリア女王の夫君アルバート公（Prince Albert 一八一九〜六一）が自らが提案しヘンリー・コール（Sir Henry Cole 一八〇八〜八二）が主催者となって開催された第一回ロンドン万博で買い集めた最上品を収蔵するために、アルバート公自身が設立したものであった。このモールバラ・ハウスには先のデザイン学校もサマセット・ハウスから移されて同居した。実用美術局の局長には第一回ロンドン万博に主動的な影響力を発揮し、又日用品の意匠に画家や彫刻家を雇って改革を推し進めるヘンリー・コールが任命された。モールバラ・ハウスの中で呱々の声をあげた製品博物館が、今日のヴィクトリア・アンド・アルバート博物館へと大きく発展することになる。

因みに、モールバラ・ハウスは元は一七一〇年に初代モールバラ公爵ジョン・チャーチル（John Churchill, 1st Duke of Marlborough 一六五〇〜一七二二）のために、クリストファー・レン（Christopher Wren 一六三二〜一七二三）の設計で建てられた建物で、一八一七年に政府が王室のために買い上げ、実用美術局がそこに入る二年前の一八五〇年にはプリンス・オブ・ウェールズ（英国皇太子称号）に分与された王室の別邸である。

こうして王室が深く関わり、アルバート公が蒐集した品々を基礎にして開かれた製品博物館と、それを管理運営する実用美術局とは、謂わば王室と政府の共同体であり、このことは工藝デザインに対する国家としての意識の強さとその重要性の認識とを窺わせている。

実用美術局は翌一八五三年には科学・美術局（Department of Science and Art）と名を変え、引続きコールが局長を務め、博物館も装飾美術博物館（The Museum of Ornamental Art）と改称された。

第一回ロンドン万博での利益は十八万ポンドであった。その一部を利用し、ハイドパークの南側、サウス・ケンジントン地区のブロンプトンに土地を六万ポンドで政府が買い取り、鉄と木材を使った建物を一万五千ポンドで建てた。この建物が一八五七年六月二十二日、サウス・ケンジントン博物館（The South Kensington Museum）として開館する。博物館には科学・美術局と共に、先のモールバラ・ハウスに展示されていた藝術系の収蔵品はすべて移され、更に第一回ロンドン万博で手に入れてはいたが、一時的に各所にばらばらに保管されていた科学系の様々な蒐集品もここに集められた。地名に由来するこの博物館の名称も、同博物館の調査に関わる政府の特別委員会の審議を経た後、一八九九年に今日のヴィクトリア・アンド・アルバート博物館と改称されてゆく。

サウス・ケンジントン博物館の設立趣旨は、産業を支える科学と、目的にかなった使い勝手のよい美しい形を製品に与える藝術とが一体化した美術工藝の育成にあり、この方向性が一層明確にされた点に注意しておく必要がある。目的に即した機能性を追求したところに生まれる無駄のない簡素な美、古代ギリシアや日本では当然であったそうした美しさの追求を、この博物館は教育目的として標榜したと言っていい。

そしてアルバート公の第一回ロンドン万博での蒐集品がこの種の博物館の礎になっていることを思い

合わせると、王室も美術工藝教育を率先躬行したことを印象づけるという点で、ヴィクトリア・アンド・アルバート博物館への改称もそれなりに意義のあることだったであろう。しかし一方、目的が明示されない改称が続いて同館の趣旨の弱まりが懸念され、一九七四年から八七年まで同館の館長を務めたサー・ロイ・ストロング（Sir Roy Strong 一九三五〜）は、美術と科学の接続という同館の目的をはっきり知らしめるために、「装飾美術・意匠国立博物館」（The National Museum of Decorative Art and Design）という別名を添えることにした。この事実は、前身である実用美術局の製品博物館の本来目的を却って一層明らかにしてくれる。

こうして見てくると、一八三七年にデザイン学校が設立されたとはいえ、国家が中心となって産業と美術との一体化が意欲的に展開されるのは、第一回ロンドン万博以降と言ってよく、この国家的政策は折よくも瞠目すべき日本の美術工藝品の流入増大によって渡りに船を得ることになった。五十年代は一般的にはフランスの模倣が続いたとはいえ、同時にフランスから日本へと徐に目を移し替える時期ともなったようである。

イギリスにおける産業と美術との一体化に関しては、実際には日本ともっと早く関わっていたことも確かである。十八世紀半ば以降、ウースター（Worcester）やダービー（Derby）、ロンドンのチェルシー（Chelsea）やボウ（Bow）などの窯で柿右衛門や伊万里が、ドイツ、オランダ、フランスと同様に、丹念にまねて作られていたことは（Girton, *The Two Quail Pattern: 300 Years of Design on Porcelain* 参照）、ケンブリッジのフィッツウィリアム美術館（The Fitzwilliam Museum）所蔵の作例やロイヤル・クラウン・ダービーやロイヤル・ウースター附属の博物館の展示資料を見ても理解されるところである。しかしそれはまだ個人或いは民間の利益追求に関わる活動でしかなかった。

一八五二年に実用美術局が設けられた時、その所蔵品の内、第五部「家具と室内装飾材料」はその蒐集規模は小さいとは言え、その三分の二がオランダ人がヨーロッパにもたらした日本と中国の品々だったと言われる。翌年実用美術局からその名を改めた科学・美術局は、更に日本の工藝品の蒐集の拡大を図った。一八五四年、ロンドンのペル・メル・イーストにあったオールド・ウォーターカラー協会（The Old Watercolour Society）のギャラリーで本格的な日本美術工藝品の展覧会が開かれた。この時、科学・美術局の局長コールと、この部局の美術監督のリチャード・レッドグレイヴ（Richard Redgrave 一八〇四〜八八）の両者の推奨でかなり大量の日本の美術工藝品が買い込まれた。このロンドン初の展覧会は未だ機熟さず、報道界も含めて概して反響は鈍かったが、コールとレッドグレイヴのような目利きは稀ながらも、時代を先取りする確かさがあった。イギリスでは日本はこの時代まで、一般的には中国の陰に隠れがちであったことは否定できず、第一回ロンドン万博でも日本部門はなく、中国部門の中に混じって日本物は展示されていたにすぎない。その意味でも一八五四年の日本美術工藝展は劃期的な催しであり、その機会を逃さず科学・美術局が買い入れを図ったことは将来の唯美主義の発展への看過し難い布石ともなった。因みに、この展覧会は前年五三年にペリーが初めて日本に来航したことによる附随的結果とも言われている（*The Aesthetic Movement*, p. 80 参照）。

二　漆器と磁器

イギリスは一六一三年から一六二三年まで、東インド会社の出先機関である英国商館を平戸に置いて日本の品物をイギリス本国や他のヨーロッパ諸国に輸出し、ジェームズ一世時代（一六〇三〜一六二五年）の本国では漆器が流行になった。しかし外国人の活動制限やキリスト教への禁圧という政治状況での商業活動のむづかしさから、自ら日本からの撤退を決断した後は、専らオランダ人による日本との交易に頼るほかなくなる。イギリスが日本から輸入していた物は最初は漆器が主体であったが、一六〇〇年代半ば頃から磁器がこれに加わるようになる。具体的に一例を挙げれば、一六六〇年だけでも、有田はオランダ向けに一万一五三〇点の磁器を生産している（*Japan and Britain, An Aesthetic Dialogue 1850–1930*, ed. by Sato & Watanabe, p. 17 参照）。

こうした奇貨は、言うまでもなく、貴族の間で珍重されてきた。リンカンシャーのスタンフォードにあるバーリー・ハウス（Burghley House）やベッドフォードシャーのウーバン・アビー（Woburn Abbey）の蒐集がその好例である。しかしそれ以外に日本美術工藝品に魅せられた熱狂的なその道の専門家がいたことは、十九世紀後半の英国の日本趣味と唯美主義を考える上で注意しておいた方がいい。

もはやヨーロッパ人は、自分達には壮麗な宮殿、豪奢な寺院、豪勢な建物があって全世界のどこよりもまさっているなどと、空しい考えを持ってうぬぼれない方がいい。古代のそして現代のローマも今やその地位を譲らねばならない。美と崇高さにかけては、その栄光はただ日本一国のみにあり、今日のヴァティカンや従前の万神殿の矜持をも凌いでいる。

(John Stalker & George Parker, *A Treatise of Japanning and Varnishing*, p. xi)

この日本讃美は一六八八年に出版された、ジョン・ストーカーとジョージ・パーカー共著の『漆塗りとワニス塗り教本』の序文の一節である。平戸英国商館が閉鎖され、流行となって珍重されていた漆塗りの製品が手に入りにくくなり、その結果、イギリスでは自前でその代用品が作られるようになった。そうした背景があって擬似日本風漆塗りのための教本が出たのである。著者はその道の玄人であり、その立場から日本美術をこのように高く評価しているのだが、黄金の国ジパングという幻想も、その後の文脈から判断する限り、意識の中に幾分あるにせよ、実際に目にした日本の美術工藝品に対して偽らざる感嘆を覚えていたに違いない。

附言しておけば、勿論こういう漆塗りの模倣はイギリスだけではなかった。例えばウィンザー城の漆塗りの調度品には、十七世紀フランスや、十七世紀末のフランドルで制作された、日本の物と見まがうほどに優れた模倣漆細工を施した用簞笥がある。

シノワズリーと呼ばれる中国風装飾様式は主に十八世紀のヨーロッパで流行し、中国と日本との区別がしにくい西洋人には、日本はシノワズリーの範疇に含められがちであったにせよ、心得のある美の鑑識家には日本は日本として意識されていたことは、先の引用文が示しているし、漆器のことをジャパンと呼ぶようになったのもその一端であろう。因みにその語の英語文献上の初出はオックスフォード英語辞典（OED）によれば一六六一年である。

漆器の後を追うようにして、東洋の磁器の美しさに西欧の人々は驚きの目を瞠る。それをまねようと、ヨーロッパで初めて磁器を作ったのはドイツのマイセン（Meissen）である。東洋磁器蒐集に凝ったアウグストゥス強王（Augustus II the Strong 一六七〇〜一七三三）は、増え続ける磁器を収蔵するためにバロック様式の建物をドレスデンのエルベ河畔に建て、それを日本宮（Japanisches Palais）と名付けた。強

ドレスデンの日本宮（筆者撮影）

マイセンのアルブレヒト城（筆者撮影）

王は更に、エルベ川を下流に少し下ったところに位置するマイセンのアルブレヒト城内で薬屋の徒弟ヨハン・フリードリッヒ・ベトガー（Johann Friedrich Böttger 一六八二〜一七一九）と、学者のエーレンフリート・ヴァルター・フォン・チルンハウス（Ehrenfried Walther von Tschirnhaus 一六五一〜一七〇八）に、強王の所謂「白い金」なる白い磁器の製作を研究させ、終に一七〇八年にそれを完成させたのであった。その関係からイギリスにおいて身近な模範としてはマイセンの磁器が利用されている。それはさておき、寛永末、即ち十七世紀前半末に完成されたと言われる柿右衛門や伊万里が意識的に模倣されたことは、先に少し触れた通りであるが、具体的に言えば次のような民間の窯でそれがなされている。

1751 年創業のロイヤル・ウースター・ポースリン（筆者撮影）

一七五一年から一七七〇年まで続いたチェルシー窯は柿右衛門様式を「インド風草花文」の名で模倣した。ただし有田からの直接の模倣ではなく、マイセンの有田焼模倣をまねたものとされている（深川正『海を渡った古伊万里』一六九頁参照）。因みに「インド風草花文」とか「インド風文様」の名称が使われたのは、ヨーロッパにおいて古伊万里とか柿右衛門の名が知られるようになるのは十九世紀後半になってからのことであるからだ。これらの磁器はインド磁器と総称されていた（同上一二〇、一四三、一四五頁参照）。

ボーン・チャイナを開発したことで有名なボウ窯は一七四四年に開かれ、やはり柿右衛門様式を模倣した。しかし一七七五年頃には生産をやめている。一七五〇年に創業したダービー窯は、マイセン物を通して古伊万里をまねし、今日なおイマリ・ウェア（Imari Ware）と称して高級品を売り続けている。そして又、一七五一年に開窯したウースター窯は古伊万里文様を直接写したとも言われるが（同上一七一頁参照）、事は必ずしも単純ではないようである。

マイセンでは一七三〇年から一七五〇年にかけて日本の様式の人気が高く、柿右衛門がそっくりに写された磁器が生産された（Ayers, Impey, and Mallet, *Porcelain for Palaces*, p. 190 参照）。一方、一七五〇年頃から磁器を生産し始めたイギリスの窯ではチェルシーやボウがマイセンの柿右衛門の写しを模範にして磁器を生産した。しかし時々はそれらのマイセン物ではなく日本の本物の柿右衛門を驚くほどに忠実にまねたのであった（同上 pp. 190-1 参照）。因みに日本の文様をイギリスで最初に写したのはチェルシーであろうと言われている（同上 p. 52 参照）。ともあれ、イギリスのチェルシーやボウはドイツのマイセン、フランスのシャンティイー（Chantilly）と共に、柿右衛門風の焼物を大量に生産したヨーロッパの中心的生産地であったが（同上 p. 277 参照）、そのチェルシーやボウでも模範は手に入れやすいマイセンの有田写しが主で、入手しにくい日本の本物はそれに次ぐことになる。

チェルシーやボウのようにロンドン地域内にある窯は別として、ウースターのようにロンドンから離れた地域では模範を得るのに不自由を強いられたようである。ロンドン以外では、日本の焼物の原物はおろか、マイセン物にさえ接することがむづかしく、初期のウースター物は、外観は日本風でも支那風でもなく、その焼物にこめられた聯想によって単に東洋風に見えるといった程度にすぎなかったと言われる（同上 p. 55 参照）。それ故にボウの様式がウースターで大いに追随された（同上 p. 296 参照）。

これらの有田をまねたイギリスの諸窯は、需要に応じて生産をした利益追求の民間の営みにすぎず、利益がなければ短命に終わった。王侯貴族の庇護の下に育成されたドイツ、オランダ、フランスなどの大陸諸国の窯とはその点で対照的だった。英国王室は国力増強、国土開発には力を注いでも、美術工藝には関心が薄く民間の利益追求が先行した。

意匠に関して大陸諸国の後塵を常に拝してきたイギリスがやっと国家として重い腰を上げたのが、先に述べた一八三七年のデザイン学校の設立であり、辣腕の改革者コールを長に据えた実用美術局の設置であった。『日本と英国　審美的対話一八五九〜一九三〇』(*Japan and Britain: An Aesthetic Dialogue 1850-1930*) に引かれた『ロンドン万国博覧会の結果に関する講話』(*Lectures on the Result of the Great Exhibition*) の中で、コールは第一回万博後、「最も感銘深い教訓が学べるのは東方からである」と述べたと言われるが (同上 p. 27 の引用参照)、それ故にこそ五四年のロンドン初の本格的な日本美術工藝品の展覧会に逸早く目をつけ、レッドグレイヴと共に、科学・美術局としてそこからの大量購入を図ったのであろう。

この日本を中心に見据えた東方への関心の甦りは、シノワズリーで一括りされがちな日本の美術を独立して扱う魁となるものである。そこに至るまでには日本の漆工藝や有田の焼物に対する高い評価が、イギリスの美術愛好家の間に深い淵をなす底流として

1750 年創業のロイヤル・クラウン・ダービー・チャイナ（筆者撮影）

あったからに他ならない。その底流とは例えば、先の高級品イマリ・ウェアを売るロイヤル・クラウン・ダービーが、かつて一八一〇年頃、開窯以来最も売れた意匠を大量販売するためにそれを調べてみたところ、古伊万里様式だったということもそんな一例である。

或いは又、先に触れたウーバン・アビーには注目すべき蒐集品が多い。一例を挙げれば、十七世紀の有田や伊万里の日本の磁器の蒐集、ウースターの伊万里様式の磁器、日本の漆塗りをまね、形状も似せてオーク材で作ったイギリス物の十八世紀の用簞笥、更にはそれとは格段の美しさの違いを見せる、十

ウーバン・アビー所蔵、17世紀の有田焼など（筆者撮影）

ベッドフォードシャーのウーバン・アビー（筆者撮影）

七世紀末の日本製の対になった漆塗り用箪笥等がある。因みに優れた日本の美術工藝品蒐集を誇り、今(平成二十八年現在)は第十五代ベッドフォード公爵が受け継いでいるウーバン・アビーでは、見方によっては益子焼にも似た陶器を自家の窯で焼いて販売している。この現実はこの家の歴史として歴代の公爵に焼物への深甚な興味と嗜好があったことを窺わせる。その他にスタンフォードのセシル家一族の住まいであるバーリー・ハウスも西洋では最も古い日本の陶磁器蒐集を自負している。

日本美術工藝品への嗜好と蒐集は勿論、貴族を中心にしたものには違いなく、そこでの評価の維持は連綿として続いてきたにせよ、多くの人の目に、殊に藝術家の目に触れない限り、それらは半ば死物であったとも言える。しかしそれは何かのきっかけさえあれば、大きな文化的発展を促し支えてゆく下地であり、或いは再生の火種とも言い得るものであった。こうした地下水脈のような流れがあったところで、一八五四年に日本美術工藝品の展覧会が開かれたことと、コールとレッドグレイヴの推奨で科学・美術局がその時展示品を多く買い入れ、教育の用に供するために収蔵品としたことは、その後の文化運動の方向性を決定づける重要なきっかけのひとつになり得たという意味で、見逃しがたい出来事と思われる。

三　第二回ロンドン万国博覧会

一八五四年の日本美術工藝品の展覧会に次いで、五七年五月五日から十月十七日までマンチェスターで藝術宝物展(Art Treasures Exhibition)という出品数一万六千点を超える大規模な美術展が開かれた。

カタログを見ると日本物としては陶磁器、漆塗りの箪笥や屏風や甲冑等が展示品として挙がっている（*Catalogue of the Art Treasures of the United Kingdom Collected at Manchester in 1857*, pp. 63 and 83参照）。附言しておけばこれらの美術工藝品は日本から出品された物ではなく、主として英国貴族の所蔵品である。因みにその後に日本美術に深く心酔してゆく、当時パリに住んでいたジェイムズ・マックニール・ホイッスラーもこの展覧会を見に行っている。尤もこの時は日本物よりヴェラスケス（Diego Velázquez 一五九九～一六六〇）の作品に大変感動し、終生、殊に肖像画ではその影響が続くきっかけとなっていると言われてもいるが（*Whistler on Art*, p. xvi参照）。

この五十年代はイギリスのみならず、フランスでも逸早く日本趣味への気運が高まりつつあったことは周知の事実である。ロンドンにはまだ日本物を売る店がなかった頃、パリではヴィヴィアンヌ通り三十六番に、五十年代半ば少し前にできた「支那の門」（La Porte Chinoise）といった店で日本物を売っていた。又、一八五六年、版画家・画家フェリックス・ブラックモン（Félix Bracquemond 一八三三～一九一四）がエッチング印刷を営んでいたドラートル（Auguste Delâtre 一八二二～一九〇七）の仕事場で日本からの陶器の緩衝材に使われていた版画『北齋漫畫』を見つけ、やっと二年後、同じ物を持っていた版画家J・A・ラヴィエイユ（Jacques Adrien Lavieille 一八一八～六二）から、パピヨン（Michel Papillon 一六九八～一七七六）の『木版画論』（*Traité historique et pratique de la gravure en bois*, 1766）と交換することで、それを譲り受けたという逸話も（大島清次『ジャポニスム』、二十三頁参照）、そんな機運を醸した一例である。

一八五五年アメリカを去ってヨーロッパに来たホイッスラーは、パリでマネ、ブラックモン、ファンタン・ラトゥールらと交遊していた。殊にマネやブラックモンは日本美術に深く傾倒した藝術家であり、ホイッスラーが『北斎漫畫』を見せてもらったのは、ブラックモンからではないかと示唆する人もいる(Bendix, *Diabolical Designs*, pp. 51-2参照)。尤も、一方では一八五六年に見たという説もあるが(*The Aesthetic Movement*, p. 80参照)。正確な年が特定できないにしろ、ホイッスラーがマンチェスターの展覧会に出かけてヴェラスケスに感動した頃は、クールベ(Gustave Courbet 一八一九〜七七)の写実主義に心酔していた時期でもあるが、日本美術に目を開きかけた頃でもあった微妙な境目であったと思われる。

そんな頃、一八五八年、浮世絵を利用した染め物が出ている。エリザベス・アスリンによれば、マンチェスターのダニエル・リー(Daniel Lee)が印肉棒印刷して製造販売していた綿布の意匠は、日本の浮世絵から直接借用したものだという(同上)。

五八年と言えば日本が開国して四年経過し、八月には日英修好通商条約が調印された年である。五九年には、神奈川に外国人居留地(現・横浜市中区山下町)が用意されると、ジャーディン＝マセソン社(Jardine, Matheson and Company)という英国商社がいの一番に乗り込んできた。この商社が入った建物は後に「英一番館」と呼ばれる。この頃、外国人ではイギリス人が一番多い。初代日本公使ラザフォード・オールコックの記録によると、一八六一年当時の外国人居留地の人数構成は、イギリス人五十五名、アメリカ人三十八名、オランダ人二十名、フランス人十一名、ポルトガル人二名、合計百二十六名だった。イギリス人の多さからもわかることだが、オールコックが言っているように、オランダ人、アメリカ人を押さえて、イギリス人が日本との貿易額で主導的立場にあった(『大君の都』(中)一二三頁、(下)三〇六頁参照)。

今見たような時代の流れと環境の中で第二回ロンドン万博が一八六二年五月一日から十一月一日にか

けて開催された。第一回ロンドン万博とは違い、この時には初めて日本の部が設けられた。オールコックが日本で蒐集した物品を送って展示に供したことでも有名である。彼は漆器、陶磁器、銅鉄器、織物、和紙等々を提供した。

オールコックは日本の地方に旅する機会を得た時も貪欲に蒐集した。外国人では初めてであろうと言われる富士登山をした帰り、熱海に三週間近く滞在した時には、「店という店をみなからっぽ」(同上二〇八頁)にしてしまうほど、当時千四百人ほどの寒村だったとは言え、めぼしいものをことごとく買い漁ったりしている。紙漉もしている宿の主人からは、熱海特産の和紙の漉き方を見せてもらった上、ひとつひとつ大きな束にした各種の見本をもらい、それを万博に送った(同上(中)二一二頁参照)。和紙については更に、幕府から万博に出品できそうなものの助言を求められて、あらゆる種類の和紙の見本を提案すると、即座に六十七種類の和紙が届けられ、これも万博に送っている(同上(上)二七三〜四頁参照)。

オールコックは一八六一年(文久元年)、四月末から所用で香港に赴き、そこからの帰途、五月末に長崎に上陸しそのまま陸路江戸へ旅した時には、例えば大坂では綴織、刺繍、絹製品を買って万博に送っている。この絹製品はイギリスで称讃を受けたという(同上(中)三八四、四〇二頁註参照)。又同時に、本人によれば、江戸でも長崎でも見つからないほどの独特の趣を持つ陶磁器を店の棚が空になるほど買い込んでいる。有松絞で有名な尾張の有松(現、名古屋市緑区)ではその織物を買ってこれも万博に送り、日本会場の織物の部に加えられた(同上四二八頁参照)。

こうして精力的に熱心に蒐集した美術工藝品を送り込んだオールコックは、万博の「日本の部」における展示に大きく関わった。オールコックの友人で、万博では産業美術の意匠蒐集の委員会を担当したジョン・レイトンは、「日本の美術」と題して王立科学研究所で行なった講演で、「万国博覧会の日本の部は幾分混んでいたが、ラザフォード・オールコック卿のお蔭できれいに整えられた。オールコック氏には蒐集品のことではお世話になった」(*"On Japanese Art," Journal of the Society of Arts*, July 24, 1863, p. 596) 云々と述べている。

一八五四年の日本の開国以来、日本の物品が次第に多くイギリスに入り始めてきたことは、容易に推測されることである。オールコックが目を利かせて選り抜いて送った日本の工藝品が日本会場の中心的展示物となったこの第二回ロンドン万博では、日本人が日本人自身のために日常使っている「本物」の品々が、一説には千点とも言う (*Diabolical Designs*, p. 56 参照) が、万博公式カタログによれば六百二十三点 (*Japan and Britain*, p. 19 参照) というこれまでにないヨーロッパ最大規模で展示されたことは、内々関心のあった対象物だけに、ひとつの大きな衝撃であり、イギリス人はそれに瞠目したのである。建築家ウィリアム・バージェス (William Burges 一八二七〜八一) は六二年九月の『ジェントルマンズ・マガジン』で「万国博覧会日本の部」と題して次のように書いている。

エルギン卿の使節が派遣されるまで、私達は日本帝国として一般に知られている列島の藝術事情をほんの少ししか知らなかった。確かに漆器の見本を見たことはあったが、しかしこれらは大抵、ヨーロッパの品々の模倣品であり、この二百年間にわたって貿易をすべて独占してきたオランダ人のために作られた物であった。エルギン卿の訪日以来、日本の細工物が我国に入るようになり、人はしきりにそれらを買い漁った。しかし今回の万博のお蔭で初めてそうしたものを一括していくらでも見ることのできる機会が与えられているのである。

（"The Japanese Court in the International Exhibition," *The Gentleman's Magazine*, September 1862, pp. 243-4）

安政五年（一八五八）、エルギン（James Bruce, 8th Earl of Elgin 一八一一〜六三）が英国全権として日英修好通商条約を結ぶまで、ヨーロッパ人向けに形を変えた日本物が多く西欧諸国に出回り、日本本来の独自の美術工藝品はそれに比べると少なかったことが、この一節からも窺い知れる。

竹内保徳を全権とする三十八名の遣欧使節が四月三十日にイギリスに到着し、翌五月一日の第二回ロンドン万国博覧会開会式に参加しているが、日本の部について随行員淵邊徳蔵は、「全く骨董店の如く雑具を集めしなれば見るに堪へず」（芳賀徹『大君の使節』、一四二頁）と言ったと伝えられるが、それでも第二回ロンドン万博の多岐に亙る日本の展示物の価値は、そこに本物の日本を多くのイギリス人に見せたことにある。

四　ヨーロッパ中世と日本

バージェスは第二回ロンドン万博の日本の品々を見て、日本をヨーロッパの中世と結びつけた。幕末の日本をヨーロッパ中世になぞらえる見方はバージェスに限ったことではなく、オールコックも同様である。そもそもこの駐日公使が万博に日本の工藝品を出展した目的は、「職人的技術より高度な産業技術における日本人の進歩を例証し、その文明を立証」するためであり、「きわめてかんたんな方法で、そしてできるだけ時間や金や材料を使わないで、できるだけ大きな結果をえている」(『大君の都』(下)一八一頁)日本人の「驚くべき天才」を本国の人々に知らしめることであった。それでもオールコックは封建制度それ自体に関心が行き、プランタジネット王朝(一一五四～一三九九年)の封建制度の東洋版を日本に見、幕末の日本を十二世紀への逆戻りと見なしている(同上(上)一八七頁参照)。これは厳密に両者を比較考證し、本質的類似性を指摘したわけでもない。ただ自分達の「生活様式」が「もっとも進歩したもの」という意識を以て、幕末日本をヨーロッパ中世になぞらえているにすぎない。しかし同じく日本を中世と結びつけたバージェスは、オールコックと微妙な違いを見せている。

六二年の第二回ロンドン万博には「中世の部」があったのだが、その会場を担当したバージェスは、『ジェントルマンズ・マガジン』六二年七月号の「万国博覧会」という記事の中で、「しかし入場者が本当の中世を見たいと思ったら、日本の部に行かなくてはいけない。今日、中世の藝術はヨーロッパを捨て去ってしまい、東洋にしか見あたらないからだ」("The International Exhibition," *The Gentleman's Magazine*, July 1862, p. 10)と言う。一体この場合、中世の藝術とは何を指して言っているのか。バージェスは、「中世の部の興味を引く呼び物のひとつは、この種の家具を復活させようとする試みである」と言っている。「この種の家具」とは絵が描かれていたり、金を被せられたりした美術工藝品としての家具のことを指している。中世においては日常生活の家庭用品と藝術とが結びついた「生活の藝術」があったと見て、そのことを強調しているのである。

日本の部にあっては、日用品にして藝術品、即ち美術工藝品が展示されている。それ故に、「実に日本の部こそ万国博覧会の真の中世の部である」とまで断言している。ついには、「オーストリアの部やドイツ関税同盟諸国の部のがらくたの山を見て歩くことほど侘びしいことはない」のであり、「中世主義者にとって、その他のヨーロッパ諸国は殆ど興味が持てず」、「概して注目すべき物は殆どない」（同上pp. 11-2）と言い切る。

バージェスはこの記事を継いで、同誌の九月号に「万国博覧会の日本の部」（"The Japanese Court in the International Exhibition"）と題して、展示物の工藝品を具体的に取り上げて、それらの意匠を説明している。その前置きとしてバージェスはこう言う。「中世に関しては、古物蒐集家が欲しくてたまらない念願の物ははるかに得るのがむづかしい。なるほど文学や衣裳、或る程度の建築物などは今日も残っているが、しかし家庭生活をしかと見せてくれるポンペイのようなものはない。私達の拠り所としては、西洋の諸国民よりも変化が少なく、十字軍の時代の風習や衣裳をなおも保ち続けている東洋の諸国民を研究するほかない」（*The Gentleman's Magazine*, September 1862, p. 243）と。

バージェスは中世的な工藝の最も優れた例として日本の美術工藝品を論じるのだが、西洋の中世と幕末の日本とを単純に同一視するかのような物の見方は、余りにもナイーヴかもしれない。オールコックにしてもバージェスにしても、十字軍の時代即ち十二世紀あたりを中心に据えて中世を語っている。文化水準からすると、十二世紀になるまでギリシアの学問が殆ど伝わらず、また見るべき藝術もなかったヨーロッパ中世など、日本の文化と比べるまでもない。日本には、七世紀初めには既に優れた木造建築と美を誇る法隆寺があり、八世紀には万葉集ができ、十世紀初めには古今和歌集が編まれ、十一世紀初めには源氏物語が完成している。これらの文学はイベリア半島、殊にアンダルシア地方のアラビア文化の流入の影響を受けて、十二世紀に南フランスに現れたトゥルバドゥールの抒情詩よりも質的に洗煉されてもいる。明治期における西欧の近代科学の速やかな導入と吸収は、江戸時代の文化的な高さによることはつとに知られた周知の事実となっている。

例えば数学の世界では江戸初期の数学者関孝和（寶永五年［一七〇八］没）の代表的著作に『括要算法』がある。この書物は弟子達によって没後の正徳二年（一七一二）に版行されている。ベルヌーイの公式で有名なスイスのヤコプ・ベルヌーイ（Jacob Bernoullis 一六五四〜一七〇五）は、没後の一七一三年に出版された『推論術』（*Ars conjectandi*）において、「ベルヌーイの数」と呼ばれる重要な数を発表している。しかし関の『括要算法』は延寶八年（一六八〇）から天和三年（一六八三）頃にかけて著されたものと言われ、その著において既にベルヌーイ数は世界に先駆けて発見されていると言われている（桜井進『雪月花の数学』一四六〜七頁参照）。一方、文学の世界では関と同じ時代を生きた松尾芭蕉（寛永二十一年［一六四四］〜元禄七年［一六九四］）がいる。芭蕉は俳句が世界に広がった二十一世紀の時代において、世界の俳聖として欽仰されている。江戸初期のこの二人の天才を取り上げただけでも、当時の文化水準の程が知れる。

他国の高度な文化を円滑に受け容れるには、それに見合うだけの水準の高い文化を持っていなければならないことは、ギリシアを滅ぼしたローマが、ギリシアの学問をごくわづかしか受容できなかったことを見れば十分であろう。このような比較は日本事情に疎い当時にあっては無理からぬことではある。しかしそれでもナイーヴなバージェスの物の見方には、生活の藝術という新しい光を見ていた点で、見逃しがたい重要な暗示がある。

生活と藝術との一致、即ち藝術が生活の中で生きていたのは、先にも触れたように、日本以外では古代ギリシアであり、ヨーロッパ中世ではない。古代ギリシア人は優れた藝術を開花させたが、それは合理主義的精神によりすべて生活必需品として生み出された。生活の藝術という観点から真っ先に中世を挙げるのは難点もあるが、十二世紀と言えばヨーロッパ文明の曙で、チャールズ・ハスキンズの所謂「十二世紀ルネサンス」として知られる時代である。

伊東俊太郎が『十二世紀ルネサンス—西欧世界へのアラビア文明の影響』で詳説しているように、ギリシアの学問はギリシアからヨーロッパへとは直接に継承されることはなく、ギリシアからビザンチン、シリア、アラビアへと順次伝わり、次いで十二世紀にトレド、シチリア、北イタリアを中心にしてモサラベ（アラビア化した人の意）と呼ばれる人々が主になって、アラビア語或いはギリシア語からラテン語に、ギリシアの学問及びそれを発展させたアラビアの先進的学問が翻訳された。ローマ人がギリシアから受け継いだ学問はわづか五パーセント程度と言われる。キリスト教化されたヨーロッパ中世は、アラビアから学問が伝わるまでまさに暗黒の時代であった。その意味でヨーロッパの十二世紀は東方から光がもたらされた劃期的な時代であった。加うるに、それに先立って早くも十世紀半ばからは、イベリア半島のアラビア文化が南仏、北イタリアへと東漸していた。甘美なもの、ロマンティックな愛、先にも触れた南仏の抒情詩、北フランスの物語、更には学問用語のラテン語ではなく、日常語のフィレンツェ語を用いて甘美な趣を湛えるダンテの清新文体等は、すべてこの中世の春のもたらした精華であり、藝術面においても決定的な影響をアラビア文化は与えている。

バージェスは絵が描かれたり金を被せたりした家具が今日極めてわづかしか残っていない理由を、傷むと補修して応接間から台所に下ろして使い、ついには薪になってしまうからだと述べながら、それでもわづかに残っている例として、十三世紀ではなく十四世紀の物ではあるがと断った上で、ウェストミンスター、ボーヴェ（パリ北方）、ノヨン（パリ北方）にそうした稀少価値の家具が残っていると言う。バージェスはその種の物は生活の藝術であるが故に又消えてゆき易いと言いたいのだ。装飾家具を例に取って中世に生活の藝術を見るバージェスには、生活の藝術がアラビア、ギリシアへと遡って繋がっていることや、十二世紀ルネサンスと呼ばれるようになった中世後期の実態についての十分な認識があったかどうかは別にして、彼が特に十二、三世紀に強い関心を寄せていることは注意しておきたい。

バージェスは生活の藝術が存在したという十二、三世紀に自分の時代を重ね合わせているふしが窺われる。先に「万国博覧会」から引用したように、ヨーロッパ諸国の展示はつまらないが、それに比べてイギリスは中世の部で、マーシャル＝モリス商会を初めとして五者も出品者がいることを誇り、「イギリスは中世的な藝術と建築の復活が、最も進んでいるとは言わないまでも、少なくとも最も広く行きわたっていることは、殆ど疑うべくもない」（*The Gentleman's Magazine*, July 1862, pp. 4 and 12）と自負する。イギリスに生活の藝術の広がりを見、そして日本の部こそ万博の中世会場だと言うバージェスの発言は、生活の藝術という方向において、イギリスが日本に歩み寄りつつあることを、自づと示唆するものである。

ところで、このバージェスの記事の十一年後、一八七三年に『ルネサンスの歴史的研究』を世に出したペイターは、ルネサンスの起源を十二世紀から十三世紀初めと見なし、プロヴァンスがその中心的な場所であるという前提でルネサンスを論じている。「フランスの古いふたつの物語」（"Two Early

French Stories"）で、『オーカッサンとニコレット』（*Aucassin and Nicolette*）の物語がアラビア由来であることを示し、後の短篇「ドニ・ローセロワ」（"Denys L'Auxerrois" 一八八六年）では十三世紀半ばのフランスを舞台にして、ドニを「新しく自由で鷹揚な藝術手法」の天才として描き、「ピカルディのアポローン」（"Apollo in Picardy" 一八九三年）では同じくフランスを舞台にして、新しい学問の到来とそれに伴う驚嘆と恐怖的混乱を実に巧みに描写している。

以上のことは、十二世紀ルネサンスという術語と概念はまだ当時できていなかったにせよ、そういう認識が或る程度あったことを示している。ペイターはルネサンスの十二世紀起源説を殊にジュール・ミシュレ（Jules Michelet 一七九八〜一八七四）に負ってはいるが、ハスキンズより六十年余りも早いペイターの十二世紀ルネサンスに対する先覚的な明察には瞠目すべきものがある。

ペイターは同時代を直接には語らず、他の類似の時代になぞらえて描くことによって同時代をそこに反映させた。謂わば日本の藝術のひとつの手法である見立ての手法を駆使する藝術家だった。それがペイター流儀の仮面であり、反映法であった。先の例からしてペイターは刺戟的な日本美術が流入してきた自分の生きている時代を、ギリシア・アラビア文化が齎された十二、三世紀の中世と重ね合わせているように見える。

ペイターにとっても日本は決して縁の薄い国ではなかった。『ルネサンス』の「ジョルジョーネ派」においては、日本美術における純粋な線と色彩、装飾性への深い関心が示された。或いはまた、『ギリシア研究』の中の「ギリシア彫刻の起こり」の章において、自然物に見られるような優美を日本美術は動植物や水などの表現に取り込んでいる点で、最初期の段階のギリシア彫刻と類似性があること、またギリシア彫刻は草花を描いた日本の絵画における表現と同じく、清澄、優雅、簡素な表現を理想としたことをペイターは語り、ギリシア彫刻と日本美術との共通性を洞察している。こうしたことを考慮すると、ヨーロッパにギリシア・アラビア文化がもたらされた十二、三世紀の中世へのペイターのまなざしは、日本をも意識したものであることを十分に窺わせる。

ゴチック復興の流れの中で十九世紀前半のヴィクトリア朝においては中世に目が向けられ、ゴチック藝術に関心が寄せられた。その代表格がラスキンに深甚な影響を及ぼしたと言われる建築家オーガスタス・ピュージン（Augustus Pugin 一八一二〜五二）である。中世主義はピュージンが亡くなった後、五十年代も続いてゆくわけだが、この中世主義者の一人として先程のバージェスがいる。六二年の万博で教会建築協会による中世の部をW・スレイター（W. Slater）と共に組織したのもバージェスだった。その他中世主義者には建築家E・W・ゴッドウィン（Edward William Godwin 一八三三〜八六）、W・イーデン・ネスフィールド（William Eden Nesfield 一八三五〜八八）、ウィリアム・モリス、ラファエロ前派とその代表者ダンテ・ゲイブリエル・ロセッティらがいる。十九世紀半ばからは中世主義者の多くが日本の美術工藝に深い関心を寄せてゆくことは注目に値する。

ネスフィールド制作、日本美術から想を得た群鶴浮彫、1874年。エセックス州サフラン・ウォルデン、バークレイ銀行。（筆者撮影）

ただモリスは日本美術に対して否定的な態度を取った。即ち、藝術はすべて恒久的な建築と関わるべきものであり、地震と火事の国の日本では堂々たる建築物など存在し得ず、まともな藝術は不在である。今後とも世界の藝術において際立った役割を果たすこともない。藝術の視野が狭く、部分にしか目が届かず、印象深さばかりを狙って構図の広がりがなく、小手先の器用さはあっても制作に幅の広さがない。これがモリスの日本美術に対する基本的な見方であった（A. Vallance, *William Morris: His Art and His Writings and His public Life*, pp. 433-5 参照）。日本の絵に描かれた単なるひとひらの葉の曲線にも宇宙と繋がる思想の深さを読み取るゴッホの明察とは比ぶべくもない。

又、画家であり彫刻家であったフレデリック・レイトン（Frederic Leighton 一八三〇～九六）がオールコックに宛てた手紙では日本美術に対してモリスと正反対のことを述べている。「古風な趣きのある美しさが日本のすべてを支配しているように思われる——きわめて精巧な仕上げをほどこされた色の調和、そして対称をさけ、するどい対称をよろこぶ趣き——まさに他のすべての国とは反対である。中国人の芸術とも共通する点はたくさんあるが、日本人の方がはるかに繊細なタッチを見せている。これは私の思うように、かれらの建て物が木造であることに由来するところが多いのであろう」（『大君の都』（下）二〇二頁）。フレデリック・レイトンの方がモリスよりはるかに正鵠を得ていることは言うまでもない。しかしそのモリスの意匠も日本美術の影響を無視しては考えられそうにないし、実際、一八七五年にリージェント・ストリートに開店した日本美術工藝品店「リバティーズ」（Liberty's）の顧客の一人にモリスも含まれている（*The Aesthetic Movement*, p. 81 参照）。

中世主義の根本原理のひとつは、ラファエロ前派が一八五〇年の一月に発刊した機関誌『萌芽』（*The*

Germ）の創刊号の末尾で示され、又それが一貫した同誌の主張であったように、「自然の単純性の徹底的固守」（*The Germ*, p. 121）である。十九世紀半ば以降に、中世主義者を中心にして日本と西欧の中世とを、生活の藝術や自然の簡素さという観点から、結びつけるひとつの傾向が出てきたことは、英国唯美主義を考える上で注意しておかなくてはならない事実である。やがて一八七〇年代には、「日本趣味と唯美主義とは事実上同意義」（*The Aesthetic Movement*, p. 79）となるほどに、英国の藝術と美的生活に日本が深く関わってゆく。ヨーロッパ中世との共通性を日本に見ることが却って、イギリスの発展と魂の恢復に繋がった。

日本と西欧中世とを通い合わせることの当否は別にして、簡素、抑制に魅力を見出して日本の藝術のあり方を真似るというその行為は、英国人が西欧の歴史の中に、就中、中世に立ち返って新たな発展を図ろうとする運動の一環であると受けとめることができる。日本の藝術の受容はそのような意味を含んでいる。

日本とヨーロッパ中世とを結びつけるエセーを書いた中世主義者バージェスは、早くから浮世絵を持っていたことが知られている。イギリスで蒐集された浮世絵としては最初期のもので、一八五〇年代に入ってきたものと言われる（同上 pp. 80-1 参照）。イギリス人としては早くから日本美術に目をつけた一人であるバージェスが、どういう観点から日本と中世とを結びつけたか。日本人は「中世が知っていたことをすべて知っていたのみならず、いくつかの点では中世や我々の知らないことまで知っているようである」（"The Japanese Court in the International Exhibition," *The Gentleman's Magazine*, September 1862, p. 254）とバージェスが語るところからすると、その見方はナイーヴであるにせよ、関心は主として、十二世紀以降の中世後期の時代と幕末の日本とに共通するすぐれた藝術環境にあることが窺い知れる。単なる外面ではなく、少しでも内実に目を向けようとしたところが重要である。

先に触れたように、ペイターが目を向けたのもそういう時代状況に対してだったのであり、短篇「ドニ・ローセロワ」、「ピカルディのアポローン」のみならず、モリスの詩『地上楽園』(*The Earthly Paradise* 一八六八~七〇年)を評した「審美詩」("Aesthetic Poetry" 一八六八年)において切り開いて見せたのが、学問と藝術の拠点である中世僧院の「感覚の美しい病或いは感覚の錯乱」であり、それがアラビア語やギリシア語からラテン語に文献が翻訳されていた修道院の精神状況であったと見ているのである。

五　ギリシアと日本

十世紀半ば以降に甘美なるものの感覚がアラビアからヨーロッパに伝わったことは先にも触れたが、文学のみならず、例えばわかりやすい建築を挙げてみれば、イスラム文化の遺産であるグラナダのアルハンブラ宮殿に見られるように、女性的な優美さとか甘美という要素は、アラビア系のものである。男性的な簡素抑制の力強さを見せるドーリス様式とは対照的なアジア的な要素をもつイオニア様式を考慮に入れても、それはギリシア系のものではない。中世の春においてヨーロッパに伝わったギリシア的要素とアラビア的要素のうちで、前者は言うまでもなく、合理主義に裏打ちされた簡素と抑制が際立つ特徴をなす。その観点からも日本の藝術は、イギリスの美の愛好者によって、西欧中世のみならずギリシアにも結びつけられた。オールコックもこう言っている。

日本人の外面生活・法律・習性・制度などはすべて、一種独特のものであって、いつもはっきりと認めうる特色をもっている。中国風でもなければヨーロッパ的でもないし、またその様式は純粋にアジア的ともいえない。日本人はむしろ、ヨーロッパとアジアをつなぐ鎖の役をしていた古代世界のギリシア人のように見える。

(『大君の都』(上)三二三頁)

第一章でも引用したように、オールコックの友人で本の装幀家ジョン・レイトンは、「日本の藝術について」という第二回ロンドン万博に関する記事で、「古代エヂプト、アッシリア、ギリシア由来のあまたの様式が、これらのすばらしい人々の作り出した物に永存されているのを見出すことは、極めて興味深いことである」と、日本と古代ギリシア・古代オリエントとの関わりを語っている。又その十七年後ではあるが、一八八〇年にペイターは「ギリシア彫刻の起こり」の中でこう言っている。

ギリシア彫刻が理想とする目的は、他のあらゆる藝術と同じく、まさに人間の本性と運命の最も奥深くにある要素を扱うこと、これらの要素を統括し表現すること、言うなれば日本の花の画家のように、ひとえに澄明で優美で簡素な手法と、そうした種類の表現を以てそれを扱うことである。そしてギリシア彫刻の学究が一般に涵養せねばならないことは、外面の形態に出ている思想表現を読み取る能力、いつも感覚と魂とを関聯させ、所謂表現をその出所に跡づける習慣である。しかしこれと同時に、絶えず同じように涵養せねばならないことは、作品における知的な手腕と設計された物の意匠、素材が理性によって至る所で制御されていることを絶えず読み取る力である。色々なものを拠り所として、二義的な位置にある工藝品、就中、様々な日本の秀美な藝術におけるこの理智と意匠を感取する感覚を養うことができる。かの日本の藝術は、自然そのものとそっくりな美しさを模倣、再現、取合せ——葉と花、魚と鳥、葦と水——など、あらゆる形に移し替えており——尤も神聖なる人の形を手がける時だけはうまく行かないのではあるが——一見したところ似ていないと思うかもしれないが、ギリシア藝術の最初の段階に似ていないことはない。こういうところに、しかも単なる断片ではない形で、未だ洗煉されてもいなければ高邁でもない気質の内に、人間精神の明察により、合目的性と美とが日常生活の道具にあまねくゆきわたっている様子を見ることができる。

(*Greek Studies*, pp. 221-2)

ペイターはこうして、澄明で優美で簡素な手法と表現、理智によって統御された意匠、自然と同様な繊細さを具えながら、合目的性と美とが一致した生活藝術という点で、ギリシアと日本との共通性を見ようとする。

常に時代の節目、過渡期に目を向けるペイターは、新たな文化の流入の観点から、日本との関わりを意識の裡に秘めながら己の生きる十九世紀後半を十二、三世紀の中世に投影して見ていると同時に、日本とギリシアとを結び合わせて藝術の本質を語ろうとしている。要するに日本を十二、三世紀の西欧の中世や古代ギリシアとの関わりの中で捉えようとしている。そのような見方の兆しが、オールコックやバージェスらを見てもわかるように、一八五〇年代末頃から明瞭化してくる西欧と日本との関わりの深まりとともに現れて発展してゆく。唯美主義のその代表格たるペイターもその延長線上にある。今ここで確認しておくべきことは、日本の再発見となった一八六二年の第二回ロンドン万博前後から、日本は西欧中世や古代ギリシアとの関わりの中で、イギリスの唯美主義的傾向を持つ人々から捉えられ始めたということである。

六　日本美術工藝品の蒐集熱の起こり

ゴチック復活論者のバージェスは、先程述べたように、第二回ロンドン万博会期中、『ジェントルマンズ・マガジン』の七月号に日本の部はまさに万博の真の中世の部だと言って、日本に対する注視を喚起したが、一方、ロセッティの弟で批評家のウィリアム・M・ロセッティは、その翌月、『フレイザーズ・マガジン』の八月号に、「万国博覧会の美術」(“The Fine Art of the International Exhibition”)と題した一文を寄稿した。その中でウィリアム・M・ロセッティは、「今日営まれている地球上のどこの藝術よりも、先づは最高と言っていいものは、日本の装飾美術である」(*Fraser's Magazine*, August, 1862, p. 189)と述べ、美への炯眼を見せている。

後年のことになるが、先にも述べたように一八七五年に店開きした「リバティーズ」に、一八七七年、ウィリアム・M・ロセッティが久しぶりに顔を出した。店主アーサー・リバティ(Sir Arthur Lasenby Liberty 一八四三〜一九一七)のその時の様子を、ウィリアム・M・ロセッティは次のように回想している。「リバティは私のことを『日本美術にかけてはロンドン最初の草分け』だと思っていると言った。この見方は正確とは言えないが、一般的立場に立って物が言える資格のある人の言葉だけに、私はうれしかった」（*Some Reminiscences*, vol. I, p. 278）。

「リバティーズ」の顧客にはデザイナーのウィリアム・モリス、文人のカーライル（Thomas Carlyle 一七九五〜一八八一）やラスキン、ロセッティ兄弟、画家のバーン＝ジョーンズやホイッスラー、建築家のノーマン・ショー（Richard Norman Shaw 一八三一〜一九一二）やゴッドウィンらが名を連ねている（*The Aesthetic Movement*, p. 81 参照）。リバティはロンドン切っての日本美術商だけに、その言葉にはそれなりの重みがある。因みにリージェント・ストリートにあったファーマー・アンド・ロヂャーズ商会（Messrs Farmer and Rogers）は、第二回ロンドン万博に出品された日本の物品の一部を、商会が経営するグレート・クローク＆ショール百貨店（Great Cloak & Shawl Emporium）の東洋部で売却処分したが、リバティは六二年にその百貨店に雇用され、翌六三年には東洋部部長になった男である。ウィリアム・M・ロセッティが、「一般的立場に立って物が言える資格のある人」と言うのは、リバティがその道に徹し、七五年には独立して日本美術工藝関係の店を構えるだけの見識をもつその筋の専門家であったからであろう。ウィリアム・M・ロセッティは第二回ロンドン万博を契機にして真っ先に日本美術の優秀性を認め、それをイギリスの江湖に知らしめた数少ない目利きの一人として、イギリス文化の発展への貢献度は高い。

万博の翌六三年の十月と十一月の二回に分けて、ウィリアム・M・ロセッティは『読者』誌（*The Reader*）に「日本の木版画——日本から来た絵本」（"Japanese Woodcuts. An Illustrated Story-Book brought from Japan"）と題して、北齋の『和漢繪本魁』に関する一文を草している。まだこの時点ではウィリアム・M・ロセッティは北齋の名を記してはいないが、四年後『現代美術評論』に収載する際には、加筆してその名を明記している（*Fine Art, Chiefly Contemporary*, p. 364, l. 22-p. 365, l. 23 参照）。この北齋論の冒頭における批評家の日本美術に対する明察には瞠目させられる。

> 高度に発展した日本の美術や装飾美術が、大抵のイギリス人には驚きとして登場してきた。尤もイギリス人は昔から日本には或る種の装飾製品があるということを、一般的事実としては知っており、そういう作品を個々ばらばらの形で認識してはいた。近年私達には、アジアの諸帝国の中でもこの最も遅く開国した国の装飾製品——所謂漆器、磁器、藁細工、籠細工、金属細工など——に見られる、すぐれて巧妙且つ興味をそそる創造的営為と最高度に正確で完璧な手際を、篤と楽しむ機会が頻繁になってきている。日本の非応用美術——装飾目的に使用されるのではなく、それ自身の基盤に依って立っている美術——は、我が国ではまだごく限られた階級の人達にしか知られていない。それを公衆の目の前にそれほど容易に引き出すこともできないし、私的な仲間同士の中でさえも、これまでのところそれほどの流行を勝ち取ることも期待できなかった。それにもかかわらず、日本の藝術は様々な点で確実に、今日世界で営まれているどの国のものよりも優れた藝術の部類に属する。それには構想の斬新さ、猛然と摑みかかるほどに強力な主題の把握、意匠案出力と線描の威厳、それに想像力を自在に操るしっかりとした力があり、現代にミケランジェロやティントレット、或いはデューラーのような人物がいたとしても、彼らとて平然と侮ったり、或いはそんな気になどとてもなれないような力なのである。
>
> （*The Reader*, 31 October, 1863, p. 501）

確かに優れた日本の美術工藝品があるとは知られていても、先に例として挙げたように、実際、ウーバン・アビーやバーリー・ハウスを初めとして貴族の邸宅などにはそういうものがあっても、藝術の発展には広く人々の目に触れることが重要である。第二回ロンドン万博はこれまでにない大量の日本の美術工藝品が公衆の目に触れる絶好の機会を提供したことに意義があった。それのみならず、先に触れたように、ファーマー・アンド・ロヂャーズ商会は閉幕後、展示品だった日本の美術工藝品を売却処分しているし、会期中でも、バージェスが伝えているように、到着の遅れにより展示場所がなくなってしまった日本からの発送品も競りで売却処分された（"The Japanese Court in the International Exhibition," *The Gentleman's Magazine*, September 1862, p. 244 参照）。

万博後は、日本物蒐集家は、ウィリアム・M・ロセッティも顧客だったように（*Some Reminiscences*, vol. I, p. 278 参照）、リバティが東洋部部長を務める前出のリージェント・ストリートのファーマー・アンド・ロヂャーズ商会で日本物を買うことができるようになった。そして一八七五年には「リバティーズ」が開店した。そのような店ができる以前は出向いてゆく店もなかっただけに、万博会期中及び閉幕後におけ る日本物の売却処分は、実際に自分の所有物にして手に取ることで、藝術関係者には大きな刺戟となったであろうことは容易に推測できる。

万博閉幕後の展示物の処分で、ロセッティは磁器や衝立障子を、バージェスは版画や和紙を買い、又唯美主義の立役者の一人であり熱烈な日本趣味者のE・W・ゴッドウィンは版画を買った。この建築家は日本風に装飾された英国初の家だと評判だったブリストルの自宅をその浮世絵で飾った（*The Aesthetic Movement*, p. 82 参照）。ゴッドウィンは一八八四年に、同じく日本趣味をもつオスカー・ワイルドのために、コンスタンス（Constance Wilde 一八五九〜一八九八）との新婚の住まいとなるチェルシーのタイト・ストリート十六番の家で、日本の多色刷り版画から学んだ淡く澄んだ色の精妙な濃淡法を用いて、白の濃淡を生かした部屋を設計したことでも知られている（同上 p. 84 参照）。

到着遅れで万博会期中に競りで売却処分された多量の日本製品を買った人々には、やはりゴッドウィン、ロセッティが含まれているし、その他バージェスやホイッスラーは磁器と版画を買った（*Diabolical Designs*, p. 103 参照）。

七　ロセッティとホイッスラー

ロセッティは第二回ロンドン万博という機会に恵まれて日本物を買ったが、日本趣味の重要な拠点としてこのロセッティの家がある。それはロセッティが一八六二年十月に借りて移ったチェルシーのチェイニー・ウォーク十六番の家である。ここには又借り人の同居人として、詩人スウィンバーンや小説家ジョージ・メレディス、それに弟のウィリアムがいた。かつては『ユートピア』の作者トマス・モア（Thomas More 一四七八〜一五三五）の住まいでもあった「テューダー・ハウス」（Tudor House）と呼ばれていたこの家で日本熱が起こったのは、ウィリアム・M・ロセッティによると、一八六三年中頃であり、「兄の注意を初めて日本の美術に引き寄せたのは、ホイッスラー氏であった」（*Some Reminiscences*, vol. I, p. 276）と言う。

ホイッスラーがパリからロンドンに引っ越してきたのは一八五九年のことで、パリでの日本の版画や東洋の磁器を巡る新しい熱い空気を伝えた。尤もホイッスラーは六十年代初めまではまだクールベのリアリズムの影響を多く見せてはいたが、同時に六十年前後というのはクールベから日本趣味への過渡期でもあり、五十年代末頃には既に日本運動の魁と見なされていた。

ところで、ここで北齋がフランスにもたらされた初期の経緯を瞥見しておく。パリ国立図書館手稿部は、ドラートルの仕事場でブラックモンが『北齋漫畫』に出会ったという逸話にある一八五六年よりも早く、一八四三年にシーボルト（Philipp Franz von Siebold 一七九六～一八六六）の蒐集品から北齋の『一筆畫譜』を含む挿絵本を購入しているが、又一八五五年にW・L・ド・スチュルレル（生没年不詳）によって同図書館手稿部へ寄贈された資料の中には、北齋の『北齋寫眞畫譜』『畫本兩筆』『北齋畫式』『今様櫛𥶡雛型』『北齋漫畫』（一～十巻）の五点の絵本が含まれていたと言われる（馬渕明子『ジャポニスム 幻想の日本』一三一頁参照）。しかし単なる収蔵品は図書館であれば、運よく研究資料になることがあるかもしれないが、死蔵されて日の目を見ることは稀であろうし、貴族の館であれば、単なる賞翫の対象でしかなく、藝術家の創造活動とは結びつきにくい。それとは違い、ドラートルの仕事場でのブラックモンと『北齋漫畫』との幸運な出会いは、どの程度が真実で、どのくらい尾鰭がついた作り事を含んでいるかは知る由もないが、その後のジャポニスムの展開を見ると何らかの思いがけない重要な出来事があったことは推測し得る。

以上のことを念頭に置いた上で、再びホイッスラーに戻る。ホイッスラーが初めて日本美術について知ったのは、印刷屋のドラートルとの関わりの中でのことだとも言われる（*Diabolical Designs*, p. 51 参照）。ブラックモンとの逸話ばかりが先行気味だが、ドラートルは仕事場に日本の磁器を飾っていたという。

ホイッスラーの「フレンチ・セット」という一連の腐食銅版画の印刷の様子を、一八五八年十一月に画家自らドラートルの仕事場へ見に来ているし、同年の秋には日本美術研究の魁の多い革新的な藝術仲間に加わっていた。ブラックモンもその仲間の一人で、ホイッスラーとは知己の間柄であった。ブラックモンは浮世絵を手に入れてからは日本趣味を標榜し色んな人に見せて回り、その驚きの表情を見て喜んでいたという。この藝術家集団の仲間には他にアンリ・ファンタン=ラトゥール、エドゥワール・マネ、シャルル・ボードレール、一八七二年に初めてジャポニスムという言葉を使ったフィリップ・ビュルティ（Phillipe Burty 一八三〇〜九〇）、ジェームズ・ティソ（James Tissot 一八三六〜一九〇二）、アルフレッド・ステヴァンズ（Alfred Stevens 一八二三〜一九〇六）、エルネスト・シェノー（Ernest Chesneau 一八三三〜九〇）らがいる。シェノーはこれらの日本趣味者の面々の中でも目立ったホイッスラーとステヴァンズを日本運動の首唱者として押し立てた（同上pp. 51-2参照）。

ホイッスラーは一八五五年から住んでいたパリを五九年に去ってロンドンに移り住んでからも、パリとの間をよく往復した。一八六〇年代初め、この画家はパリのヴィヴィアンヌ通り三十六番の「支那の門」や、パリのリヴォリ通りに一八六二年に開店し、ウィリアム・M・ロセッティもよく通ったドソワの店など、日本物販売店の常客となっている。数年の間にロンドンへ衝立障子、磁器、着物、扇や団扇、版画、掛物、畳、刺繡、漆器などの日本製品を運び込んだ。ついでながら、シェイクスピア劇の名女優として一世を風靡したエレン・テリー（Alice Ellen Terry 一八四七〜一九二八）がホイッスラーから幼い娘（Edith Craig 一八六九〜一九四七）への贈り物として着物をもらったのも（Ellen Terry, *The Story of My Life*, p. 124参照）、そうして集めた日本物の一点だったに違いない。

ロンドンに移っても、間もなく日本美術に関心を寄せる人達と関わり合いをもった。先づその代表的人物の一人が、一八五〇年代終わり頃から日本美術に引き込まれていったあのバージェスである。ホイッスラーはロンドン移住直後から、バージェスが異国趣味の物を蒐集していることを知っていたようである（*Diabolical Designs*, p. 56 参照）。それに加えて、バージェスが第二回ロンドン万博に出品した中世風家具『葡萄酒とビールの戦い食器棚』（*Battle between Wines and Beers Sideboard*）の正面に向かって右側に、ホイッスラーの肖像が描き込まれている。この油彩の肖像画自体はバージェスではなく、エドワード・ポインター（Edward Poynter 一八三六〜一九一九）によるものであるが、バージェスとホイッスラーとが見ず知らずの間柄ではなかったことを示す證しとなっている。それのみならず、ホイッスラーはバージェス、ロセッティ、モリスらと同じく「ホガース・クラブ」（The Hogarth Club）に足を運んだ常連だった（同上 pp. 56-7 参照）。因みにホガース・クラブとは、ラファエロ前派の仲間であるマドックス・ブラウン（Ford Madox Brown 一八二一〜九三）、トマス・ウールナー（Thomas Woolner 一八二五〜九二）、アーサー・ヒューズ（Arthur Hughes 一八三二〜一九一五）、F・G・スティーヴンズ、ウィリアム・M・ロセッティ、バーン＝ジョーンズ、モリスらが創設したものだが、間もなくラファエロ前派の仲間全員を擁することになった、この派の私的な展覧会開催の会である。

一八五八年にはもうホガース・クラブはラファエロ前派の展覧会に関わっているが、こういう場を介してホイッスラーはバージェスやロセッティらと繋がりを得ていた。やがてホイッスラーとバージェスとは相互に家を訪問し合う仲にまでなってゆく。ホイッスラーはバージェスの日本美術に関する蘊蓄を六二年五月一日に始まった万博の頃には知悉し、その日本趣味から、生活と藝術との関わり合い、即ち生活藝術の醸し出す玄妙な雰囲気を創造することを学んでゆくのである（同上 p. 56 参照）。このような状況の中で、日本趣味の傾向とその藝術美の受容性があったロセッティ兄弟は、ホイッスラーから火を焚きつけられることになる。E・R & J・ペンネルの『ホイッスラー伝』（*The Life of James McNeill Whistler*）によると、ロセッティ兄弟がホイッスラーと近づきになったのは、ホイッスラーが近くに引越してきたからだった。ホイッスラーがそれまでの間借りとは違って、一八六三年に初めてロンドンで借りた家はチェルシーのリンジー・ロウ〔Lindsey Row, 現在ではこの地名はなくなり Cheyne Walk の一部〕七番であるが、その直前、一八六二年にスローン・ストリート（Sloane Street）六十二番から、チェルシーのクィーンズ・ロード〔Queen's Road, 現在名 Royal Hospital Road〕十二番に移ってきた。ゲイブリエルとウィリアムの両兄弟は、前者が同年十月二十四日にチェルシーのチェイニー・ウォーク十六番のテューダー・ハウスに移り、ウィリアム・M・ロセッティもそこの又借り人として入居する前は、その近所を通って互いに行き来していた。そのうちに兄弟はホイッスラーと接触するようになるのであるが、ウィリアム・M・ロセッティの記憶ではその間を取り持ったのは恐らくスウィンバーンだっただろうと言う。ロセッティ兄弟は既にホイッスラーに出会う前か、丁度出会った頃にその作品を一、二点見て感動しており、その才能に一目を置いていた。そのうちの一点は『ピアノのところで』（*At the Piano* 一八五八〜九年）であった（*The Life of J.*

ホイッスラー『ピアノのところで』

M. Whistler, p. 70 参照)。この作品は一八六〇年のロイヤル・アカデミーで採択されたので、その時に見たのかもしれない。

ともあれこのようにしてロセッティ兄弟はホイッスラーと知り合い、先に述べたように六三年中頃から「テューダー・ハウス」が日本熱の発生源となって行く。この邂逅の後は、ロセッティとホイッスラーは、互いに張り合うようにして日本の美術品や染付を蒐集した(O. Doughty, *A Victorian Romantic: Dante Gabriel Rossetti*, pp. 313-4; W. M. Rossetti, *Dante Gabriel Rossetti: His Family-Letters*, vol. I, p. 263 参照)。かくして、「この頃〔一八六七年頃のこと〕にはあらゆる種類のヨーロッパ藝術に半ば大変革をもたらした『日本熱』にかけては、ホイッスラー氏と私の兄よりも先駆けしているロンドン人にどんな人がいるか、私は寡聞にして知らない」(*Family-Letters*, vol. I, p. 263)と、ウィリアム・M・ロセッティが述べているように、イギリスの日本趣味を先導して、イギリス藝術の改革を実践躬行していたのが、他ならぬロセッティとホイッスラーであることを明らかにしている。

ウィリアム・M・ロセッティには、ホイッスラーが自分達兄弟の日本趣味の決定的な火付け役であることを認めつつ、自分達がその草分け的存在であることの自負が見て取れる。しかしロセッティの日本趣味がホイッスラーとの出会いで始まった訳ではない。バージェスとの関わりや、第二回ロンドン万博での日本物購入、それ以前における日本の意匠を導入した本の装幀等々から、万博の六二年以前にロセッティに日本趣味が生じていることは、早くに指摘されている(*Japan & Britain*, p. 20 参照)。六一年に出たロセッティの訳詩集『初期イタリア詩人』(*The Early Italian Poets*)、六二年版行の妹クリスティーナ・ロセッティ(Christina Rossetti 一八三〇〜九四)の『ゴブリン・マーケット』(*Goblin Market*)の装幀における、縦横の直線を用いただけの簡潔極まりない意匠が、その例證となっている。その他、ロセッティがモリス・マーシャル・フォークナー商会のために設計し、ロンドン万博で展示された長椅子も単純な直線を基調としたもので、日本の意匠の流れであることが指摘されている（*Japan & Britain*, p. 127 及び谷田博幸『唯美主義とジャパニズム』八〇〜七頁参照）。

ロセッティの日本趣味に関わる蒐集品は、陶磁器と木版画が中心となっていた。ウィリアム・M・ロセッティによると、兄は日本物の中でも殊に木版画に対する好みが強かったが、陶磁器に対する熱はもっと高く長く続き、良質の東洋陶磁器を金に糸目をつけずに買い漁ったため、それらの市価が高騰したほどだったと言う（*Some Reminiscences*, vol. I, p. 283; *Family-Letters*, vol. I, p. 263 参照）。

ところでロセッティは一八六四年四月頃のマドックス・ブラウン宛の手紙で、「私の持っている壺はみな名状しがたいほどの物です。それらの物をわずかでも宿しうる想像力は三百年祭の祝賀を受けるに値するでしょう。是非見においで下さい」と認めて、陶磁器への惚れ込みようを見せながら、ブラウンを自宅に招いている。ただ陶磁器は日本物より中国物の方が数が多くまた良質の物を揃えていたが、日本の美術における精力や情熱、知覚の洞察力の深さなどは、中国の美術なんぞとても足許に及ばないと、ウィリアム・M・ロセッティは後年の回想で語っている（*Some Reminiscences*, vol. I, pp. 281 and 283 参照）。そしてこの手紙の説明書きでウィリアム・M・ロセッティが、「『壺』――即ち東洋の染付――に対するこの熱烈な称讃には、この二、三年骨董品蒐集家として際立っていた私の兄の気分がよく出ている」（*Rossetti Papers*, p. 49）と記しているところからすると、ロセッティの日本趣味は一八六一年には始まっていたことが窺われる。

八　ロセッティと共感覚

英国唯美主義はロセッティが礎となり、この後スウィンバーン、ペイター、ワイルドと受け継がれてゆく。スウィンバーンがロセッティから深甚な影響を受けていたことは、一八六二年当時、「文学及び倫理上の問題に関しては、私はガブリエル・ゴーチェとテオフィル・ロセッティから道徳的に同一の影響を余りにも深く被っていた」（一八八七年八月十日付、テオドール・ウォッツ宛書簡）というこの詩人の言葉が端的に表しているように、ダンテ・ガブリエル・ロセッティとテオフィル・ゴーチェの二人の名を組み合わせて、その両者からの深い影響を述懐していることからもよく理解されるところである。それどころか、エドマンド・ゴスによれば、「他の誰よりもD・G・ロセッティこそ、スウィンバーンに束縛的でありながら刺戟的な影響を及ぼした」（*The Life of Algernon Charles Swinburne*, p. 69）とも言われる。そして又、ゴーチェは日本美術を愛好した文人であったことも忘れ難い。そもそもスウィンバーンは一八五七年の十一月末乃至十二月初めにロセッティに初めて会い、オックスフォードを去って六〇年にロンドンに戻ってからはロセッティと一番親しくするようになった（*The Swinburne Letters*, vol. 5, p. 59 及び *The Life of Algernon Charles Swinburne*, p. 68 参照）。更には先にも触れたように、六二年十月に引っ越したロセッティの家、「テューダー・ハウス」の又借り人として、しばしば泊まるようになる。

そして第一章でも述べたように、ペイターは、このようなスウィンバーンがイギリスで初めて、『ウィリアム・ブレイク』（一八六七年）の中で用いた「藝術のための藝術」という言葉を早速翌年十月、

『ウェストミンスター評論』に寄稿した「ウィリアム・モリスの詩」の中で借りているし、文体についても学んでいる(*The Swinburne Letters*, vol. 2, p. 58 & pp. 240-1 参照)。ワイルドはと言えば、ペイターの『ルネサンス』を、スウィンバーンのソネットの冒頭をそのまま借用して、「精神と感覚の黄金の書、美の聖典」と評し、「私の人生にかくも不思議な影響を及ぼした」と、獄中で回想している。

唯美主義文学のこうした流れを思い起こす時、ロセッティ兄弟がその日本趣味から精力的に集めた蒐集品を、美術工藝の実物を、藝術家達に機会ある毎に見せていたことは、重要な意味を含んでいる。一八六七年のことになるが、五月二十七日付のラスキンからウィリアム・M・ロセッティに宛てた手紙には、次のような一節がある。

この前、日本美術について私達が話し合った時、私はただ一人こう呟くほかありませんでした。「あの男〔ウィリアム・M・ロセッティのこと〕は才能があるだけに、兄貴の言うなりになって、兄貴の酔狂を喉に押し込まれているということは、何と残念なことか。長いこと会っていなかったのがいけなかった。もっと真っ直ぐにしておいてやれたろうに」。

(W. M. Rossetti, *Rossetti Papers*, p. 264)

ロセッティは二年前の一八六五年にラスキンから『ウェヌス・ウェルティコルディア』の絵は嫌いだとけなされて以来、両者の関係は疎遠になっていた。兄に関するこの侮辱的な手紙について、その説明書きでウィリアム・M・ロセッティは、日本美術に関してこう言われるのは承服し難いことと怒り、「私の兄が日本美術を非常に称讃していたことは事実である。私も全く同様であったが、二人のうちでは私の方が断固たる『日本趣味者（Japaniseur）』であった」と反駁している。

ここに見られるようなロセッティ兄弟の日本趣味者としての確固たる姿勢は、第二回ロンドン万博前後に固められ、その後の唯美主義の有力な基礎固めとなったことを確認しておきたい。ただ、英国唯美主義文学の発展を考えるのに、何故このように日本の美術との関聯で見ているのか、その藝術上の背景をここで簡単に見ておく必要があろう。

ロセッティは詩と絵画との密接な繋がりの中で自己の藝術を築き上げた詩人・画家である。一八四九年十月、ロセッティはジョルジョーネの『田園の合奏』を見て『ヴェネツィアの牧歌のために』を書き上げた。スウィンバーンも又、ホイッスラーの『白のシンフォニー第二番　白衣の少女』に触発されて、『鏡の前で』をものし、ホイッスラーに献じている。そしてロセッティの先の詩に感銘を深くしたペイターはジョルジョーネの絵を「絵に描いた詩」と呼び、「はっきりとした物語はないままにそれ自身を語っている詩」（*Renaissance*, p. 149）と評した。

ロセッティは詩と絵画とを共感覚において結合した。『ヴェネツィアの牧歌のために』では触覚と音楽との共感覚が表現されている。この共感覚はロセッティ一人のものではなく、前章で「リヒャルト・ワグナーとタンホイザーのパリ公演」から引用したように、ボードレールも色彩調和の音楽性を論じ、ロセッティと同様の共感覚の藝術意識を見せている。ケネス・クラーク（Kenneth Clark）は、コリンズ版のペイターの『ルネサンス』に附した「序文」で、「ペイターはそれまでの誰よりも一番ボードレールに近い」（p. 22）と、大系を嫌ったり、美の理論では絶えず藝術家個人の気質に回帰することなどを含め、その類似性を指摘しているが、ペイターの共感覚の観念は、ボードレールからも継承していると共に、恐らくそれ以上にロセッティから引き継いでいることは、『ヴェネツィアの牧歌のために』が直接的に「ジョルジョーネ派」論の執筆動機に繋がっていることから明らかであろう。

スウィンバーンは一八六一年に、『ヴェネツィアの牧歌のために』の題材となった『フェト・シャンペートル』を実際にルーブルで見てみて非常に感動しているが（*The Swinburne Letters*, p. 40 参照）、ロセッティの詩、そして又、スウィンバーンの尊敬するボードレールの詩から、共感覚的な詩へと興味を深めてゆくことになる。

絵画の方面においても、スウィンバーンは例えば前章でも軽く触れたように、一八六八年の一年間の絵画について批評した時、ウォッツの絵について彫刻と絵画が姉妹藝術になりうることを述べ、アルバート・ムーア（Albert Joseph Moore 一八四一〜九三）の作品については色彩の旋律性、形態の交響曲的調和を指摘して絵画の音楽性に注意した。そしてアルフォンス・ルグロ（Alphonse Legros 一八三七〜一九一二）については色の取り合わせの美が生み出す諸々の色彩の律動的流動性を指摘し、更にホイッスラーについては曰く言い難い色彩の旋律性に着目し、ひいてはロセッティとホイッスラー両者に認められる、「美のみ真なり」という信念に基づいた「美のための美への愛」を称讃している（"Notes on Some Pictures of 1868," Swinburne, *Essays and Studies* 参照）。

スウィンバーンでなくとも、こうしたことはもっと早く指摘されている。六十年代前半はロセッティがヴェネツィア派に傾倒した時期である。前章で取り上げたF・G・スティーヴンズが一八六五年十月二十一日付の『アシニーアム』誌に匿名で寄稿した「ロセッティ氏の絵」（"Mr. Rossetti's Pictures"）について、今少し敷衍しておけば、このロセッティの友人は、『ブルー・バワー』（一八六五年）、『ウェヌス・ウェルティコルディア』（一八六四〜八年）、『愛する人（花嫁）』（*The Beloved*, or *The Bride* 一八六五〜六年）を取り上げている。『ブルー・バワー』にはティツィアーノやジョルジョーネの絵に充ち満ちているような抒情性をたたえ、旋律的な色彩効果をもつ詩的な絵であると言う。色彩の調和が音楽となり、「空想する目と耳とが密接に関わり合ってゆく」。『愛する人』にも調和した彩色効果があり、これらの三点の絵には「独自の精妙な色の取合わせ」があると結論づける（"Mr. Rossetti's Pictures," *The Athenæum*, October 21, 1865, pp.545-6 参照）。

こうして見てくると、共感覚を通して到達しうる絵画と詩、絵画と音楽、詩と絵画と音楽の一体化が、ロセッティを中心として広がっていっていることが感得される。そしてロセッティが浮世絵や東洋陶磁器を精力的に蒐集し始めた六十年代初めというのは、同時にヴェネツィア派に傾倒した時代とも重なるというのは、無視し得ない興味深い一致である。ヴェネツィア派というのは色彩効果の豊かさが大きな特徴をなしている。そして一方、色の取合わせの妙というのは日本の藝術の核心的な要素をなすものである。そのことからすると、ロセッティの絵心においては、ヴェネツィアと日本とが結び合わされていたのではないかと思われる。『愛する人』の中で花嫁は花や葉の模様を散らした緑の和服を崩した形で着て、豊かに色彩効果を上げていることなどは、そのことの證しとなる一例ではあるまいか。色彩の音楽性という藝術観は日本美術との深い関わりの中で生み出されてきた思われる。

『ヴェネツィアの牧歌のために』に代表される共感覚的な詩は、「絵に描かれた詩」とは逆方向に、「韻律の音が色と匂いを暗示する」（"Charles Baudelaire," *The Complete Works of A. C. Swinburne*, vol. XIII, p. 419）ようなスウィンバーンの詩、更にはペイターの散文へと受け継がれてゆく。詩と絵画と音楽とが一体化して意識された藝術世界の構築に先鞭をつけたイギリスの藝術家は、詩を書くことは絵を描くことであり、絵を描くことは詩を書くことであったこのロセッティにほかならない。

ロセッティ兄弟が、第二回ロンドン万博以後、「テューダー・ハウス」で日本の美術工藝品を藝術関係者に積極的に見せていた好意に満ちた行動は、ロセッティ自身の藝術実践を見本として、今述べたような藝術形態を育む美の泉源となった。イギリスには日本の美術工藝品が入ることによって、文学と美術とのそれぞれの本質が相互補完的に一体化して、文学作品においても美術作品においても、音楽的雰囲気を醸し出す藝術形態の創造に深く関わったと見ることができる。

九　日本再発見

日本美術工藝品へのイギリスの根強い関心は既に見てきた通り、十七世紀から連綿と続いてきている。その憧れと需要の多さから漆細工や磁器の模倣が生まれた。鎖国の間、オランダ人によって齎されたわづかな日本物は貴族の間で蓄えられてきた。それは恰も一条の地下水脈のようなものであった。いつか地上に出ることを待っている水源であった。それが一八五四年の日本の開国によって、日本物がこれまでになく多量に流入するようになった。そして六二年の第二回ロンドン万博が英国唯美主義を決定的に方向付けることになった。それは一種の新たなルネサンスと呼ぶべきものかも知れない。既に引用した箇所の一節だが、ウィリアム・M・ロセッティが言うように、「イギリス人は昔から、日本には或る種の装飾製品があるということを一般的事実としてはイギリス人としても認識していた」。しかしそれは現物として一般の人々が目で見て触れることができる所にあった訳ではなかった。ところが日本の開国以降、その現物が「大抵のイギリス人には驚きとして登場」し、藝術家には新たな創造活動のきっかけと刺戟と啓示を与えたのであった。それはイギリスの日本再発見の始まりであった。

一種の新たなルネサンスと今し方言ったが、確かにロセッティから始まり、スウィンバーン、ペイター、ワイルドと繫がっていく時代はイギリスにおいて特異な時代と言い得るかもしれない。例えば、中西輝政も『大英帝国衰亡史』の中で、こう言っている。「この一八五〇年代から八〇年代にかけての時代ほどとらえにくい時代はない。（中略）その深く意味するところはたぶん、一世紀単位の視野ではとらえられないような大きな意義を持つ変化が生じていたのではないかと思われるからである。つまりそれは数世紀にわたる、はるかに息の長い大英帝国の歴史のスパンの中に置き直してみる必要があり、そうすると、この時期はいわば近代イギリスの『一大折り返し点』をなした時期であったように見えてくる」（二二七〜八頁）。言うまでもなく一国の政治的な動きはその国の文化全体に及んでくる。五十年代から八十年代に関するこの考察はそのまま藝術界にも関わってくる。

イギリスは一八五一年の第一回ロンドン万博を頂点にして、帝国としては徐々に衰頽を始めてゆく。ペイターは『ルネサンス』の「結語」に対する社会からの激しい批難の辯明として、やがて一八八五年に『享楽主義者マリウス』を世に送った。ペイターには自分が時代の過渡期に生きているという鋭い認識と強い意識があり、『マリウス』においてローマの宗教からキリスト教へ移行してゆく紀元二世紀の時代を描くことによって、自分の時代をそこに投影した。同時代や自己を隠すことによってそれらを表現し、また引用文であっても自己表現に都合のいいように字句を変更する藝術家であったペイターにとっては（"Walter Pater, Matthew Arnold and misquotation," in *The Force of Poetry* by C. Ricks 参照）、時代と自己を客体化するには、それが都合のよい便法であったからだ。

『マリウス』の主人公とキリスト教徒である親友のコルネリウスはローマに帰る途次、偶然キリスト教徒の人々のところに居合わせて、ローマ兵によって一緒に捕えられてしまう。マリウス自身はキリスト教徒と間違われての捕縛であった。しかしどうやら一人だけキリスト教徒ではない者が混じっているらしいという話が出てくる。マリウスはコルネリウスの将来を思って、ローマ兵に金銭を渡すことで非キリスト教徒としてコルネリウスを解放する便宜を図ってもらう。マリウス自身は囚われの身のまま重い病を得て、ついには捨てられる。そして見知らぬ村人達からキリスト教徒として終油の秘蹟を受けて死んでゆくが、本人は村人に対してキリスト教徒を装ったまま、非キリスト教徒として生を終える。『マリウス』のこの結末は十九世紀、殊にその後半を生きたペイターにとって、懐疑がどれほど深刻であったかを物語っている。

英国唯美主義の時代は漂漾とたゆたうような、懐疑の時代と重なる。アーサー・シモンズ（Arthur Symons 一八六五～一九四五）は、短篇「クリスチャン・トレヴァルガ」（"Christian Trevalga"）の中で、「足の下に大地のしかとした感触を持つということがどういうことか全然わからなかった」（*The Collected Works of Arthur Symons*, vol. 5, *Spiritual Adventures*, p. 57）と述懐している。或いはまた「生の序曲」（"A Prelude to Life"）の中では、「もし私が漂泊者でこの世のどこにも自分を根付かせることができなかったとしたら、それは私には幼い頃のいかなる空の記憶も土の記憶もないからである。このことによって私は定まりなき自由が与えられ、数々の偏見に囚われなくてすんだ。しかしそのために私は、安定した物、この世でじっくりと時間をかけて成長する物からは、一切切り離されてしまった」（同上p. 4）と語るシモンズの言葉に見られる、足場の定まらぬ現実と自己との齟齬や流離の思い、そこに胚胎する懐疑は、ひとりシモンズのものではなく、魂のありかを求めた人々に共通する悩みであっただろう。英国は帝国としては直接にはそれとは感じられないままに下り坂に入っていたが、藝術家達は新たな様相を見せ始めた時代に、その懐疑と不安を逆手に取るようにして「美の宗教」という新しい藝術形態を生み出していった。ワイルドはそれを「英国ルネサンス」と呼んだ。

既に見たように、日本の美術工藝品に興味を抱いた藝術家達の多くは、中世主義者達である。中世と言っても十一世紀以前の暗黒の中世ではなく、それは十二世紀ルネサンスと呼ばれるギリシアの学問とそれから発展したアラビア文化とが、主としてアラビア語から、或いはそれに加えてギリシア語からもラテン語に翻訳されて取り入れられた時代とそれに続く時代である。その意味でロセッティも中世主義者の仲間である。そもそもラファエロ前派の藝術思想は、初期イタリア藝術とラファエロ以前の中世画家達への共感にあった。そして、バージェスやゴッドウィンを初めとする中世主義の建築家達が一八六〇年前後から日本美術に注目し始め、ロセッティ兄弟もそうした空気を敏感に感じ取っていた。ロセッティはバージェスとはロンドンのキングズ・コリッヂ・スクール時代の学友同士であり、ホガース・クラブに出入りしていたバージェスは、ロセッティとは同じ中世主義者として日本趣味に関して互いに感化し合うものがあったのではないかと推測される。

中世主義については、ロセッティの後に来るペイターについても同様で、ケネス・クラークによれば、『ルネサンス』の基本的観点は、ルネサンスの精神はアベラール（Pierre Abélard 一〇七九〜一一四二）

とフィオーレのヨアキム（Joachim of Fiore / Flora 一一三〇／三五頃～一二〇一／〇二頃）に予示されていると見るミシュレの『フランス史』に負っており、ペイターは十九世紀の大抵の専門的な歴史家の誰よりも、ルネサンスと中世との関係をはっきりと認識していた（Introduction, in *The Renaissance*, pp. 14-6 参照）。そういうペイターもやはり中世主義者であった。そして、「優れた絵と言えども壁や床に落ちた日の光や影のたまゆらの偶然の戯れと同じく、私達に伝えるべきはっきりとした内容など何もない」（"The School of Giorgione"）という「純粋な効果」を藝術の基本とする姿勢とか、「純粋な線と色彩の独創的な使い方」（同上）といった表現は、明らかに浮世絵に現実に接していることを窺わせる。簡素を強調するとともに、無常なるもののひとときのそこはかとなき有様に目を向け、「風に舞う羽毛」（"The Poetry of Michelangelo"）、「納屋の戸口に舞う塵」（"Joachim du Bellay"）などのような一見何でもない日常に目をつけるところなども、日本美術から学び取っている藝術思想であろう。その意味でペイターも中世主義者であるとともに隠された日本趣味を持っていた。英国唯美主義者達は十二世紀ルネサンスとしての中世と日本趣味との重ね合わせの中で、自己の魂の恢復を試みたのである。

ロセッティからワイルドに至る英国唯美主義文学が、かくして日本趣味と不即不離の形で発展していっていることについては、やはりそれなりの下地があってのことである。イギリスは生活重視の国民性を持つ国柄である。産業美術の向上を求めたのも、商業国家としてしか生活を営めない国が、他国に先んじた産業から生み出される製品を輸出せねばならないという背に腹は代えられない事情の他にも、便利で見た目に美しいものを生活の場に置きたいという強い願望があったはずである。

十九世紀のイギリスは室内装飾を初めとする身近な生活の美化を、産業が近代化してゆく中で切実に求めていた。そもそも英国では藝術と製品との区別は十九世紀半ばに出てきたことである（*The Aesthetic Movement*, p. 52 参照）。よくできていれば椅子でも卓子でもそれが藝術品だった時代は終わり、大量生産の時代に入っていた。売るためには、機械による大量生産品を美しく見せる必要が生じてきた。それが産業美術である。渡りに船の如く、そこに現れたのが、開国によって大量に齎され始めた日本美術工藝品である。日本では機能性と合理性の極みにある簡素でしかも遊び心のある美を生活それ自体に求めてきた。それ自体が美術品の価値を持つ、目的に完全に即応した日本の美術工藝は、そうした生活感覚が生み出した生活と藝術との一体化の必然的結果であった。日本の生活藝術としての美術工藝は、生活重視の英国人にとっては理想的な藝術形態であったであろうし、既に十七世紀以来、ウィリアム・M・ロセッティが言うように、英国人の心の底に留められてきた。

このように日本の美術工藝品は、イギリスの場合、主として美術に深い影響を与えたフランスの場合と異なり、産業美術から文学・藝術一般に及ぶ広範な影響を及ぼした。そしてそれが全く新しい物の到来ではなく、その日本趣味はヴィクトリア朝における日本再発見であり、地下水脈となって流れていた日本趣味の再生である。

第三章　ギリシア・エピクーロス的世界と日本
——英国唯美主義の素地

一　雷文

ギリシアは今なお抗い難い魅力をもった国である。キリスト教的世界とは異質な古代ギリシアの世界はなおさらにそうである。恐らく日本と響き合うところがあるからであろう。現代ギリシア人は、スラブ人の侵入や一四五三年から一八二一年に至るオスマン・トルコによる長い被支配の時代があったことにより、トルコ人などを初めとする異民族との混血が或る程度あり、古典期のギリシア人の血をそのまま受け継いでいる訳ではない。しかしギリシア人的な特徴は今なお残している。

古典期のギリシア人から現代ギリシア人へと遺伝的に受け継がれている基本的な美意識がある。古代の神殿にも現代の建物にも共通して見られるのは、縦横《たてよこ》のリズムを基本にした原初的な美的原理である。この感覚は今なお生きている。これが西欧とも中東とも微妙に違う独特の雰囲気を醸し出している。古

マルタのハガール・イム神殿遺跡の渦巻文
（筆者撮影）

典期の美はもう取り戻す術もなく、単なる縦横の美的原理は現代のギリシアの町の風情に硬さを際立たせる元となっている。しかし直線を美の基とする日本人の美的感覚にはなじみやすいものがある。

ギリシア人の縦横の美的原理を端的に見せてくれるのは、ギリシア人好みの幾何学文様の典型とも言うべき雷文であろう。新石器時代より世界各地で渦巻文は見られる。地中海文明ではマルタの新石器時代遺跡であるハガール・イム（Hagar Qim）やタルシーン（Tarxien）でも渦巻文が刻まれ特徴的な文様となっている。新石器時代より或る意味で普遍的とも言えるこの渦巻文を、古代ギリシア人はその美意識から縦横の雷文に変形したのであろう。ただこの雷文は日本でも近世以降の工藝でよく利用されているが、渦巻文様は中国の黄河中流域に栄えた新石器時代晩期の仰韶《ぎょうしょう》文化でもそれに類したものが見られるので、必ずしも古代ギリシア人だけの独創ではないにしても、その美意識に即したギリシア人特有の文様であるには違いない。

ギリシア人がこの縦横の直線を追求するために、神殿全体に曲線を活用していることは、周知の事実である。古代ギリシア人の垂直線と水平線の織りなす美に対する美意識を勘案すると、美的原理としての雷文は、他の地域でも見られるそれとは、いささか趣を異にし、特別の意味を帯びていることがわかる。

そしてもうひとつ注意すべきは、ギリシアの雷文は単独ではなく、連続的な雷文であることである。先に挙げたタルシーンもそうだが、ギリシア文化の祖型を生んだ地であるクレタのクノッソスで描かれているものは、波を思わせる連渦文である。この連渦文を連続的な雷文に変形したところに、ギリシア人の藝術理念の根幹が垣間見える。ギリシア彫刻は一見したところ写実主義に基づいているように見える。しかし、自然現象に惹かれその原理を追求してやまない外向的な自然観察に注意を傾けたギリシア人らしく、その美はあくまでもその原理たる神の美への限りない憧れと接近であった。形状は写実に見えながら、神の理想型の理念に統括された形態であった。この写実主義と理想主義との融合をもたらした藝術意志の始まりの一端を、連渦文を連続的雷文に変形したところに見ることができる。それはハルモニアの意識に見えるギリシア人の特有の安定指向のみならず、理想形への変改の意思を反映している。又、クレタから引き継いだその文様の連続性は、それが単に静に留まるものではなく、動きを孕んでいることをも暗示する。

マルタのタルシーン神殿遺跡の渦巻文（筆者撮影）

二　クレタの美術

ギリシア文化の祖型としてのクレタの美術を次に一瞥しておくが、その前にギリシア世界の種族について、一渉り見ておきたい。

クレタ文化を築いた人々と、その文化を継承したミュケーナイ人やミュケーナイ文化を受け継ぎギリシア文化を完成に導いたギリシア人とは、それぞれ民族や種族が異なる。クレタ人は印欧語族とは別の、主として地中海人と小アジア人との混血で、オリエント系の人種である。ミュケーナイ人はギリシア人の先祖であるミニアス人が前一九〇〇年頃ギリシアに南下し、東方渡来の先住民と混血して生まれた人々である。クレタ文化の衣鉢を継いで新たな文化を開花させた前一六〇〇年頃からミュケーナイ人と呼ばれるようになる。そしてミュケーナイ人の主体をなしていたのがアカイア人であった。前十三世紀後半と前十二世紀後半の二度にわたってギリシア西北部から南下してミュケーナイを滅ぼしたのが、ギリシア民族の一種族のドーリス人である（村田数之亮『ギリシア美術』七十二～三頁、八十三～四頁参照）。

ドーリス人はこうしてアルカディアを除くペロポンネーソス半島に定住し、更に一部はミュケーナイ人を追って小アジア西岸の南部、キュクラデース諸島南部、クレタなどに住み着いた。追われたミュケーナイ人はキュクラデース諸島や小アジア西岸の北部と中部に散らばった。ミュケーナイ人の後裔はアイオリス人とイオニア人に分かれるが、北部にアイオリス人、中部のアッティカとエウボイアにはイオニア人が住み着いた。因みにアイオリス人とアカイア人とは血縁関係が深いと言われる。こうしたギリ

『牛跳び』（イラクリオン考古学博物館、筆者撮影）

シア人の種族の区分はギリシア語の方言によるものであるが、イオニア式とドーリス式などと言って大別するように、気質的な違いはある（同上八十四頁参照）。

前十二、前十一世紀にギリシア人の配置はこのような種族模様を描いて固定化してゆく。縦横の生硬な構築性、安定性、相称、人間中心主義など、はっきりとギリシア的な特徴を見せ始めるミュケーナイ文明が、民族も明確に異なり、それとは対照的なクレタ文明を受容していったのが興味をそそる。しかし先に述べたように、曲線の使用を窮め尽くして縦横の構築性の美を実現したパルテノンは石の構築物でありながら、あれほどの流麗な軽やかさと繊細優美の藝術的精華が現れるには、ピュータゴラース（Pythagoras 前六世紀に活躍）に代表される数と数的比例の原則の適用以外にも、クレタ美術が遺伝子の如く隠れた形で作用し、画龍点睛の効果をもたらしたと言えるのではないか。

その流麗な軽やかさは、例えばクノッソス宮殿に残されていた、牛の角を両手で摑んで宙返りをし、牛の後ろ側に飛び降りる勇壮な遊びを描いた『牛跳び』（前一四五〇～前一四〇〇

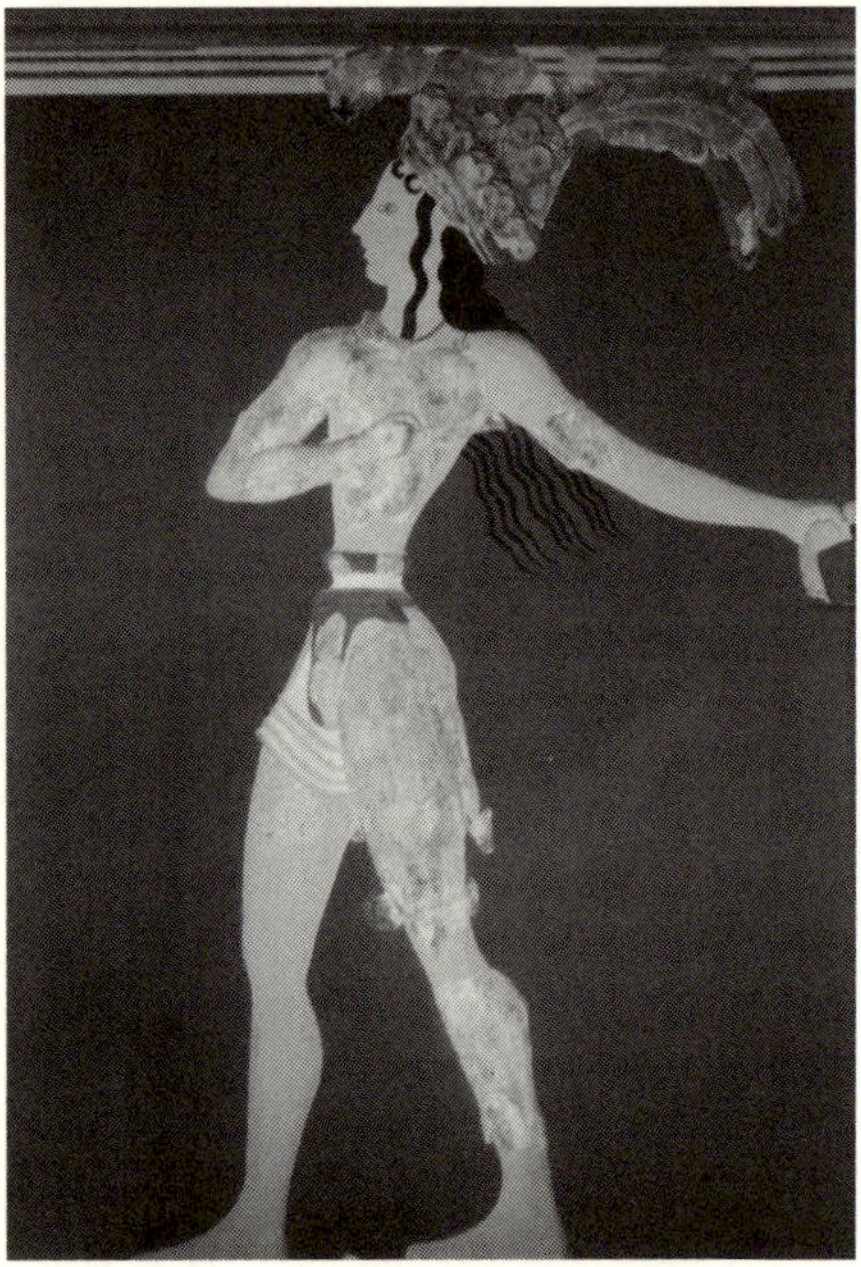

『百合の王子』
(イラクリオン考古学博物館)

『青い鳥』(イラクリオン考古学博物館、筆者撮影)

年)、或いは猿が岩場で花サフランを摘み取っている様を描いた『サフラン摘み』(前一六〇〇年)に見ることができる。

繊細優美の典型としては、同じくクノッソスの『百合の王子』(前一六〇〇～一五〇〇年)や、自然をモチーフにして岩場に咲く花の中で首をもたげている鳥の姿を描いた『青い鳥』(前一五五〇～一五〇〇年)が挙げられよう〔上記クノッソス宮殿の絵画の制作年代は、平成二十年現在のイラクリオン考古学博物館の説明文に拠る〕。

いづれの絵も人間の内面意識には一切囚われず、死の影に犯されることもなく、大らかで屈託がなく、心は外に開かれ現象世界に素直な喜びを得ている。透明感に満ちた澄んだ明るい色がこの印象をますます深めてくれる。絵の平面性や簡潔さ、自然をモチーフにしているところ、或いは色の取合わせの効果などは、日本的でさえある。これらの古代の絵が却って現代に意匠の斬新さ、瑞々しい感性を見せてくれることは、新鮮な驚きである。

クレタ美術にしても古典期ギリシアの美術にしても、そこに表現された人間も動物も、自然に生かされた命として、揺るぎない存在を得ている。それがキリスト教が流布した以後のヨーロッパと決定的に違うところである。「ギリシア人は、海は泳ぐ人のためにあり、砂は走る人のためにあると思っていた。木々はそれが投げかける影ゆえに、森は真昼時のその静けさゆえに好まれた」(*De Profundis*, p. 144)と言ったワイルドは、ギリシア人の自然に対する心情と自己一体性とを的確に捉えている。ギリシア人のような理智的な硬さ、重々しさはないが、ギリシア人よりもはるかに感覚に恵まれたクレタ人にとって、その心情は同様であったであろうことは、その藝術を見れば自づと知れる。

三　パルメニデース

際立った感性の瑞々しさを見せるクレタ人に対して、理性の勝るギリシア人は現象世界の観察を深め、現象の生起を司る原理を極めることに心血を注いだ。それが哲学であり、かくしてギリシアの哲学はそのまま科学でもあった。インド哲学のように、人間存在の本質の探究に一層の重点を置いて、心理現象を綿密に分析したのとは趣を異にしていた。しかし趣を異にする面もあると同時に、仏教に深くなじんでいる我々日本人にとっては、両者の類縁性には否定し難いものがあることを感じさせられる。

例えばプラトーン哲学の一部となって吸収されているパルメニデース(Parmenides 生没年不詳、前五一五年頃の生まれ、南イタリア、エレアの人）の宇宙観は般若心経が示す思想と共通性を帯びている。パルメニデースは実在をこう表現した。「まんまろき球の塊の如く、凡ゆる方向において完結していて、中心より凡ゆる方向において均衡を得ている」（山本光雄訳編『初期ギリシア哲学者断片集』、四十五頁）。そして不生不滅を説き、「有るものは不生なるものゆえ、不滅なるもの、何故なら完全無欠なるもの（中略）、また動揺せざるもの、無終なるもの（中略）ゆえ。それはかつて或る時にだけ有ったでもなく、またいつか或る時に初めて有るだろうでもない」（同上四十頁）と、過去、現在、未来へと繋がる時間的連続性を否定し、今ここにという絶対的な時空、分割不可能な絶対的一者の静の原理を仮構した。そして「有らぬものを知ることも出来なければ（それは為し能わぬことゆえ）また言い現わすことも出来ない」ので、「思惟することと有ることとは同一である」（同上三十九頁）と、臆見は拒否されている。

パルメニデースにとって、宇宙の本質は不生不滅、不変不動なる一者であり、多様な現象はペイターの言葉を使えば、一者の「真っ平な表面に立ったさざ波」にすぎず、「運動と生命の世界は、それ自身の摩擦の力によって、いづれ平衡状態に戻る」（*Plato and Platonism*, p. 42）。不生不滅の万有において初めがあり終わりのある現象は、間もなく何事もなかったかのように、均一で平坦な状態に戻る単なる一時的な表面的変化にすぎないと理解されるのである。このような思想は、現象は実体ではなく偶然の変化としての幻影でしかないことを示している点において、現象世界は実体のない空であり、それはただ相関的な関係性で成り立っているものでしかないという意味で無なる世界であることを説く『般若心経』の一節、「色即是空、空即是色」を想起させるものである。そして又、『般若心経』はすべての存在は実体がなく空であるということにおいて、「不生不滅」であると唱えている。

四　デーモクリトス

アリストテレースやテオプラストス（Theophrastos 前三七二頃〜前二八八／七、レスボス島エレソスの人）が原子論の創始者と見なしているのが、レウキッポス（Leukippos 前五世紀に活躍、恐らく小アジアのミーレートスの人）である。レウキッポスの師だったとも或いは友人だったとも伝えられるデーモクリトス（Demokritos 前四六〇頃〜前三七〇頃、トラーキアのアブデラの人）が、レウキッポスの学説を体系化したと言われる。

この原子論においては、レウキッポスが、「空なるものは有らぬものであり、また有るものの如何なる部分も有らぬものではない」（『初期ギリシア哲学者断片集』七十二頁）と主張しているように、一者たる「有るもの」の他に有らぬもの、即ち空なるものの存在を仮定した。一者たる万有は砕かれて無数の原子となり、一者の属性はそのままに空虚を運動していると考えたのである。デーモクリトスは「不可分な大きさ〔原子〕を実体と同一視している」（『形而上学』出隆訳、第七巻第十三章 a10。この箇所の括弧〔 〕は引用元に拠る）と、アリストテレースが言っているように、原子それ自体は分割不可能な永遠不滅の、内部の充実した実体と見なされた。このような極微の原子が空虚の中に無数にあって運動し、衝突しては集合離散を繰返して、様々な形を現出しているのだと見る。

ところでパルメニデースによれば、「死すべきものどもが真なりと信じて取りきめた一切の名前、すなわち、〝生成する〟や〝消滅する〟、〝有る〟や〝有らぬ〟、また〝場所を変える〟や〝明るい色を〔暗い色と〕取り変える〟などは単なる呼び名……にすぎぬ」（『初期ギリシア哲学者断片集』四十二頁。この箇所の括弧〔〕は引用元に拠る）と言う。唯名論の立場に立つ仏教ではその縁起説から、一切を関係性という実体のない空なるものにすぎないと考えたように、実在論に立つパルメニデースにおいても、この引用に見る通り、様々な事象は単なる名称でしかない、即ち無なのである。このような見方は、原子論においても引き継がれている。

レウキッポスとデーモクリトスは原子の配置と位置とによって質の変化が生じると考えた。更に、知覚によって知られる事物の質の違いは見かけにすぎず、原子の構成と結合の仕方の違いによって感覚にもたらされる単なる印象にすぎないと、それを無に帰する。色形は人間が在ると勝手に思い込んでいる目の迷い、幻影にすぎないということである。「感覚によって知覚されるものは有ると信じられ、そう思いなされはするが、しかし真実にはそれらではなく、アトムと空虚だけがある」（同上七十七頁）のが、現象世界の実態であると考える。

デーモクリトスは又、色が知覚されることについて初めて説明をした哲人でもある。色は原子の位置によって決まるのである。要するに、色も形も空虚の中で運動しながら衝突して結合した原子同士の一時的な関係の在り方に帰着し、その関係たるや事物の本質ではなく、人間の感覚が感じ取る印象にすぎない、ということである。不生不滅の原子そのものについてはともかく、事物の形や色、即ち人間が在ると思いなしているものは、実は空なるものにすぎないということで、色即是空、空即是色の宇宙観と重なってゆく。デーモクリトスは東方を広く探究の旅をした人だと伝えられ、東方が厳密にどこを指すのかは不明だが、エヂプトや中東、或いはペルシア、インド一帯に流布していた思想に触れることがあったであろうことは、容易に推測され得ることである。

五　庭園の哲学者

デーモクリトスの原子論は更にエピクーロス（Epikouros 前三四一～前二七〇、サモス島のサモスの生まれ）に受け継がれ、インド哲学への近づきを見せることになる。この哲学者は前三〇六年にアテーナイに庭園を買い、学園を開いた。この庭園に因んで「庭園の哲学者」とも呼ばれるようになる。

アテーナイでは前三四七年にプラトーンが没した後は、アリストテレースもこの都市国家を去った。尤も、アテーナイがマケドニア支配下になってから戻り、前三三五年、リュケイオンに学校を開いてはいる。アレクサンドロス大王が病没した翌年、即ちアリストテレースもこの世を去った前三二二年に、アテーナイはマケドニア支配に叛乱を企てたが、クランノンの戦で敗れて完全に独立を失った。そして思想的にも非常に混乱を極めるようになった。

そのような時代状況の中で、エピクーロスは庭園学派を開いたが、一方キティオン（キプロス）のゼーノーン（Zenon 前三四〇／三五～前二六五／二、キプロス島のキティオンの生まれ）もやはり同じ頃（前三〇〇年頃）、同じアテーナイで柱廊学派、即ちストア学派を興した。そして両者とも感覚を重視し自然に即した生活を説いた点は似ている。国が失われ、思想的混沌を招来した時代状況であれば、思考の基盤となり、個人にとっても最も信頼し得る確実な感覚を寄る辺として、人が自然に帰るのは必然とも言える。

エピクーロスが「隠れて生きよ」と、静的な生を説いたのに対して、ゼーノーンは人は世界市民として、公事において活動的な役割をしなければならないという、対照的な姿勢を示す。又両者とも自然の理解に感覚を基本に置いているが、ストア学派では人間の心を神の摂理の断片と考えているので、人は自己の理性を完全なものとすることによって、宇宙の自然と一致して生きることができると考えた。

しかしエピクーロスはこのように自然と神とを一体化して考えることはしなかった。神の存在は認めながら、自然と神とを截然と切り離し、それを感覚的事実として捉えた。即ちエピクーロスにとっては、宇宙は無限の空虚と無数の原子から構成され、その空虚の中を原子が運動しているのにすぎないという自然観を持ち、デーモクリトスの原子論を継承している。エピクーロス自身は、アカデーメイアでクセノクラテース（Xenokrates 前三九六頃〜前三一四、カルケドンの生まれ、アカデーメイア第三代学頭）、リュケイオンでテオプラストス、次いでテオス島でデーモクリトス門下のナウシパネース（Nausiphanes テオスの人、前三六〇頃〜前二七〇頃、ペロポンネソス半島、エリスの人）の懐疑説も知った。

因みに、判断中止を説いた懐疑論の開祖として知られるピュローンはアレクサンドロス大王のインド遠征に従軍し（前三二六年）、裸の哲学者やマギ（Magi）に出合って一切無常を悟り、判断を保留して心の平静、寂滅、即ちアタラクシア（ataraxia）を人生の目的とした哲学者である。そしてこの哲学に含まれる無感動（apatheia）という心的態度は広範囲のギリシア哲人に尊重されたと言われる（中村元『インド思想とギリシア思想の交流』、一八八頁参照）。後述するように、この思想はエピクーロス哲学を通して、ペイターにおいて無関心（indifference）として受け継がれてゆくことになる。ピュローンのアタラクシアの思想はデーモクリトスに由来するとも言われるが、ピュローンが「それをかくも重要視したことは、ギリシア的ではなくてむしろインド的である」（同上二七〇頁）と、理解されている。

エピクーロスはプラトーン派の学問もアリストテレース派の学問も勉強した上で、最終的に強い共感を持ったのがデーモクリトスの原子論だったと言える。エピクーロスはプラトーンのイデア論ともアリストテレースの論理学や神学或いは宇宙論とも対蹠的立場にあった。しかし神は神としてその存在を認めながら、同時に自由闊達な思考を求めるソークラテース（Sokrates 前四七〇又は四六九〜前三九九）とは通じ合うところがある。即ち神の世界と人事とを截然と区別しているのである。

論證を重視するストア学徒とは対照的に、エピクーロスは辨證論を無用のこととして斥け、感覚の捉える眼前の事実のみが有効な実在性を保障すると考えた。矚目の事物、手で触れることのできるという感覚の明證性を持つ物のみが、人を実在に結びつける絆であった。経験と感覚が人を実在に繋ぐ真の規範であった。しかし感覚を規範とするとは言っても、思考や推論をエピクーロスは否定したわけではない。感覚は消滅することなく、記憶によって想起されるので、思考の表象的な直覚的把握によって飛躍的に全体的宇宙観に到達し得ると、エピクーロス哲学では考えた。

このあたりのことは、不立文字、即ち言葉に頼ることをせず、自己の経験を尊び、科学的な系統化には背を向け、直観によって事物の秘密を直に洞察しようとする禅との共通性を見せる。そもそも仏教を含め、すべてのインド哲学では知識の第一手段は知覚、即ち感覚と対象との接触であった（宮元啓一『インド哲学七つの難問』八十二頁参照）。知覚或いは接触を知識の源泉とすることについては、インド哲学もエピクーロス哲学も揆を一にしており、それが両者の根本的な物の見方である。エピクーロス哲学では自然の本質を接触不可能な空虚の中での、原子の接触性に見ており、事物の認識についても、事物と感官との接触、即ち「個体の内部における原子の振動」（「ヘロドトス宛の手紙」、『エピクロス』出隆・岩崎允胤訳、十八頁）が感官に一様の打撃を加えることから齎されるものと考えた。この両者に共通する考え方が、禅を通して日本人の精神に流れ込んできたことは、否めないであろう。

六　エピクーロス的神観と仏教

唯物論に立つエピクーロスの哲学においては、プラトーンやアリストテレースとは対照的に、霊魂は物質的で不死ではないと見なし、霊魂不滅の立場を取らない。原子の離散集合の結果でしかない霊魂を持つ人間の形を、エピクーロスは神の姿と考えることはしなかった。そのように考えるのは、人間の恣意的な臆測のなせる業でしかない。この哲学者にとって神々は、「それ自身で全き平安のうちに不死の生命をうけていて、人間世界のことからは遠くはなれて関わりない」（『事物の本性について』藤沢令夫・岩田義一訳、第二巻、六四六～八行）と、エピクーロス哲学を奉じるルクレティウス（Lucretius 前九四頃～前五五頃）が述べているように、至福なる不死の生命体である。このような見地に神々を人間の姿で捉えようとする神観は胚胎しようがない。

ただし、庭園の哲学者は、「不死なる諸善のただなかで生を送る」者は、「人間のあいだで神のごとく生きる」（『エピクロス』七十四頁）こととなると言って、「メノイケウス宛の手紙」を結んでいるように、人間の理想型は神に似るという見方を示す。この点では考えを異にすることの多いプラトーンやアリストテレースと立場を同じくしている。

ソークラテースは神を信じているにもかかわらず、国家の認める神々を信じていないという廉で死刑判決を受けた。人事に関わる特殊な定義の神々の観念によって、神の存在を認める自由な思考が非なるものと裁かれて、毒人参の杯を仰ぐことになったのである。エピクーロスもソークラテースと同様に、特殊な信仰形態によって思考が抑圧され歪められることを嫌った。

「禅には、一揃いの概念や知的公式を持つ特別な理論や哲学があるわけではない」（鈴木大拙『禅と日本文化』北川桃雄訳、三十七頁）と言われるように、エピクーロスも「概念にはすこしも関心がなく、存在するものを示すためにしか言葉を必要」（ジャン・ブラン『エピクロス哲学』有田潤訳、三十頁）としなかった。そして、情動的な人間から離れ、アタラクシア、即ち心の平静を求めて隠れて生き、晴朗なる孤独のうちに自足することを求めた。この孤立した独立性は、超越的な孤高を旨とし、多様なる社会において超越的な孤絶性を保つ禅の精神と通い合うところがある。

インド哲学にもギリシアの原子論の影響を受け、実在論を展開した、例えば前二世紀半ばに成立したヴァイシェーシカ（Vaisesika）哲学があるが、仏教はエピクーロス哲学同様、経験を基本とし、それを起点としない形而上学には関わらない。しかし仏教は同じ経験論に立ちながらも実在論ではなく、世界の様々な事象は言葉によって生まれたものであり、事物は単なる名称にすぎないという唯名論に立っている。

そもそもインド哲学ではその初めから、宇宙の根本原理はブラフマンだとされた。ブラフマンとはヴェーダ聖典の言葉を意味する。即ち宇宙の根本原理は言葉であると理解されていたのである。仏教は更に時代が下り六世紀になると、直覚のみが正しい知覚だとして、「実在するのは、われわれが知覚によって直接とらえうる個物だけであり、普遍は存在しない」（『インド哲学七つの難問』五十五頁）と、経験論に立った唯名論は一層明快になる。

エピクーロス哲学は仏教とは異なり原子論に立脚しているとは言え、同じく経験論に立ち、「感覚が認めたことは、それがいつであっても、真実なのである」（『事物の本性について』第四巻、四九九行目）と言う時、相互に非常に近いものがある。

仏教やエピクーロス哲学のように、経験論に立てば、自づと身近な自然や生活に注意深くなる。そして刹那を重んじ、エピクーロス哲学では瞬間に生きることに専心することが求められる。一方、仏教でも経験的事実から乖離した際限のない観念的議論にうつつを抜かすことなく、日々刻々修行に専心することを教えとする。先ばかり見ることなく、その日その日を大切にして充実させるという日本の昔ながらの生き方はこのような仏教の教えの実践であろうし、この仏教の教えに基づく生き方は質素倹約・謙譲を旨としており、友人に会うため二三度イオニアに行ったことを除いて、慎ましく学園の庭園で自分の哲学の実践をしたエピクーロスの人生哲学とどれほどの逕庭があろうか。

仏教では生の不安と、欲望の齎す苦悩即ち煩悩から解脱して涅槃の境地に達することを理想とする。明鏡止水の心境に達するために座禅を組む。日本ではありとあらゆる藝術や武道においてこのような心境への到達の度合がその完成を左右してきたことは、鈴木大拙の『禅と日本文化』にも縷々語られている通りである。

基本的に、ギリシア哲学は現象を通して自然の原理を探究するという物質的、外的関心が強く、仏教を初めとするインド哲学は、人間存在の意味を問うためにこの世の存在の何たるかを問う精神的、内面的関心が顕著であるという、彼我の違いがあるが、ピュローンと同じく煩いのない寂滅の境地を求めた点でエピクーロス哲学は仏教思想の滲透した日本の精神風土とは通い合うものを持っている。「死はわれわれにとって何ものでもない。（中略）死は感覚の欠如だからである。（中略）生のないところには何ら恐ろしいものがないことをほんとうに理解した人にとっては、生きることにも何ら恐ろしいものがない」（「メノイケウス宛の手紙」、前掲書六十七頁）と、エピクーロスが言う時、それは殆ど涅槃の境地或いは生死の二元を超えた武士の魂を思わせる。

七　感覚と直観

エピクーロスは辨證論を無用のものとし、精神の直覚的把握を求めるからと言って、科学に背を向けたわけではなかった。現象世界によって齎される無用な恐怖や不安から人を解放し、静かに落着いて晴朗なる心を保てるようにするためにだけ科学を必要とした。それ故に学問としての科学の発展に必要とされる体系化はエピクーロスの問題とするところではなかった。体系化という限定ではなく、寧ろ科学的真理への到達の筋道の可能性を複数残しておくことの方が重要であった。体系化の拒否により、感覚を介した直観的把握は幅を広げ、自由で多様な観点の保障となり得るのである。思いがけない様々な遠い物の連結を可能にする。

エピクーロス哲学において瞬間的な直観的把握が等閑視できない重要性を帯びているのは、その瞬間性が人の恣意的な臆測の入り込む余裕を与えないからである。そこにおいて感覚は、感覚に作用したものを瞬間的にあるがままに捉えることができる。人間の放恣な想像力を排除することで、この哲学は極めて客観的な科学的態度を用意することができた。

エピクーロスはデーモクリトスからその原子論のみならず、人生の目的を快と心の平静に置くことも引き継いでいる。しかし知覚についてデーモクリトスは、「知覚される性質の何ものも本性を有しない。むしろそれらは凡て変化させられた感官の印象」であり、「身体の具合が表象の原因」（『初期ギリシア哲学者断片集』七十五頁）だと言う。或いは又、「事物からの流出物が眼に入るためではなく、事物からの流出物によって空気中に堅い印像が――ちょうど蠟に刻印されるように――でき、これが柔らかい眼の物質中に入るためである」（『エピクロス』一六三頁注）と説明されるのが、デーモクリトスの立場である。

これに対して、エピクーロスは次のように言う、「外界の事物と類似の色や形態をもった一種の型（中略）は非常な速さで運動するものであり、まさにこのゆえに、単一で連続した事物の表象をわれわれに与え、また、対象から発してわれわれ（われわれの感官）へ一様な打撃を加える、――この一様な打撃は、個体の内部における原子の振動の結果なのである（後略）。（改行）われわれが精神またはさまざまの感覚器官によって直覚的に把握するような表象はみな、形態についてのそれであろうと本属性についてのそれであろうと、個体の形態もしくは本属性に他ならない」（「ヘロドトス宛の手紙」、前掲書十七～八頁）。デーモクリトスでは、感覚された物の性質は、原子の形状と大きさによって人の意識の裡に喚起される主観的経験に由来するものであるが、エピクーロスは、性質は物に属し、感覚はその質的実在の経験と見たのである。

感覚を闇の認識とし、理性を真正の認識として、感覚より思惟を重んじたデーモクリトスとは異なり、先づは感覚を第一とする自然現象の観察を優先したエピクーロスの方が、寧ろ科学的観察態度を持っていると言える。

八　原子論的神々とアタラクシア

原子論に立脚し極めて科学的な観察をするエピクーロスの神の観念は、あの神話的世界の神々とは趣を異にする。とは言え、この哲学者は無神論者ではない。「神は不死で至福な生者である」（「メノイケウス宛の手紙」、前掲書六十六頁）と明言する。神々が確かに存在している理由として、神々もやはり原子の集合体であり、その映像が人間の精神に流入することによって認識される。ただこの映像は微細であるため、感覚ではなく精神的直観によって感得されるものだという見解を取る（『エピクロス』一七四頁注参照）。

そしてエピクーロスは神々の姿として人間の形を範型とすることはしなかった。「メノイケウス宛の手紙」の中で、庭園の哲学者はこう言う、「神々は、多くの人々が信じているようなものではない。というのは、多くの人々は、かれらが一方で神々についてもっている考え〔神々が至福性と不死性とをもっているという考え〕を他方では棄てている（至福性と不死性に不似合で縁遠い属性をおしつける）からである。そこで、多くの人々の信じている神々を否認する人が不敬虔なのではなく、かえって、多くの人々のいだいている臆見を神々におしつける人が不敬虔なのである。というのは、多くの人々が神々について主張するところは、先取観念ではなく、偽りの想定」（同上六十六頁）だからだ。

エピクーロスにあっては、人間の形に神々の範型を見出すのではなく、不死の神々の至福性を範型として、それに少しでも近づくこと、即ちアタラクシアという心境の平静への到達が賢者の理想である。そしてこの心の平静は、遠心的な不断の動きや曲線的な連渦文を好んだクレタとは対照的な、あの安定した連続的雷文との類縁性を想起させるものであることにも注意しておくとよい。それはギリシア人には生来的な傾向としてあり、その思考にも常に反映されてきたからだ。ハルモニアという観念もこの範疇にあり、ギリシア美術の要をなしていることは言うまでもないことである。高貴さもこの平静にこそあった。ヴィンケルマン（Johann Joachim Winckelmann 一七一七～六八）の指摘する「気品ある単純」（『古代美術史』中山典夫訳、三四七頁）も、エピクーロスのみならずギリシア人一般の意識の底にあるアタラクシア希求の賜物とも言える。さはれ、先のピュローンによるアタラクシアの重要視は、デーモクリトスというよりむしろインド的という学者達の一致した見解を踏まえると、アタラクシアの思想はギリシア人の本来的気質に加えて、それに呼応するインド思想の影響が重なり合って発展したと見た方がよいのかもしれない。

エピクーロスは「自然に服従すべきである」という観点から、「貧乏は、自然の目的（快）によって測れば、大きな富」だと言う。そして、「飢えないこと、渇かないこと、寒くないこと」という肉体の要求、即ち「必然的な欲望」が満たされれば、人は「幸福にかけては、ゼウスとさえ競いうる」（「断片」、『エピクロス』九十～二頁）。つまり、自然に即して質素であること、簡素を旨とすることは、神に近接した神々しい生活形態だと見なしたのである。

エピクーロスは唯物論者であっても、その対蹠的立場のプラトーンやアリストテレースの流れも受けて、人間の最高の理想が神に似るのであり、神が人間に似るのではなかった。プラトーンが思惑、即ち臆見を知と無知の中間にあるものにすぎないとして、「〈思わく〉は、〈知〉とくらべれば暗く、〈無知〉とくらべれば明るいもの」（『国家』第五巻、四七八）で、「〈あるもの〉が〈知られるもの〉だとすれば、〈思わくされるもの〉は、〈あるもの〉とは別の何か」（同上）だということで、あるものとしては認めなかったように、エピクーロスも、あらぬものに囚われている俗信を撥無したのであった。

俗信というのは、例えばアリストテレースも言っているように、神々が「人間の姿をしたものまたはその他の動物のいずれかに似たもののように語られ」ることであり、それは「大衆を納得させるためにまたはその法律上ならびに生計上の福利のためにと、後に神話的に付け加えられたもの」（『形而上学』第十二巻第八章 1074b）である。

エピクーロスはこうした俗信を、ソークラテース同様に受け容れず、神々を本来の姿で捉えようとしたにすぎない。これは一見異端的に見えるかもしれない。しかし、「人間像は、如何に見えるかでなく如何にあるかということ、すなわち人間の外観でなくその本質を表わしていた」（『古代美術史』一～二頁）と、ヴィンケルマンも指摘しているように、ギリシア藝術はその実体表現を通して、抽象的且つ普遍的な美の高みに至り、神々しいものへの限りない接近を果たしている。そのような藝術を生み出した神観もエピクーロスの神観も基本的に同じであり、後者は寧ろ本来的な考え方である。

更にまた、神々の世界と人事とを截然と区別し、夢を神のお告げなどとは考えなかったのが、エピクーロスである。「夢は、神的な性質も予言の力ももっていない」と明言し、「それは、映像が飛び込むことによって生じる」（「断片（その一）」二四）にすぎないのだと、澹々と合理的に割り切った。唯物論者のエピクーロスにとって、霊魂も原子から構成され、感覚と一体化しその運動をすみやかに全身に伝える稀薄な物質であり、肉体の消滅とともに滅びるものでしかない。死とはこの感覚の闕如でしかなく、何ものでもなく恐れるに足りない現象であった。

しかも、「われわれが存するかぎり、死は現に存せず、死が現に存するときには、もはやわれわれは存しない」(「メノイケウス宛の手紙」、前掲書六十七頁)が故に、死は恐れるに足りない。実際エピクーロスは臨終に際して死を従容として受け容れている。イドメネウス宛の手紙にこう認《したた》めている。「生涯のこの祝福された日に、そして同時にその終わりとなる日に、わたしは君にこの手紙を書く。尿道や腹の病はやはり重くて、激しさの度を減じないが、それにもかかわらず、君とこれまでかわした対話の思い出で、霊魂の喜びに満ちている」(「断片(その二)」30)と。

九　生死の二元の超越

仏教には、森羅万象は一過的な相互依存的な関係でしかなく、実体的存在は存在しないのであり、物は単に名称にすぎないという空の思想がある。この境地に悟達すれば、生死二元を超越し、死の恐怖を乗り越える。一例に大拙は『禅と日本文化』において、快川の偈を取り上げている。「安禅は必ずしも山水を須《もち》ゐず／心頭を滅却すれば火自ら涼し」と言って、他の禅僧と共に火定《かじょう》したのは、甲斐の恵林寺《えりんじ》の僧侶快川である。織田信長の軍勢によって火攻めにあった時のことである(『禅と日本文化』五十三〜四頁参照)。

日本では空の思想によって、常に死と向き合うことを習いとし、死を従容として受け容れる気風を培ってきた。そこから、死を強く意識し或いは死に直面しながらもなお、世俗を離れて藝術的な美的境地にひと時浸らんとする風流という美意識も生まれてきた。エピクーロスの場合とは異なり、快川の場合は凄絶の趣があるものの、死を従容として受け容れるということに関して、両者には実質的には指呼の間ほどの隔たりしかないのではあるまいか。生死を峻別し現世を最終目的たる天国へ行くためのひとつの道程としか見なさないキリスト教の死生観とは違って、事物は原子の結合と分離の運動でしかなく、生死をそれぞれ別次元の世界とはせず、自然学に基づき生死の冷静な達観を得ていたエピクーロスの哲学は、空思想に極めて近いからである。

死に対する泰然自若としたエピクーロスの構えは、生死を別次元のこととしない日本古来の自然観や仏教思想に育まれた日本的死生観のもたらす同様の態度と、達せられたことは同じでも、そこに至る道筋が異なる。例えば、この構えの前提となる心の平静の保ち方についても、双方に違いがある。エピクーロスには覚悟を決めた、或いは感傷的な無常観とは趣を異にするものがある。時の意識が違うのである。

先に引用したように、イドメネウスに宛てた手紙の中で、死を前にしたエピクーロスは、「君とこれまでかわした対話の思い出で、霊魂の喜びに満ちている」と、述懐した。「自己充足の最大の果実は自由」(「断片(その一)」七七)であり、「自己充足は、あらゆる富のうちの最大のものである」(「断片(その二)」70)と、自ら足るを知るこの哲学者は、過去に一度だけでも幸せなことがあれば、今はどうであれ、そのことを思い出すことで幸福でいられると考える。亡くなった友についても、「追想によって、共感を寄せ」ることで、人は快く生きることができると言う(「断片(その一)」66参照)。

エピクーロスにとって過去の幸福は失われた時ではなく、生きている現在である。全宇宙の不生不滅をその哲学の基とするエピクーロスにあっては、心に関わるその言語宇宙においても、過去は消滅した時ではなく、今、ここにある現在だからである。エピクーロスの蹤迹を踏むルクレティウスも次のように述べている。「時間もまた、それ自身で独立に存在するものではなく、/物それ自体が基となってそこから、過去に何がなされ、つづいて現に/何があり、さらにこれから何が起こるかの感覚が生じるだけである。/それにまた、何びとも事物の運動と静止から切りはなされた/時間そのものを感知しないことを認めねばならぬ」(『事物の本性について』四五九〜六三行)。エピクーロス哲学においては時は空間とは違って、世界を構成する一部とはなっていないのである(『エピクロス哲学』六十一頁参照)。

時の観念においてエピクーロスは、プラトーンやアリストテレース、又同時代のストア哲学とも異なる。プラトーンは時についてこう言っている、「神は(中略)宇宙を秩序づけるとともに、一のうちに静止している永遠を写して、数に即して動きながら永遠らしさを保つ、その似像をつくったのです。そして、この似像こそ、まさにわれわれが『時間』と名づけて来たところのものなのです」(「ティマイオス」種山恭子訳、一〇D)。時を永遠自体の動ける影とした。

アリストテレースは、「時間を全宇宙の運動である」(「自然学」出隆・岩崎允胤訳、第四巻第十章218a)とするプラトーン的な考え方に、「時間は運動ではないが、運動なしに存在するものでもない」(同上第十一章219a)と修正を加え、「前と後に関しての運動の数」であり、「数をもつものとしてのかぎりにおける運動」として、「時間は或る種の数である」(同上219b)と結論づける。又、「運動や時間もまた、これらを自らの限定とするところのものそれ自らが分割されうるものであるがゆえに、この意味で量であり連続的なものである（後略）。ただしここで『分割されうるもの』と私の言うのは、運動しているもの自らのことではなくてこのものの運動する場所のことであり、そしてこの場所が或る量であるがゆえに、そこでの運動もまた（付帯的に）量なのであり、またこれが量であるがゆえにそれの（運動する）時間もまたそうなのである」（「形而上学」第五巻十三章 a30）とも言い、時間を数であり量とした。

ストア哲学では、クリュシッポス（Chrysippos 前二八〇頃〜前二〇七／六頃）によると、時間とは「速さと遅さの尺度がそれにしたがって言われるところの、動の間隔［隔たり］」であり、「宇宙の動に密着した間隔であって、それぞれのものは時間にしたがって動き、存在する」（『クリュシッポス　初期ストア派断片集』第二巻、水落健治・山口義久訳、五六〇頁）。即ち万物は時の中にあって初めて運動し且つ存在し得ると考える。

しかしエピクーロスにとって、時は原子と空虚の世界の構成要素ではなく、偶然的な諸現象に「ともなう或る特殊な偶発性」（「ヘロドトス宛の手紙」、前掲書三十四頁）であった。即ち、時は現象に伴う附随的な事象であり、「偶発性の偶発性」（『エピクロス哲学』六十二頁）であった。

ストア哲学では、神々の生命としての時に従うことが、人間の智慧であり、それが自然と一致して生きることであり、この方が芭蕉の言うように「四時を友とす」（『笈の小文』）るという日本的な自然観に近いと思われるが、エピクーロスは、同じく自然との一致を標榜してはいても、時の意識の仕方が相異なっている。しかし、時の流れを離脱して快い特殊な事柄に附随する偶然的なひと時に浸ることは、ストア哲学のように忠実に時に従うよりも、或いは世の流動に足を取られて心の煩いとなるよりも、これもまた人間の智慧というものである。

ルクレティウスもこう記している。「楽しいことだ、大海のおもてを嵐が吹きまくる時／陸地にたって他の人の大きな難儀を眺めることは。／人の苦しみが楽しい悦びだからというのではなく、／わが身がどんな禍を免れているかを知るのが楽しいのだ。／（中略）／ああ、いたましい人間の精神よ、ああ、盲目の心情よ、／生命の何という暗黒のうちに、どれほどの危険のうちに／生涯というこの瞬間は過ぎ去ることか！」（『事物の本性について』第二巻、一～十六行）。

隠れて生きることを旨とするエピクーロスが時の属性を偶然性に帰し、過去の時が現在も生きているものとする時の観念は、現代においても決して疎遠なものではなく、近くにはペイターを通してエピクーロス的思想の薫習に与った詩人西脇順三郎の永遠の意識にもその類例を見ることができる。

このような時の意識は、アタラクシアを熱望するエピクーロスから必然的に生まれてきたものであろう。ギリシア人は古くは連続的雷文にも見えているように、動と静との調和を求めてやまなかった。そしてエピクーロスもその安定を求めた。無限の空虚の中を「原子は、たえず永遠に運動する」（「ヘロドトス宛の手紙」、前掲書十四頁）ものであり、生死も原子の結合と分離でしかなく、不生不滅の永遠なるものにおける一過的な相対的変化でしかない。それ故にこの思想において生死は一元化されているが、人が生きている限りは、永遠の運動としての現象のもたらす不安は最大限除去すべきものとして、エピクーロスはアタラクシアを追求し、その生活態度は静的傾向を極めるものであった。この点も、外面的には東洋的な趣を強く見せることになる。

前四世紀にアリスティッポス（Aristippos 前四三五頃～前三五五年頃。キュレーネー学派の真の創始者は同名の孫と考えられている）が創始したキュレーネー哲学では、ソークラテースが理想とした独立自由な人格的価値の内容に幸福があると考え、快楽を道徳原理とした。同じく快を追求したとは言え、エピクーロスとは違い、キュレーネー派は静的な快は認めないで、動的な快だけを目的とした。それに対してエピクーロスは、「心境の平静と肉体の無苦とが、静的な快である」とし、「喜びや満悦は、動的な現実的な快」（「断片（その二）」1）と見なし、静的な快をこの哲学の趣旨とした。キュレーネー派の人々は、「身体的な苦しみは霊魂の苦しみよりいっそう悪い」と考えるのだが、エピクーロスは、「肉体の嵐は現在だけであるが、霊魂の嵐は過去現在未来にわたる」が故に、「霊魂の苦しみの方がいっそう悪い」（「エピクロスの生涯と教説」、前掲書一五二頁）と、内面的価値を重視したからである。

人間の苦しみを乗り越えるのに、キリスト教のように、現世を否定し神による霊魂の救済という来世の生命を求めるのではなく、一切は空から出で、空に帰するという現象としての存在の本質を見極め、自己を見つめ自己を超克する仏教の解脱思想への似通いを、エピクーロス哲学はのぞかせている。「平静な心境の人は、自分自身にたいしても他人にたいしても、煩いをもたない」（「断片（その一）」七九）と達観した哲学者における自己の内面注視と静的快の追求は、ギリシア思想のなかでも、東洋的な傾きを際立たせるものである。

既に見たように、エピクーロス哲学では感覚は誤つことがないとの確信から、禅と同様、直観乃至知覚の事実をあるがままに受け容れ、辨證論も「ひとを誤らせるものとして、斥け」（「エピクロスの生涯と教説」、前掲書一四四頁）、臆見にはまり易い抽象論議を避けて、直観という感覚と深く結びついた内面世界に目が向けられたのは禅にも通い合うことである。

十　集団的祭礼

アリストテレースはギリシア人の特質についてこう述べている。「ヨーロッパの民族は気概には富んでいるが、思慮と技術にやや欠けるところがある、それゆえ比較的に自由を保ちつづけているが、国的組織をもたず、隣人たちを支配することができない。しかるにアジアの民族はその霊魂が思慮的でまた技術的ではあるが、気概がない、それゆえ絶えず支配され、隷属している。しかしギリシア人の民族はその住む場所が中間を占めているように、その両者に与かっている、というのは実際気概があり思慮があるからである」（『政治学』山本光雄訳、第七巻第七章　１３２７ｂ　ｂ20）と。言うまでもなく、この場合のアジアとは今日的意味ではないので、近くはペルシアまで、遠くはインドまでを指す。ヘーロドトス（Herodotos 生没年不詳、前四九〇〜前四八〇に生まれ、前四三〇年以後に没）が次のように述べているのが参考になろう。「インドに至るまでのアジア地域には人が住むが、インドから東の地はすでに無人の境で、その情況を語り得るものは一人もない」（『歴史』松平千秋訳、巻四、四〇）。ヨーロッパとはギリシアの北側を東西に広がる地域で、アジアの北部はヨーロッパに含まれる（同上（中）、二九〇頁注参照）。昔からヘレースポントス（ダーダネルス海峡）とボスポロス海峡をヨーロッパとアジアの境としているが、ギリシアは今日でもなお文化的にも、気質的にも、アリストテレースの言うように、中間地帯と見た方が自然である。

ギリシアとヨーロッパとの差を認めるアリストテレースの言うヨーロッパは、キリスト教化されたヨーロッパとは異質の世界である。即ちヨーロッパは三二五年、ニケア会議でコンスタンティヌス一世（Constantinus I 二八〇年頃〜三三七）によって公認されたキリスト教の滲透によって世界観、思考の仕方が劇的変化を遂げた。あまつさえヨーロッパはギリシアの学問を直接そのまま受け継ぐことがなかった。それはビザンティウム、次いでシリアそしてアラビアへと移動した。ギリシアの学問を踏み台にして発展を遂げたアラビア文化とギリシアの学問とが、ヨーロッパに導入されたのは、やっと十二世紀になってからである。それでもなお、早くに中世前期にキリスト教が深く根を下ろしたヨーロッパは、キリスト教改宗以前のヨーロッパとは余りにも異質である。

プラトーンが前三八七年頃にアテネ郊外に創設した学校アカデーメイアは、約九百十六年間にわたって連綿と存続して、ついに後五二九年に東ローマ皇帝ユスティニアヌス（Justinianus I 四八三〜五六五）によって、異教徒による教育活動の禁止を理由に閉鎖された。この閉鎖により古典古代からキリスト教的中世へと截然と最終的に転換がなされたのは、ヨーロッパ社会に劇的な意識変革がもたらされたという点において、決定的な意味を持つ事件であった。

キリスト教は、イエス自身はセム語派のアラム語を話していたと言われるが、ローマ帝国の属州の東方ギリシア語圏で生まれ、ギリシアと無縁の地ではない。しかしキリスト教は一神教のユダヤ教の分流として、神と信者とは、神の啓示を待ち受ける信者側における合理的精神を超えた情念的な絆で固く結ばれている。神の啓示に対する信仰を前提とするキリスト教における神と信者との間に、個人的で私的な、閉鎖的且つ排他的な関係を築き上げている。それ故にキリスト教では、あり得ないようなことを奇蹟として信じ、それを真実としている。それは閉鎖的空間に生じた幻影であり内面的真理であって、科学的真理ではない。西欧の伝統的な宗教画が自然主義とは対蹠的で、すべて内面的幻影の表出であったのは、キリスト教のこの特殊性による。この特殊性が又、他の宗教を異教と称し、異説を異端として排除してきた。

「カイザルのものはカイザルに、神のものは神に返しなさい」(「マタイによる福音書」第二十二章第二十一節)という言葉に代表されるように、キリスト教は実際には政治とも深く関わってきたにせよ、基本的に政治とは截然と袂を分かつところに、この宗教の本来の趣旨がある。世俗と神聖とを峻別し、神の世界は世俗的社会と混じり合うことはあり得ない。

それに対して多神教のギリシアでは、ポリスが認めた神々を信仰した。その祭礼は都市国家的行事という開かれた社会的営みであった。例えばアテネのパンアテナイア祭がそうである。この祭礼では年一回の例祭が、四年毎には大祭が催された。行列はケラメイコスのディピュロンから出発して、アクロポリスへと向かい、そこでアテーネー女神に生贄が捧げられ、各種の競技が奉納された。

パンアテナイア祭のように、神事と政治や社会生活とが密接に繋がり合ったのが、ギリシア的宗教であり、日本の天皇の政《まつりごと》や神道関聯の村祭り的な祭礼行事との共通性を持つ。

ギリシアの宗教には、キリスト教とは異なりはするも神道とは同じく、道徳律を定めた聖典があるわけではない。あるのは藝術、即ち詩であった。ヘーロドトスが、「ヘシオドスやホメロスにしても、私よりせいぜい四百年前の人たちで、それより古くはないと見られるが、ギリシア人のために神の系譜をたて、神々の称号を定め、その権能を配分し、神々の姿を描いてみせてくれたのはこの二人なのである」(『歴史』巻二、五十三)と言うように、ホメーロスの『イーリアス』、ヘーシオドスの『神統記』があるだけなのである。

十一　聖俗の一元

ギリシアでは聖俗を峻別しないで、聖の中に人間的な俗があり、俗、即ち生活の中に、ギリシア藝術が示すように、神々しい聖なるものがあった。この種の宗教観、或いは神観があって、初めて日本と同じく生活藝術が成り立ち得た。古代ギリシアでは日常生活に使う壺もすべてではないにしても、今日、陶藝家が特定できるほどに、藝術意識を以て作られた。実用品が藝術として扱われ作られた。既に述べたように、その美は神への近接の證であった。

『デルポイの御者像』
デルポイ考古学博物館（筆者撮影）

各種の運動競技もそれが神への奉納行事である限り、その勝利は物質的富とは無縁で、神の輝きを帯びた純粋に個人の名誉であり、延《ひ》いてはポリスの名誉とはなり得ても、あくまでも個人の名誉に終始した。勝利者にはデルポイの戦車競技勝利者像である『デルポイの御者像』の例を見てもわかる通り、高価な勝利記念奉納物をデルポイの神域に捧げる者もいた。そこには世俗にして世俗を超えた神々しい清らかさがある。

このことを、聖から峻別されて単なる世俗的行事として開催される現代のオリンピック大会と比較してみれば、ギリシア人の精神的な高貴さが自づと明らかになる。現代のオリンピックは国威発揚の国策的行事、企業の利得追求の商業主義、国家の報奨金目当てにしての薬物使用等々、古代ギリシアの神前試合としての運動競技とは対蹠的な様相を呈している。

聖にして俗、俗にして聖なる古代ギリシアの多神教的価値観は、その精神性において日本人には今日なおなじみやすいものがある。

ギリシア人にとって美は自づと善である上に、キリスト教のように唯一の聖典はなくとも、現象世界を探究する哲学があり、そこから自然を恐れることなく自然に即して生きることとの智慧を得ていた。日本にもそのような聖典はなくとも、それに代わり得るものがあり、そのことをキリスト者の新渡戸稲造(文久二年[一八六二]~昭和八年[一九三三])が世界に知らしめたのは興味深いことである。

新渡戸が『武士道』を執筆した動機は、知合いのベルギーの法学者ラヴレー(M. de Laveleye)の家に招かれ、この法学者から学校での宗教教育なくして、「いったいあなたがたはどのようにして子孫に道徳教育を授けるのですか」(新渡戸稲造『武士道』奈良本辰也訳、三頁)と問われ、愕然としたことがきっかけであった。日本の土俗的宗教の神道に聖典がなくても、仏教、儒教、神道精神等が綜合されて武士道を形作り、それが倫理規範の観念として家においても社会においても一様に行き渡っていた現実を、新渡戸は事細かに分析しながら、人間形成の要石としての武士道精神を縷々説明して、キリスト教にはない道徳教育のあり方を海外に知らしめた。

聖俗を全く別領域のこととはせず、ギリシア人一般が考えたように、生ける有機体としての自然は神々の存在の場であり、人間の生活の場でもあると一元的に考え、従って宗教的祭礼も社会的で集団的な営みとする宗教観の方が、思考の自由が利く。更にはエピクーロスのように、神々は人事に関わらず、精神によって直覚的に把握される不死で至福な生者だと考えた方が、はるかに思考は飛翔する。エピクーロスは、「神話だけは遠ざけるべきである」（「ピュトクレス宛の手紙」、前掲書五十五頁）という信念で思考の自由を確保していた。禅でも多神教とは無縁であることによって、神の観念に煩わされない直観的明察があった。

キリスト教において聖俗が峻別されるのは、神が世界を創造したという前提から、造物主と被造物の間には厳然たる絶対的な区別があると考えるが故に、自然に起こる観念である。そして当然のことながら、その神の観念の枠を超えて知性の働きを恣《ほしいまま》にすることは許されない。

十二　意識の深化

宇宙の動きを神の不死なる有機的生命の活動と捉えたり、或いはエピクーロスのように全宇宙は不生不滅にしてその空虚の中を原子が永遠に運動するものと見るギリシア哲学の立場では、自由に現象世界を観察して正しい知識を得ることができる。ギリシア哲学はその綿密な自然観察によって科学を発展させたが、一木一草に宇宙の生命と本質を見透した日本人の自然観察は藝術や、その他、道《どう》と名付けられる、知性の生み出す様々な精神形態を開花させた。ギリシアも日本も、外向性と内向性との違いはあれ、感覚の十全な働きを得て自然観察を極め、一方は科学を、もう一方は有形無形の精神形態を発展させたことは、注意しておくべきことである。

ギリシアにおいても日本においても、一般的には、人間の存在は神の生命の一部としてあった。ただギリシア人はデルポイの神域の入口にかかげられた「汝自身を知れ」という警句に現れているように、又、ソークラテースがこのことを唱道したように、人間であることの意識を深化させることで、対象に搦め取られることなく、自己の位置を知り、人間たる自己を中心にして、現象世界を見据えたのであった。

この意識を更に深化させたのがエピクーロスである。小アジアのハリカルナッソスのあの歴史家ヘーロドトスですら、当時本土アテネでは神託は顧みられなくなりつつあったにも拘わらず、なおも神託を重視したように、神託や神のお告げとしての夢はギリシアでは長く信じられてきた。ところがエピクーロスは先に見たように、「夢は、神的な性質も予言の力ももっていない」と、夢も人事として神々を関わらせず、人間を主体とし、人間中心主義（ヒューマニズム）を更に徹底させた。

人間としての意識の深化は、相対主義思想の発展をそのうちに伴っていた。エピクーロスは極めて相対的な思考をし、時と場に応じ臨機応変に物事に対応する柔軟性を持っていた。一例を挙げれば、プラトーンやアリストテレースとは異なり、絶対的な正義を認めなかった庭園の哲人は、「自然の正は、互に加害したり加害されたりしないようにとの相互利益のための約定である。」（「主要教説」三一）と言う。「正義は、それ自体で存する或るものではない」（同上、三三）と、正義の相対性を明示する。「地域的な特殊性、その他さまざまな原因によって、同一のことが、すべての人にとって正であるとはかぎらなくなる」（同上、三六）という相対主義的見地は、万物流転を説いたヘーラクレイトス（Herakleitos 生没年不詳、前五〇〇年頃が活動の盛期）を初めとするイオニア系哲学の継承者として感覚論を言揚げしたエピクーロスらしい物の見方である。

物質は永遠に運動をし続けるという考えと、それに必然的に附随する相対主義思想や感覚論とはイオニア思想の伝統であり、プロータゴラース（Protagoras 前四九〇頃〜前四二〇頃）の「人間は万物の尺度である」という格言も、正とは人間の必要に応じた約定にすぎないことを意味するものとして、この系譜の中にあり、エピクーロスの相対主義的世界観と直に繋がるものである。この流動思想に基づく相対主義的な観念は、物事に囚われぬ恬淡とした人生観を生み出す素地ともなる。相対主義的思考とは、仏教におけるように、物事を関係性で捉えることである。エピクーロスの原子論において、飽くまでも実体は原子それ自体であり、かりそめに物の形を生み出しているものは、集合離散を繰返す原子と原子との一時的な関係でしかなく、関係性それ自体は無である。原子と空虚のみ存在する世界において、自己という実体はない。いみじくもペイターが『想像の画像』（*Imaginary Portraits* 一八八七年）の中の短篇「セバスティアン・ファン・ストーク」（"Sebastian van Storck"）において、パルメニデースの絶対的一者論が、真っ平らな平衡状態或いは心の白紙状態、即ちタブラ・ラーサ（tabula rasa）への絶えざる回帰という自己滅却の上に成り立っていることを示しているように（pp. 106-7 and 110 参照）、エピクーロスのアタラクシアも自己滅却を前提としなければその思想の拠り所を失うことになる。庭園哲人はこのイオニアの伝統の中で、人間としての意識を深化させることによって囚われぬ自己離脱の境地に至った。これは解脱の境地に通うものである。

吉田健一が『ヨオロッパの世紀末』で指摘したように、ヨーロッパがキリスト教化してからというもの、人々は自己の内面を恐る恐る覗き見るようになった。死後の生における最後の審判に不安を感じ、常に自己の行動を見張り、内心後ろめたさを覚え、ギリシア人が持つような屈託のなさを失い、自己に囚われることで自己を見失った。キリスト教化によってヨーロッパ人が自己の内面に目を向けるようになったことと、「汝自身を知れ」という言葉とは、一見似ているようで、実際には全然異質のことである。「汝自身を知れ」は、内面の闇を覗き見ることでも、単なる内省でもなかった。それは人間としての意識の内面深化であった。この点でも人間の内面心理の分析に目を向けていたインド哲学、殊に仏教思想に、エピクーロスは近づいたのである。インドでは既に前六世紀には自由思想家達の間では、神への関心から離れて人間自身のための宗教を生み出していたと言われる（山中栄一『世界哲学大系Ⅱ』二八一頁参照）。

十三　今、ここ

ギリシア人にはキリスト教における天国とか永遠の生命という考え方はなかった。ギボン（Edward Gibbon 一七三七〜九四）もこう述べている。「ギリシア、ローマの熱烈な多神教徒間にあっては、来世に関する教義など、ほとんど信仰の基本信条として考えられたことがなかった。神々の摂理一つにしても、それは個人の問題よりも、むしろ国家社会に関するものとして、もっぱら可見のこの現世を舞台に示されるものと考えていた」（『ローマ帝国衰亡史』中野好夫訳、第十五章）と。ギリシア人にとって基本的に重要なことは、ローマ人のように世俗的ではなかったが、「今、ここ」という現世観念であった。それ故、殊にエピクーロスにおいては、「知者は国事にかかわら」(「エピクロスの生涯と教説」一一九)ず、瞬間に生きることに専心し、明日のことは心にもかけないで生きることを求めた。

今、ここに生きることに専心するということは、エピクーロスの場合においては、既に触れた自己充足の観念や死を恐れぬ死生観と密接に繫がり合っている。「昨日またかくてありけり／今日もまたかくてありなむ／この命なにを齷齪／明日をのみ思ひわづらふ」(「千曲川のほとりにて」)と歌ったのは島崎藤村だが、今、ここに生きることが、一見、齷齪することのように見えるが、そうではなく、明日をのみ思い煩うことが齷齪することであり、それを戒め、今ここに生きることの内省をこの詩行は示している。それと同じように、今、ここに生きて、「明日を最も必要としない」(「断片(その二)」78)この哲学者は、同時に、それ故にこそ却って明日を思い煩うことなく、自己に充足感を感じ得る。「自然的なものはどれも容易に獲得しうるが、無駄なものは獲得しにくい」(「メノイケウス宛の手紙」、前掲書七十一頁)。今、ここに生きるとは、贅沢をせず欲を捨てて自然に得られる物に足るを知り、自然に即して生きることを意味した。

今、ここに生きることに専心して足るを知るという、この泰然自若とした生き方は、『荘子』の「徳充符篇」の挿話を思い起こさせる。魯の国の王駘は「足切りの刑にあった片輪者」にも拘わらず、「からっぽで訪ねて行った者が何かを得て帰って」来る。その不思議を思った常季が孔子に問うと、孔子は答えて曰く、「借り物でない真実を見とおして、現象の事物に動かされることがなく、事物の変化を自然の運命だとしてそれにまかせて、現象の根本にわが身をおいているのだ」(『荘子』金谷治訳、「徳充符篇第五の一」)と。

そして更に又、「心を徳の調和した境地に遊ばせ、万物についてその同じ本質をみて、形のうえでのうつろいの変化をみない。その足をなくしたことなどは、土くれが落ちたぐらいに思っているのだ」と、孔子は答えた。孔子に勝るとも劣らぬ聖人であるこの王駘は、臆見には目もくれず、事物の本質のみを洞徹し、相互に相異なるところではなく、万物を一体化している共通点を見出すことによって、身体が不具であっても不具とは思わず、自ら足りて不満も不都合もない。本質を極めて自ら足るを知る王駘は、「精神的に死を超越し」、死ぬ日も「吉日を選んで昇天するであろう」(同上)と言う。

「徳充符篇」の示すこの王駘の話とエピクーロスの哲学とは、本質的なところで通い合っている。そして「明日を最も必要としない者が、最も快く明日に立ち向う」(「断片(その二)」78)というエピクーロスの言葉は、今ここに生きるとは先づは自ら足りていることであり、それが結果的に最もよく明日を生きる者になり得ることを教えている。

エピクーロスにとっても、他者から見て闕けているところがあるように見えても、それは不足とはならないことは、過去の幸福の思い出によって現在もなお霊魂の喜びに満たされているという、既に触れた一例を以てしても、十分肯われることである。時を連続し、流れ去るものと捉えないで、「連続しないものの推移」(『エピクロス哲学』六十二頁)と考えれば、過去の幸福のひと時は常に現在に生きているからだ。

ところで日本には、仏教行事として行なわれる盂蘭盆がある。伊藤唯真によれば(平凡社『世界大百科事典』)、この語源はイラン語系の言葉で死者の霊魂を原義とするウルヴァン(urvan)であるという説が有力であるが、ウルヴァンはイラン系の霊魂と収穫の祭祀で、やがてイラン系ソグド人の中国進出とともに収穫祭として中元と結合し、更に仏教徒が僧侶相互に罪を指摘し合いながら懺悔をする僧団の清めの行事である自恣《じし》と結びつけられることにより、盂蘭盆の原型ができたと言われる。一方また、岩波版『仏教辞典』（中村元他編輯）によれば、自恣の日に親などの追善供養を願って僧侶達に盆器に食物を盛って差し上げたことに関聯していて、自恣即ち pravāraṇā が、インド・西域で uravāṇa と変化したのだとも言う。盂蘭盆はその語源がウルヴァンであれ、自恣即ちウラヴァーナであれ、御魂の供養に関聯する事柄だった。そして仏教と関わる行事として日本に伝わった訳であるが、しかし日本にはこの仏教伝来以前から、先祖の御霊を正月と七月の二回祀る霊祭《たままつり》があった。二回目の初秋の霊祭の方が中国伝来の盂蘭盆会と習合して、日本の伝統的行事として今日に伝わって来てある。

日本の伝統において、先祖の御魂は山上にあり、それを七月、迎え火をともして家に迎え、生者とのひと時を過ごした後、また送り火を焚いて送り出すのである。御魂は生者と共にあるというのが、日本的な考え方であり、過去は現在に生きている。西脇順三郎が言うように、「來世に生き、來世の價値を強調し未來の生活を教へた」（『古代文學序説』四十五頁）キリスト教ではあり得ない死生観であるが、ヨーロッパ文化の基層の構成要素であるケルト人の文化においても、生死は峻別されることはなかった。生者の世界と神々及び死者の世界との境界は曖昧であり、夏の終わりと冬の始まりとを劃する十一月一日のサムハイン（Samhain）の大祭の時には、見かけの上ではその境界が完全に消滅してしまう（Simon James, *Exploring the World of the Celts*, p. 89 参照）。

エピクーロスは万象は原子の結合と離散にすぎず、魂も肉体の死と共に死ぬと考え、日本的な死生観とはその点で一見相容れないように見える。しかしその外面的な違いにも拘わらず、案外と近いものがあることにも目を向けなければならない。

日本古来の土俗的習俗における御魂の観念と、般若心経の「色即是空、空即是色」の世界観は、ふたつながらにして日本人の心に深く根を下ろして今日に至っている。インド哲学の中には、ギリシアの原子論の影響を受けた実在論の立場を取るもののほかに、唯名論に立つ仏教もある。唯名論では万象は言葉によって生まれた単なる名称にすぎない。しかし万象を相互依存的関係性に還元し、自己という独立の本体はないとする仏教的世界観は、存在の本質を関係性に置く点で極めて原子論とよく似ているとも言える。

万象は単なる原子の結合離散でしかないが故に、「一切の事物は偶然の産物」(『エピクロス哲学』、七十六頁)にすぎないと偶然の原子の結合関係に事物の本質を見るエピクーロス哲学と、万象はすべて因縁によって生ずるものとする仏教とでは、実在論と唯名論との違いこそあれ、物は偶然の接触以上の何物でもないというところに見える事物に囚われぬ超脱的な澹々とした心と、事物の存在は単に関係性という空なる状態でしかないと悟達して生死に動ぜぬ囚われぬ心とは、類似の境地にあると言っていいのではないか。生死の二元も結局は相対的なものでしかないと考えれば、それは一元化され、解脱においてもアタラクシアにおいても死は恐れではなくなる。今、ここに生きるとはそのような死生観に立っている。到達した境地の類縁性から、両者は本質的には余り隔たりを感じさせない。エピクーロス哲学の境地はキリスト教の世界とは隔絶の感はあっても、仏教的境地にはかなり近いものがある。それ故に、生死を峻別しない、即ち生と死を同次元で考え、死の恐れを抑制する傾向をもつ日本人は、その仏教思想の影響からエピクーロス哲学に接しても余り違さや違和感を感じないであろう。

十四　自然主義的人間主義

先にも触れたように、ヨーロッパ文化はギリシア文化の直系の継承者ではない。西欧は十二世紀ルネサンスを通してアラビア経由でギリシア学術を受け継ぎながらも、そのキリスト教化された世界では、ギリシア文化を直にあるがままに享受することは難しいところがあったようである。確かにウォルター・ペイターは、ヴィンケルマンのような特殊な例を挙げてはいる。即ち、ヴィンケルマンは「ギリシア的手法のこの上なく精妙な原理を、悟性ではなく、本能乃至感触で理解し」（*Renaissance* p. 193）「あの完璧なギリシアの塑像術を批評するのに、己の教養のみならず、己の気質を持ち込んだ」（同上p. 220）と、ギリシア人的な感性と気質を具えていたことを指摘する。遅れ馳せながらも、精神的にはルネサンス期の人物に属する「ルネサンス最後の果実」（同上p. xv）として扱っている。しかしルネサンス人だからと言って、その時期の藝術家達がキリスト教の桎梏を免れていた訳ではない。ところが自分のギリシア研究の場を得るためにはカトリックに改宗することに何のためらいもなかったヴィンケルマンは、キリスト教という陸標自体が何の意味もなさず、本来的に異教的な人間だった。それ故にヴィンケルマンのような受容性を示す事例は、キリスト教世界のヨーロッパでは寧ろ稀である。

キリスト教的立場からはとかく批判の多いエピクーロスを掘り起こしその原子論を広く世に知らしめたのは、フランスのピエール・ガッサンディ（Pierre Gassendi 一五九二～一六五五）である。その影響の下に、アイザック・ニュートン（Isaac Newton 一六四二～一七二七）が近代物理学の祖となったことは周知の事実である。ガッサンディは、「我思う、故に我あり」の言葉に代表される考える自己、即ち思惟を中心とするデカルトの合理主義の向こうを張って、エピクーロス的な経験論と感覚説の立場を取った。このガッサンディでさえ、エピクーロス哲学にキリスト教を絡み合わせることを忘れなかった。即ち、エピクーロスは原子の運動の原因をその重さにだけ認めたが、ガッサンディは、宇宙の統一性は全能なる神のなせる業という神の観念を超越できず、原子の運動は神によって与えられたと考えた。しかしこのように神を引き込むことは、エピクーロスの立場からすれば、臆見の類となる。ギリシア人のエピクーロスは神の存在を認めながら、思考はそれに煩わされなかったが、キリスト教の世界では神が思考に箍をはめる。

キリスト教世界とは違い、ギリシア哲学に勝るとも劣らぬ思考の自由があったのはインド哲学である。中村元によれば、「インドでは三千餘の歴史を通じてもと〳〵國家の權力が何らかの宗教乃至思想を壓迫するといふことが、極めて稀であつた」(『インド思想とギリシア思想の交流』五十七頁)。仏教やその他インドの哲学諸派の見解では、「眞理への道は、神々をも超越した境地に存する」(同上一七七頁)ものであったからである。また宮元啓一によれば、「インドの哲学者たちにとって、絶対最高神はけっして超えられない壁にはならない。つまり、知性に対抗しうる信仰などまったく認めないのである。(中略)インド哲学では、絶対最高神すら押しのけて、人間だけが自由であり、よって輪廻から解脱できるのも人間だけだとする。それはもう強烈なまでの人間主義なのである」(「インド哲学の愉しみ」、宮沢啓一ホームページ『ペンギン(宮沢啓一の部屋)』平成二十年八月現在)と言う。宗教的な箍もなく、あるがままに物を見るという姿勢は、ギリシアのものであり、あまつさえエピクーロスは神と人間とを引き離し、臆見を斥けて人間主義を一層徹底しており、思考のあり方においてインド哲学に通い合うものがある。

実際、神についての考え方も、後述するようにインド哲学の影響を受けていたエピクーロスにはインド哲学との共通性が見られる。「眞理への道は、神々をも超越した境地に存する」のは、「佛教によると、神々といへども、なほ俗人にすぎ」ず、「まだ世俗的な生存のうちにうごめいてゐる生きもの（衆生）の一種」（『インド思想とギリシア思想の交流』、一七七頁）だからである。中村元によれば、「エピクーロス Epikouros の想定した神々は、靜かな、活動力に乏しい、微細な原子より成る稀薄な存在であるが、これが佛教の想定した神々に近いと考へられてゐる」（同上一七八頁）と言う。

インドでは真理探究の場では神々が超越されたように、エピクーロスも、「不死で至福な生者である」（「メノイケウス宛の手紙」、前掲書六十六頁）「神的な実在」は、決して天地の現象を「説明するために持ち出されるべきではな」いと断じている（「ピュトクレス宛の手紙」、前掲書五十一頁）。エピクーロスの原子論からする神々は原子の集合体であり、その映像が人間の精神に流入することによって認識されるが、この映像が「微細であるがため、感覚によっては捉えられず、精神によって、直覚的に把握される」（『エピクロス』一七四頁注）先取観念である。キリスト教の神と違って、インド哲学においてもエピクーロス哲学においても、神々は真理を求める人間の思考を規制する存在としては認識されていない。神々を超越した思考を通して悟りの絶対的境地を求めた仏教は、現象の徹底的な究明を通してアタラクシアに到達しようとしたエピクーロス哲学とは、極めて近い関係を示している。

日本文化も仏教的思考、殊に禅を通して内面心理を探究し無心の境地を探り、自己存在の内面深化を図ってきた歴史を持つ。そして仏教哲学は本来的に実践哲学である。その実践の一例に、優れた剣術家にして卓逸なる藝術家としての誉高い宮本武蔵（天正十年［一五八二］～正保二年［一六四五］）を挙げてみる。武蔵は自然・環境の正確な読みと内面心理の把握に優れた徹底的な合理主義者である。他者の心理把握を含む状況判断の重要性をこう言っている。「観の目つよくして敵の心を見、其場の位を見、大きに目を付て、その戰のけいきを見、其おりふしの強弱を見て、まさしく勝事を得る事専也」（『五輪書』、「風の巻」、七十七～八頁）。

微に入り細を穿つ状況分析と同時に、その大局を直観的に把握することについては、その後に次のように言葉を繋いでいる。「濃《こまやか》にちいさく目を付るによつて、大きなる事をとりわすれ、まよふ心出きて、慥なる勝をぬがすもの也」。そして己の心を知ることで「少もくもりなく、まよひの雲の晴れたる」明鏡止水の如き「實の空」なる心の境界に至っていることの重要性をこう述べている。「實の道をしらざる間は、佛法によらず、世法によらず、おのれ〳〵は慥なる道とおもひ、よき事とおもへども、心の直道よりして、世の大かね《(曲尺)》にあわせ《ママ》て見る時は、其身〳〵の心のひいき、其目其目のひずみ《ママ》によつて、實の道にはそむく物也、其心をしつて、直なる所を本とし、實の心を道として、兵法を廣くおこなひ、たゞしく明らかに、大きなる所をおもひとつて、空を道とし、道を空と見る所也」（同上、「空の巻」、八十六～七頁）。「空を道とし、道を空と見る」、生死の二元を超越した無心の境地に至った武蔵の姿が示されている。武蔵の言う直道《じきどう》とは仏教用語であり、仏道の悟りに達するのに最も近い道のことである。ここに自然を通して人間の内面心理を探究し、無心の境地に至った者の面目躍如たる姿を見ることができる。

ペイターの先蹤に倣えば、ギリシア文化は自然主義に基づき感覚的で多様性を喜びとする遠心的なイオニア的傾向と、合理主義に立つ理智的で求心的なドーリス的傾向を併せ持ちながらも、後者が前者を巧みに調整している（"The Marble of *Ægina*," *Greek Studies* 参照）。これに対して、禅を通して無心という無意識の領域にまで立ち至る、求心的な内面的人間主義を踏まえた自然主義を取ったのが、日本文化の特性である。そもそも人間の何たるかを極めない自然主義など転蓬に等しく、藝術を成り立たしめるだけの思考の深みを持ち得ない。日本の文化は生成りの文化と言われるだけに、自然物の美しさを細緻なまで引き出そうとする。その表出には、藝術から職人技に至るまで、人間としての深い自覚とともに、その対比の内に意識された、神としての自然への畏敬の念が深く反映している。古典期のギリシア彫刻が、肖像彫刻が一般的であったローマ期の彫刻とは一線を劃し、特殊性や偶然性を排し、仏教彫刻と同じく無性の美に至ったように、個性を超越した普遍的な、人間を含めた自然の本質の表現を日本文化が求めてきたことに、思いを致さねばなるまい。

十五　エピクーロスと唯美主義

i　ペイターの東洋的趣向

先に触れたように、エピクーロスの原子論は十七世紀にガッサンディによって掘り起こされた。その唯物論は十八、九世紀にキリスト教の信仰を揺るがし、懐疑主義を招く要因となった。しかしヨーロッパの思考を科学的な方向に切り替えていったことはエピクーロス哲学全体の本質を示すものではない。それは一局面にすぎない。

初めに述べておいたように、エピクーロスは科学を科学のために研究するのではなく、外界の現象の引き起こす恐怖を人間から取り除き、安心をもたらすために研究したのであった。ベルグソンは、「エピクーロスは学者でない。かれは学問一般を軽蔑し、数学を虚偽と見なし、修辞学と文学をなおざりにする」（「ルクレーティウスの抜萃」花田圭介・加藤精司訳、『ベルグソン全集』第八巻四十八頁）と言っている。このような発言が出てくるのも、既に述べたように、エピクーロスは「弁証論を、ひとを誤らせるものとして、斥け」（「エピクロスの生涯と教説」、前掲書一四四頁）、知的明證性ではなく、感覚の明證性を求めたからである。ジャン・ブランも「現象を説明してその法則をわれわれに与えようとする実証主義とは類似するところがまずない」（『エピクロス哲学』十七頁）と説明している。

この哲学が近代物理学発展の一契機として資するところが大きかったことは事実としても、そのこと自体はエピクーロス哲学を代表する本質ではない。実證主義とそれに附随する論理性は、エピクーロスの直覚的把握とは相容れない。このエピクーロス哲学の一面を契機にして発達した近代物理学における実證主義を覆してエピクーロス哲学の本質である感覚論を自家薬籠中のものとして自在に駆使したのが、ウォルター・ペイターである。

一八七三年に出たペイターの『ルネサンス』は青年達の心を捉えたが、一方、宗教関係者や、所謂イギリス的良識派からは咎められ、袋叩きに遭った。その辯明として執筆されたのが、一八八五年の『享楽主義者マリウス』、原題通り直訳すれば『エピクーロス学徒マリウス』である。

エリザベス・アスリンは、「日本趣味と唯美主義運動は事実上同義であった」（*The Aesthetic Movement*, p. 79）と断言している。しかしそれは飽くまで日本の視覚藝術を通しての絵画や建築への影響である。それでは文学の唯美主義についてはどう見たらいいのか。

日本熱の中心であり、唯美主義の魁であったダンテ・G・ロセッティは画家としては日本美術の影響は歴然としているが、詩作の面ではその影響は感じさせず、中世趣味を際立たせている。ロセッティとその仲間であるスウィンバーン、この二人の系譜に連なるペイターはどうか。視覚藝術については、ペイターも日本の作品を見ていることは、『ルネサンス』の「ジョルジョーネ派」、『ギリシア研究』の「ギリシア彫刻の起こり」や「アイギナの大理石彫刻」などにおける日本美術への直接的言及から明らかである。しかしペイターの存命中に日本文学の翻訳も欧米で少数ながら出てはいたが、日本の文学を読んだと覚しき痕跡はペイターの著作からは感じ取れない。例えば次のような翻訳が当時出ていた。フレデリック・ヴィクター・ディキンズ（Frederick Victor Dickins 一八三八～一九一五）による英訳『百人一首』（*Hyak Nin Is'shiu; Or, Stanzas by a Century of Poets, Being Japanese Lyrical Odes*）が一八六六年にロンドンで、また同訳者により、『忠臣蔵』（*Chiushingura*）が一八七六年にニューヨークで、フランソワ・トゥルッティーニ（François Turrettini 一八四五～一九〇八）の仏訳『平家物語』（*Heike Monogatari*）が一八七一年にジュネーブで出版され、フィッツマイヤー（August Pfizmaier 一八〇八～八七）が一八七五年にウィーンで独訳『枕草子』（*Die Aufzeichnungen der japanischen Dichterin, Sei Seô-Na-Gon*）を、東京帝國大學外人教師バジル・ホール・チェンバレン（Basil Hall Chamberlain 一八五〇～一九三五）が英訳で『日本人古典和歌』（*The Classical Poetry of the Japanese*）を一八八〇年にロンドンで、末松謙澄（安政二年［一八五五］～大正九年［一九二〇］）が一八八二年にロンドンで英訳『源氏物語』（Kenchio Suyematz, *Genji Monogatari, the most celebrated of the classical Japanese romances*）を出している。そしてまた、テオフィル・ゴーチェの娘、ジュディット・ゴーチェ（Judith Gautier 一八四五～一九一七）は仏訳和歌撰集である『蜻蛉集』（*Poèmes de la Libellule*）をパリのジロ社から私家版で出版している（吉川順子著『詩のジャポニスム』二三九頁、及び Itō Isao, Introduction, in *Ikuya's Haiku with Codrescu's Haiga* by Itō Isao & Ion Codrescu 参照）。

日本美術にしか触れていないと思われるのに、ペイターが藝術思想において日本的な何かを感じさせるのはなぜか。その日本的な何かとは、即ち感覚論、経験論、一見何気ない物への注意とこだわり、系統化を好まぬ直観的把握、現在の中に生きている過去、峻別されない生死の一元、「今、ここに」への集中、簡潔趣味、自然との一致、隠者的な静穏な生活、限りない内面的対話を好むところに窺われる構築性と論理性の超越、それに由来する平面的併置、「一即多、多即一」の世界観から窺い知れる、事物の存在の関係性への還元、即ちペイターのこだわった言葉で言えば相対主義、神の観念に抑制されぬ思考の自由などである。そしてペイターは先にも触れたように、プラトーンの哲学を、絶対的一者の説を唱えたパルメニデース、永遠的流動説のヘーラクレイトス、数と数的比例の原理や音楽的調和の理論を唱えたピュータゴラースの各思想を融合して、調和する「一にして多」(the One and the Many) の形態を理想としたことを述べた。この「一にして多」、即ち「一即多」の思想は、早くに仏法の根本義となっている事柄である（『禅と日本文化』、三十二頁参照）。後でも触れるようにインド哲学の影響を受けたヘーラクレイトスはその流動説から必然的に仏教と同じく事物を相対的に見る立場にあり、「凡てのものから一つが出て来、また一つから凡てのものが出てくる」（『初期ギリシア哲学者断片集』、三十二頁）という「一つと凡て」の思想を説いてプラトーン哲学に流れ込んでいる。ペイターはプラトーンを通してヘーラクレイトスの流動思想に強い関心と意識を持ち、この無常の世界をいかに克服するかということに心血を注いだ藝術家だった。ヘーラクレイトス的無常観を通しても、ペイターは東洋的な趣を見せるのである。

ii　マリウスに隠された懐疑主義

ペイターの唯美主義藝術に見られるこうした諸特徴は、ペイター自身の日本美術との接触による影響もさることながら、その濫觴を基本的にはエピクーロス哲学に辿ることができる。この思想的傾向故にペイターはキリスト教的立場からは批難を招き、異端視される原因となったと考えられる。ペイター自身、キリスト教に対しては即かず離れずという微妙な立場を取ったことは、『マリウス』の掉尾がそれをよく示唆している。この掉尾については前章でも取り上げたが、ここではもう少し掘り下げて敷衍しておく。ローマの宗教から原始キリスト教への過渡期の時代に、マリウスはキリスト教徒と間違えられて捕縛された。しかし疲労が祟って死を免れないことがわかると棄てられ、キリスト教徒の村人達に手厚く看取られて息を引き取る。村人達はマリウスを殉教者として葬った。捕縛が行なわれて間もない頃、「囚人の中に一人だけキリスト教徒ではない者がいるらしいと思われていた」（第二十八章 *Marius*, II, p. 212）。その非キリスト教徒とはマリウス自身である。そのことを利用してマリウスは一緒に捕らえられたキリスト教徒の友人、コルネリウスを、番兵を買収することで逃がした。

マリウスはかつて少年時代に学友フラウィアヌスが死んだ時、死は「魂の消滅に他ならない」（第八章 *Marius*, I, p. 123）ことを、遺骨を前にして愕然と悟り、以来唯物主義者としてエピクーロスの徒となってゆくのである。事実、イドメネウスに宛てて、「君とこれまでかわした対話の思い出で、霊魂の喜びに満ちている」と、従容として死を迎えたエピクーロスと同じく、マリウスも死の床で自分が昵懇にしてきた人々を思い出し、ただ昵懇にしてきたというその意識があるだけで、それがしっかりと安心して頼れる寄る辺となった。今は亡き人であろうと或いは生きている人であろうと、生涯において自分がその人達と「懇意にしてきたということをただ意識しているだけで、マリウスは船が浸水して沈没しようとしているさなかにあっても、自分の心が『確実に休らい、頼れる』ものを見出すような心地がした」（第二十八章 *Marius*, II, p. 223）と、ペイターはマリウスの臨終を描写している。

フラウィアウスの死後、マリウスは、「我々の知は我々の感覚できるものに限定されている」のであり、「もっぱら感覚の捉える現象にのみ依拠しようとする決意が、いかに自然なことであるか。感覚は感覚それ自体について我々を決して欺くことをしないし、感覚だけに関しては我々は自らを欺くことができないからである」（同上 pp. 138-9）というエピクーロス的思想に悟りを開いていった。

見知らぬ村人達からキリスト教徒と勘違いされ終油礼を受けてこの世を去るマリウスではあるが、本人自身は飽くまでもエピクーロスの徒として死んだのである。マリウスがキリスト教に惹かれたのは、その礼拝の厳粛さという感覚的な外面であり、それはどの宗教にも共通してあるものである。又、マリウスがそこに見出した静謐と超脱という平安も、エピクーロスの徒として求めてきたアタラクシアである。この最終章「生まれながらにキリスト教徒の心」において、ペイターが描いてみせたのは、本心からキリスト教に帰依しようとしたマリウスの姿ではない。ペイターは一見そのように見せかけながら、実はキリスト教に限らず基本的にはどの宗教にも当てはまる普遍的且つ根源的な宗教的感情を生まれながらにして持ち、特定の宗教には囚われぬエピクーロス的精神に薫習したマリウスの心を叙述したのである。A・C・ベンソンが「マリウスをなおも羊の檻の外側に留まらせる位置で、線引きがなされ」（『ウォルター・ペイター』伊藤勳訳、一四九頁）ていると指摘したのは、肯綮に中っている。

そして又、マリウスがキリスト教に対しては懐疑主義的立場を崩さず、決して改宗をしなかったという解釈は、その著作には書き残されてはいないが、早くに工藤好美先生（明治三十一年［一八九八］～平成四年［一九九二］）が、その晩年に立川の自宅での筆者との文学談義で語られたことでもあることをここに附記しておく。

マリウスはペイター自身の反映であり、この臨終の場面はペイターが、ヴィンケルマンと同じく真のキリスト教徒ではなく、エピクーロス的世界で藝術三昧に生きてきたことを隠微な形で示唆している。ペイターはキリスト教徒の仮面を被ったエピクーロスの徒だったのである。そして、このエピクーロス的立場から、長きに亘り自己が自己たることを失っていたヨーロッパ社会に懐疑の目を向けつつ、それから或る一定の隔たりを置いて人間本位に立ち返り、自己が自己たることを求めて内面深化を図った。

iii　エピクーロス哲学と仏教

エピクーロス哲学は原子を実体とする実在論である。インド哲学の始まりは、宮元啓一の説明によると、ウッダーラカ・アールニ（Uddālaka Āruni 前八～前七世紀）の有の哲学で、「世界のすべての事象は、『ただ有る』としかいえない唯一無二の根本有が、ただ自己のみを契機として流出したその結果」であるとする「流出一元論であるとともに、唯名論でもある」（『インド哲学七つの難問』二十頁）と言う。しかし一方、インド哲学の中にもギリシアの原子論の影響を受けて、ヴァイシェーシカ哲学を初めとする多元論哲学は実在論の立場を取る（同上五十頁参照）。この実在論に対して仏教は経験論に立脚し、「すべての事象は相互依存的な関係にあり、独立の本体（＝自己、我）をもたない」（同上五十四頁）と考える。すべては因縁、即ち関係性であって実体なる物は存在せず、在ると見える物は、普遍的実在ではなく、単なる名称にすぎないという唯名論の立場を取る。そして知識の手段は感覚と対象との接触である知覚に依拠している。この意味では唯物論的立場に立つ仏教は、経験的事実を踏み台とする経験論をその哲学の原点としてきた。この経験論については、ヴァイシェーシカ哲学も同様で、その開祖カナーダ（Kaṇāda 前一五〇頃〜五〇頃）も、「いかなる知識もすべて経験から起こる」（『ミリンダ王の問い』1、四十六頁注）と考えた。

　エピクーロス哲学と仏教とは、万有の経験論、知覚第一主義、形而上学的議論の回避、或いはまた空なるものの観念などにおいて共通性を見せる。しかし一方、普遍的概念はそれに対応する実在物があるとする実在論を拠り所とする原子論と、かたや宇宙の事象を言葉によって生み出された仮象とする唯名論との違いがある。更にまた仏教は縁起説に立脚して現象を因果関係で捉え、そこに必然性を認めている。一方原子論では無数の原子が衝突し合って集合離散を繰り返すことで現象が生起すると考える。この原子同士の衝突もレウキッポスによれば、「たまたま触れ合ったところで作用」（『初期ギリシア哲学者断片集』七十二頁）をなしていると言っているように、原子の結合は因果関係ではなく、偶然によるものだと考えられている。この原子同士の衝突も、エピクーロスによって、垂直に落下する原子がほんのわづかに逸れる偏倚という運動により起こると説明される（ルクレティウス『事物の本性について』第二巻、二一七〜二二四行、二四三〜五行参照）。衝突が偶然であることに変わりはない。

　とまれ、縁起説に基づく唯名論の仏教であれ、偶然の接触に基づく原子論であれ、ともに万有を不生不滅とし、現象は因果関係の消長或いは空虚における原子の一時的仮構にすぎないという意味で無であるという点では両者は深く通じ合っている。

実際、エピクーロス哲学へのインド哲学の影響は既に指摘されている。中村元によれば、インド哲学の「ヘーラクレイトス、エンペドクレース、アナクサゴラス、デーモクリトス、エピクーロスに對する影響はあり得たことであると考へられてゐる」(『インド思想とギリシア思想との交流』二六八頁)と言う。絶対的一者を説くパルメニデースの思想については、ウパニシャッドの影響を認めることに賛否両論があり平行現象と考える向きもあるが、中村元はパルメニデースがその始祖である「エレア學派の根本思想は、恐らくウパニシャッドから受けたのであらうと考へる」(同上二七四頁)学説を伝えている。とまれ両者の類似性は紛れもない事実である。

iv　主観的時間

『プラトーンとプラトーン哲学』において示されたプラトーンの哲学は、ヘーラクレイトス、パルメニデース、及びピュータゴラースの三者の思想が統合されたものというペイターの見解は、そのままペイター自身の美意識を物語るものであろう。ペイターにとって無常の世界でいかにして恒常的な拠り所を得るかが最大の関心事であった。変化という多様なる現象の流動的世界とパルメニデース的な不生不滅の有なる一者の世界観との相反する関係は、ピュータゴラース的な数的比例によって調和され、そこに精神的拠り所としての美を獲得できるのではないかというのがペイターの目論見であった。唯美主義の鼻祖たるダンテ・ゲイブリエル・ロセッティも同様に、愛を通した美の宗教化によって永遠なる魂の寄る辺を見出そうとした。それ故にこそペイターはロセッティの藝術的心情を、「死の意識と美の願望、死の意識によって生気を帯びる美の願望」("Aesthetic Poetry," *Sketches and Reviews*, p. 19) と形容した。

ペイターのこのような美意識においては、現象は先にも引いたように「真っ平な表面に立ったさざ波」、或いは「有機的生命の大河に立ったさざ波」("The Doctrine of Motion," *Plato and Platonism*, p. 21) にすぎず、それらは無なる幻影でしかない。先のマリウスもフラウィアヌスの死後、キュレーネー学派のアリスティッポスの思想にも注意を向け、それが仏教と同じく、背後にあって知覚できない物に対しては判断を中止をする不可知論的姿勢を維持することに共感を寄せるとともに、「事物は影にすぎない」(*Marius*, I, p. 135) という、色即是空と同様なアリスティッポスの中心的理論に傾倒するのである。

そこでペイターは、「ふと光が何か取るに足りない物、風見鶏、風車小屋、箕、納屋の戸口の塵などを美しい形に変える」("Joachim de Bellay," *Renaissance*, p. 176) ように、定まりない事象が偶然一瞬のうちに見せた美を記憶の中に凍結することで、空なる現象を息づいている過去として永遠化しようとした。それは「君とかわした対話の思い出で、霊魂の喜びに満ちている」(「断片(その2)」30) と、死を目前に控えながら語ったエピクーロスと同様な時間意識に基づいている。

エピクーロスは時というものを、空間とは切り離して「諸現象に伴う全く付随的な事象でしかない」(『エピクロス』一七〇頁注) と考えた。この考え方は、恐らく、エピクーロス同様、「時間といふ特殊な實體を立てること」なく、「時間は法のあらはれに卽して成立する」(『インド思想とギリシア思想との交流』、一三七頁) ものとして、時間を主観的なものとして捉える仏教的な時の観念に通じてゆくものであろう。ペイターはエピクーロスを介して仏教思想へと通じて行っていると見ることが可能になる。エピクーロス哲学における主観的永遠性に関しては、ペイターは早くも一八六四年二月二十日に「オールド・モータリティ」で『主観的不滅性』（*Subjective Immortality*）と題して口頭発表している。この原稿は現存していないが、キリスト教徒の側から見ると異端的な内容で、この会の会員であったブルック（S. G. Brooke）という人が、ペイターの発表を聞くに堪えないものとして憤慨している内容の日記が残っており、ペイターの発言の趣旨のおおよそが理解され、それは一八六八年十月に出た『ウェストミンスター評論』（*Westminster Review*）に発表された「ウィリアム・モリスの詩」（"Poems by William Morris"）の掉尾を飾る一節の草稿であろうと考えられている（*The Case of Walter Pater*, p. 100 参照）。キリスト教の趣旨が来世の価値と未来の至福を教えることにあるすれば、現世のある特定の一瞬を藝術を通して永遠化しようとするのは異端に他ならないのであるが、ペイターはエピクーロスの徒としてその節を枉げることはしなかった。

「亡くなった友人の思い出は快である」（「断片（その二）」50）と言うエピクーロスに寄り添いながら、ペイターは主観的不滅の価値を『マリウス』の第二章「白夜《はくや》」において、マリウスの母が敬虔なヌマ教徒として亡き夫を鮮明な記憶の中に生かし続けるその献身によって、生者とともに第二の人生を与えていることを叙述することで語っている。そのような生活は半ばうつつであると同時に半ば夢幻の世界であった。現実にして幻影というこの世界観は、マリウスの生地である白夜の里という地名にも象徴的に示されている。白夜の里に、「全くの空白の忘却ではなく、半ば眠りに鎖されながらも絶えず夢見ている夜」のような所という意味を持たせた。追想によって過去が生きている現実の世界、現実と幻影とが交錯する内的空間に価値を見出すのである。それ故にマリウスは、夏の夜に家の中のすべての廊下に漂い流れていた「刈り取ったばかりの干し草の匂い」（第二章 *Marius*, I, p. 20）の子供の頃の快い記憶は、山間の牧草地で臨終を迎えながらも、そのまま恰も心地よい今の現実の如く甦るのである。「譫妄状態にあったあの幾夜の間にさえ、マリウスは自分は今、故里の家で安らかに身を横たえているのだとひと時ぼんやりと思いながら、刈り取ったばかりの干し草の匂いを快く感じた」（第二十八章 *Marius*, II, p. 216）と、過去のひと時の喜びは現在になおも生きて人に安らぎを与え、「死はわれわれにとって何ものでもない」（「主要教説」二）ことを、ペイターは説き明かしたのである。最後の審判による地獄の責苦の不安にさいなまれて現在を跼天蹐地の思いで生きることではなく、絶対的な時がもたらすアタラクシアの重要性をペイターは主張したかったのである。

v 因果

根源的で不動なものを捉えたいという思いはひとりペイターだけのものではなかった。ロセッティの父親で愛国詩人のガブリエーレ・ロセッティ（Gabriele Rossetti 一七八三～一八五四）は、カトリック信者であったが、宗教の本質、その根源を追求し、理智的な立場を堅持した。カトリックのドグマやキリスト教の伝統としてある超自然的な或いは伝説的な要素には反撥し受け容れなかった（William M. Rossetti, *Some Reminiscences*, vol. I, p. 120 参照）。そのような態度を自づと引き継いだロセッティや弟ウィリアムは異端の道を歩み、「宇宙の構成要素」は「原因があって生じる一連の結果である」（同上 p. 122）と見なす不可知論者の立場に立った。尤も不可知論者（agnostic）という言葉は、進化論的生物学者トマス・ハックスレー（Thomas Huxley 一八二五～九五）が一八六九年にロンドンの形而上学協会（Metaphysical Society）の会合の席上、初めて使ったのがこの言葉のはしりであるので、この言葉が登場する以前に、ウィリアムが認めるように、ロセッティもウィリアムもこの立場に身を置いていた。

仏教と同じく、宇宙を因果関係で捉えようとするロセッティ兄弟にとって、「秘儀や奇跡の組織的大系」とか「超自然的な神話を含むあらゆる信仰形態」（同上）は受け容れ難くなったのである。このことはその唯美主義の流れを汲むペイターとて同様であった。唯物論者として宇宙を因果関係で捉え、キリスト教的宇宙観からは離れたのであった。ロセッティにおける愛の宗教化、ペイターにおける主観的不滅性の藝術的実現は、この万有の相対性に対する強烈な意識によって支えられている。殊にペイターが中心となる唯美主義思想の根柢にエピクーロス哲学があることを認める時、この哲学には原子同士の衝突は偶然であっても、事物は原子相互の関係性において成り立っているという認識があり、その点で因縁という相対主義的観点に立つ仏教に通じていることに注意しなければならない。

実学的方面における仏教とギリシアとの繋がりについても指摘しておけば、インドとギリシアとの浅からぬ縁を感じ取ることができる。仏教の因縁の教理はギリシアとも繋がっていることは、医学に関聯して中村元による次のような指摘もある。曰く、「因縁の原語 nidāna はまた病理（Pathologie）を意味する語であり、病気の原因のように人間の迷いの生存の成立する原因をいうのである。インドの仏教徒は一般に医学に興味をもっていた。（中略）この点に関して、仏教の教理はひとりインド医学のみならず、またギリシア医学との類似さえ認められる」と（『ミリンダ王の問い』1、二二六～七頁注）。原始仏教聖典にある教理において、「これがあるとき、かれがある。これが生ずるが故にかれが生ずる。これがないとき、かれがない。これが滅するが故にかれが滅する」（『インド思想とギリシア思想との交流』一一一頁）と言っているのに対して、ヒッポクラテース（Hippokrates 前四六〇頃～前三七七）も病因の定義について、「それらが存在するときに……それ（病氣）がかくのごとくに起るにちがひないところのものを、病氣の原因……と見なさなければならぬ」（同上一七二頁）と呼応している。因縁という仏教の根本思想は、遠くギリシア医学にも関わっていたことが知られる。

vi　ペイターのアタラクシア

そしてもう一度ペイターのアタラクシア観に立ち返る。ペイターがこの思想を受け継いだ元のエピクーロスのアタラクシア思想の濫觴をどこに辿ることができるか。エピクーロスはデーモクリトスの原子論を引き継いだが、レウキッポスの原子論を体系化したそのデーモクリトスは、既に見たように東方を広く旅した人だと言われている。また先に中村元からの引用で示したように、デーモクリトス、エピクーロスはインド哲学の影響が指摘されている。その影響というのも、中村元によれば、「ギリシア人がインドの哲學文獻をみづから研究したとは考へられない」から、「直接に思想を口授されたのであらう」（『インド思想とギリシア思想の交流』二六八頁）と言う。

デーモクリトスは、最初に見たように、宇宙を不生不滅の絶対的一者とする理論を立てたパルメニデースを発展させたものである。絶対的一者である「有るもの」は砕かれて無数の原子となり、一者の属性である不生不滅であることはそのままに、空虚というものを仮定してそこで運動し集合離散を繰返しているのだと、デーモクリトスは考えた。

パルメニデースの絶対的一者にしろ、デーモクリトスの原子論にしろ、その不生不滅の観念は仏教の空の思想、或いは涅槃や悟りという絶対的境地と深く関わることは、両者のインド哲学との関聯からして否定し得ないものであろう。パルメニデースの絶対的一者についてはペイター自身、ギリシアよりも早くに「『一者』の教義は自己滅却というインドの古い夢想に現れていた」(*Plato and Platonism*, p. 40) ものであることを認めている。既に述べたように、エピクーロスのアタラクシア観もピュローンがインドから持ち帰った思想に基づいている。エピクーロス哲学の学徒たるペイターは、それと意識せぬままに仏教的絶対的境地と繋がって行ったのである。これまたインド哲学の影響が指摘されているヘーラクレイトスの永遠的流動、即ち無常に抗すべく、ペイターはエピクーロス的アタラクシア観に立って、無関心(indifference) 或いはパルメニデース風の真っ平の状態 (tabula rasa) をその唯美主義を支える主要な柱としている。心のタブラ・ラーサは、『想像の画像』の「セバスティアン・ファン・ストーク」において、無関心は殊に『ルネサンス』の「ヴィンケルマン」で力説している。次の「セバスティアン」の一節に触れれば、ペイターのアタラクシア観としてのタブラ・ラーサの観念が、自己滅却の仏教的絶対的境地に繋がって行くものであることが理解されるであろう。

鮮やかに色づけられた自分の生活があり、セバスティアンをその色彩、心地よい暖かさ、生存競争、身勝手で狡猾な愛情などのとりこに易々としてしまうようなオランダの美術や現実の絵のように美しい感覚的世界に取り巻かれてはいるが、セバスティアンもまた、唯一絶対的精神に起きた須臾の間の乱れにすぎなかった。実際、ありとあらゆる有限の事物、時そのもの、自然や人間が成し遂げた極めて永続性の高い功績、極めて自立した活動と思えるようなものもすべて、些細な偶然的出来事か見せかけにすぎない。定理と系。それらはかくしてなおも不変である。

即ち、唯一の実体があり得るだけである。（系）非存在、目に見えたり感じることのできる有限の事物の世界が本当に存在すると考えることは、最大の誤りである。（定理）存在するものはすべてその中に存在するだけだからである。（実際的系）それ故に、平衡、即ち静謐なる絶対的精神の穏やかな表面へと回復に向かうあの諸々の力の動きを、可能な限りすみやかにタブラ・ラーサへと、有限の幻影と相関関係にあるにすぎないものをすべて己の内において消滅させることによって――自己抑制によって、早めてやることが人の智慧というものである。

（*Imaginary Portraits*, pp. 106-7 傍点、原文ではイタリック）

ペイターは「世界はひとつの思想、或いは一連の思想にすぎ」ず、「万象は心の意識的な働きにすぎない」（同上 p. 105）とも言っているように、この一節において仏教同様の唯名論を披瀝していると言ってよい。

「一者のみが存在する。そしてそれ以外のすべては一過的な見せかけにすぎず、存在する必然的乃至本来的な権利はない」（同上 p. 107）というパルメニデース的絶対的一者の世界観に、エピクーロス哲学に拠り所を据えるペイターがことさらに言及するのは、エピクーロスのアタラクシア観の濫觴を突き止めたいという、根源探究の傾向が強いペイターの性向に起因するものである。ともあれ、絶対的一者の状態に心を立ち返らせることがアタラクシアであり、それを保障する心的態度としてペイターは無関心であることの重要性を言挙げする。無関心の価値を藝術との関聯で「ヴィンケルマン」において次のように述べている。

あらゆる物が残骸に帰した時にギリシア藝術の作品をただ一点だけ取り置きするということが万一あるとすれば、恐らくパンアテナイア祭の「美しい人の群」の中から、水平に投げかけられたまなざし、矜持を示す辛抱強い口元、引き締められた手綱、美しい任務に就いているその全身を象った若者達のあの行列が選び取られるであろう。この彩色されていない未分化のいのちの純粋さは、知的、精神的、肉体的諸要素と混じり合い相互滲透しながらつぼみ、なおもその内にひとつの世界全体の様々な可能性を孕んでいるのである。この純粋さは相対的な或いは部分を構成するような物を超えたところにある無関心性の最高の表現である。

(*Renaissance*, p. 218)

因みに、パルテノン神殿は全体的に彩色されており、大英博物館が最終的に保存することになった破風彫刻の群像やフリーズとメトープの浮彫など、所謂エルギン・マーブルはイギリス人によって残存していた彩色が一九三〇年に削り取られてしまったが（"Museum admits 'scandal' of Elgin Marbles," BBC NEWS, 1 December, 1999 参照）、この一節を読むとペイターは十九世紀後半に大英博物館でこの浮彫彫刻を彩色彫刻であることを知らぬまま、ギリシア人は生成りのままの形で仕上げたものと思いながら見学し、この発言をしているようである。しかしペイターが藝術のどのような表現形態に価値を置いていたかを知る上では、その誤解は妨げとはならない。

そしてその無関心性と熱情との相反する資質を共存させながら完全なる自己一体化、知的完全性を確保し、「熱情的にして冷淡（passionate coldness）」なる知性の持主としてヴィンケルマンが持ち出されている。自己一体性は、キリスト教が流布してからというもの、常に自己の内面を後ろめたさを以てのぞき見ることを強いられた心の分裂とは対蹠的位置にあるものとして、ペイターの脳裡においてはパルメニデース的絶対的一者の観念と結びつけられていることは、容易に推測し得ることである。そのような知性は考察対象への自己同化を通してその本質を抜き出してしまいさえすれば、「最高の藝術的人生観」を以て対象を突き放して元の場所に戻し、恬淡とした無関心的態度を取るものとペイターは考える。「以前の自己から遠ざかり離れてゆくことを喜びとする」(同上 p. 229 参照)とは、囚われぬ心を表明するものである。ペイターは人生を藝術的に豊かにするという観点を以て事物の本質のみを藝術の絶対的時間の中に永遠化し、それ以外のものはすべて捨てて顧みることをしない無関心の態度、何かに囚われるという欲を捨てることで知性の自由を確保し、そこにアタラクシアを見出そうとしていた。宇宙とは自己の孤独な思考力の産物としての幻影でしかない("Sebastian," *Imaginary Portraits*, p. 105 参照)のであるなら、偶然的な事物に対する欲を捨てることが、心の快の要諦であった。

ペイターがエピクーロス哲学から遡行して捉えたパルメニデースの不生不滅の実体である絶対的一者の絶対的静謐と、その表面に生起する現象は一時的な幻影でしかないという考え方、そしてもう一方、解脱、或いは悟りの境地である涅槃という絶対的境地探究の思想、前者は実体論、後者は唯名論に基づいているという違いはある。しかし、両者とも宇宙を不生不滅とし現象を仮象、或いは因果の単なる関係性として無と捉え、煩悩から逃れ心のアタラクシアを求める点では一致している。

パルメニデースがインド哲学に影響を受けているとか、或いは平行現象であるとか議論されること自体、インド哲学との共通性乃至関わりを示すものに他ならない。それのみならず、ペイター自身、パルメニデースの絶対的一者は、「結局は零にほかならず、無を表す代数的象徴にすぎない」と言い、先にも引用したように「『一者』の教義は早くも自己滅却というインドの古い夢想に現れていた」と、ギリシアに先立つ思想であることを認めている。

ペイターが唯美主義思想を形成する上で、インド哲学の影響を受けたエピクーロス哲学を拠り所としつつ、パルメニデースの絶対的一者、そしてやはりインド哲学の影響を受けたヘーラクレイトスの流動思想を踏まえてアタラクシアを探究したことは、無常の克服としての解脱を探究した仏教思想に、キリスト教世界のヨーロッパ人として限りなく接近したことを證するものである。そして万象の無常性は、エピクーロス哲学においても仏教においてもアタラクシア或いは解脱という形で克服されるべきものであったが、同時にその認識は宇宙を相対主義的観点に立って観察することで科学的真理を捉えたり、或いは藝術的多様性を可能にするには不可欠な認識であった。英国唯美主義を主導したロセッティ、ペイター、ワイルドらにとっては、キリスト教思想はその藝術活動においてもはやこのような思想に代わる拠り所とはなり得なかった。

英国唯美主義は日本の絵画など視覚藝術による外面的影響のみが取り沙汰されることが多いが、ギリシア哲学への回帰により、殊にエピクーロス哲学を通して思想的にも仏教思想に最も近づいたことで、極めて日本的な傾向を見せたのである。実際、仏教もエピクーロス哲学も経験論に立つ実践哲学である。日本の藝術は殊に禅の実践哲学に促され、藝術が生活の中で生きている生活藝術である。英国唯美主義において生活の藝術化が唱道されたのは、ペイターが示したような唯美主義観からすると必然的な流れだったとも言える。

第四章　日本の詩人達とワイルド受容

一　詩人ならざる純粋藝術家

ワイルドが詩人として日本の詩人達に影響を及ぼしたことは殆どなかったと言っていいであろう。時流を鮮烈な光の刃となって横切っていった世紀末の申し子の存在は詩人としてというよりも藝術家としてあった。ワイルドは他者の藝術やその思想を巧みに自家薬籠中のものとしながら、藝術の本来のあり方やその本質を明らめた。その藝術思想がごく限られた日本の詩人達の文体の魂に息づいていることは確かだと思われる。

ワイルドは詩、エセー、小説、戯曲をものしたが、ニューディゲイト賞（the Newdigate Prize）を獲得した詩『ラヴェンナ』（*Ravenna* 一八七八年、受賞同年六月）に始まり、『レディング牢獄の歌』（*The Ballad of Reading Gaol* 一八九八年）で終わったということでは、確かに詩人であった。しかしこの作家は、ペイターがプラトーンにその濫觴を見た自己との内面的対話としてのエセー、もっと正確には批評的エセーをその藝術上の本領とした。そもそもワイルドは、肖像形式と批評的エセーとを融合したものをその藝術形態とした批評家ペイターの衣鉢を継いだ男である。ペイターにあっては、『享楽主義者マリウス』や『想像の画像』などの創作さえ批評的エセーの変形、反対に『ルネサンス』のような評論は一種の文学的肖像であった。その弟子のワイルドにとっては、演劇も口承叙事詩も対話体作品も物語も批評家の表現形式であり、様々な文学形態は批評的エセーを藝術上の典型とした発展的変形でしかない。「藝術家達は己を複製するか、或いは互いを写し合い、退屈な繰返しをしている。しかし批評はつねに進行し、批評家はつねに発展している」("The Critic as Artist" *Works*, vol. IV, p. 186) のである。

ワイルドは、ペイターが小説や物語において批評形式を取ったのに対して、対話体を選んだ。この選択はギリシア学者としてギリシア人に特徴的な対話への注意と興味もさりながら、アイルランドにおける伝説や民話の語りの伝統に根ざす座談の巧みさによるところが大きいであろう。こうしたことから、アーサー・シモンズ(Arthur Symons 一八六五〜一九四五)の指摘を俟つまでもなく、ワイルドは『意向集』(*Intentions* 一八九一年)や『獄中記』(*De Profundis* 要約版一九〇五年、完全版一九四九年)に代表される対話体と書簡体で書く時が一番うまい(シモンズ『ワイルドとペイター』伊藤勳訳著、八十二頁参照)。

この稟質が詩人としての才能を十分に開花しえなかった所以である。輝かしい門出となった『ラヴェンナ』も十八世紀の詩の模倣だと批判されたり、『レディング牢獄の歌』についても、シモンズに言わせれば、内容的に「極めて新しいこれらの感情を書きとどめるための新しい形態をこの詩は見出していない。言葉遣いにおいて『詩語』から完全には抜け切っておらず、この詩はその構造上の特殊な利点を利用しようとする特別な努力をしないままに、長いことバラッドの人為的構造となってきたものを受け容れている」（『ワイルドとペイター』二十六頁）。詩として措辞や形式上の独創性に欠けるというのだ。シモンズは更に、「純粋に詩才と言えるものはワイルドは殆ど何ももっていない」（同上四十六頁）とまで断じる。

ペイターは二十三歳のワイルドに一八七七年に初めて会った時、「どうしていつも詩ばかり書いているのですか。どうして散文を書かないのですか。散文の方が遙かにむづかしいのですよ」（"Mr. Pater's Last Volume [*Appreciations*]," *The Artist as Critic*, p. 229）と、散文への転向を勧めた。適切な助言だった。シモンズをして、「『ルネサンス研究』は、我がイギリス文学において最も美しい散文の書物」（『ワイルドとペイター』二二一頁）と言わしめ、韻律も押韻もない詩的で音楽的な彫心鏤骨の散文を織り上げたペイターと同じく、その弟子も詩そのものよりも、「わがままな大男」（"The Selfish Giant," 一八八八年）、『サロメ』（*Salome* 一八九三年）、『意向集』、『獄中記』などのような散文にこそ、詩の輝きと藝術的価値がある。ワイルドには詩という形は魂の肉声を十全に響き渡らせるには不向きな器だったようである。アイルランドの血を受け継ぐワイルドには、対話体、書簡体も含め、語りこそ詩美を輝かせるにふさわしい形式だった。『獄中記』は「声を出して読むべきである。その流麗さは肉声を顧慮したものであり、黙読するとこれらの澄んだ言葉に殆どあるようには見えない美しさが、声に出すと顕れてくる」（『ワイルドとペイター』八十一頁）とシモンズが言うのも、ワイルドの本領が語りにあり、散文こそその詩美を開花し得ることを読み取っているからである。

散文と言っても根柢的に語り物に属するもののことであり、『ドリアン・グレイの肖像』で用いられた小説形式ではない。この作品については、一八九〇年、アルヒューゼン夫人（Mrs Allhusen, Beatrice May, née Butt 一八五三〜一九一八）宛の手紙でワイルドはかく述懐する。「会話ばかりで動きがありません。私には動きが書けないのです。登場人物は椅子に坐っておしゃべりするだけです」（*The Letters of Oscar Wilde*, p. 255）。なるほどその通りである。立体的な構成を構えて人物の動きを活写する類の小説ではなく、それはむしろ平面的な流れを形作っている。ワイルドの本質は語りの伝統に根ざしているのであり、ギリシア的なものの関聯で言えば、プラトーンの対話篇のような対話体エセーに親近性を見出せると言えるかもしれない。その藝術性は語り乃至エセー形態を拠り所にしている。師ペイターも『ドリアン・グレイ』を評して、「オスカー・ワイルド氏の書き物にはつねにどこか優れた語り手のようなところがある」と言って、その「語りで話を聞かせる人の淀みない流麗さ」（*Oscar Wilde: the Critical Heritage*, pp. 83 and 86）を強調している。とは言え、やはり語りを本領とするこの藝術家にとって、小説形式は不向きであり、散文と言っても、童話、対話体エセー、書簡体のような語りに関わりの深い散文形態、或いは『サロメ』のような語りの変形とも言える独特の措辞と律動性をもった戯曲において、ワイルドは真骨頂を発揮した。しかし戯曲らしからぬ『サロメ』は、イェイツ（William Butler Yeats 一八六五〜一九三九）のような詩人にしてみれば我慢のならない代物であった。この詩人は一九〇六年五月六日、スタージ・ムーア（Sturge Moore 一八七〇〜一九四四）宛の手紙で次のように書いている。「『サロメ』は全然良いところなどありません。全体的な構成はよく、力強くさえありますが、対話が空疎で流れも鈍く、気取りがあります。全然戯曲らしいところがなく、クライマックスへと動いてゆかず、つねに始まりのまま終わりを迎えてしまうのです。良い劇というものは、次のように「クライマックスが訪れ、次いで又クライマックスがあり、そして又クライマックスが来る」〔この部分、原文では図示〕といった具合に進行するのですが、『サロメ』は卓子のように平坦なのです。ワイルドは詩人ではなく、才人にして批評家なのであり、その限界を越えられなかったのです。美しいものを寄せ集め、それらを抛り投げて積み上げているだけなのに、自分では美しいものを書いているつもりだったのです。詩人になろうとしていながら何ひとつとして有機的なものにできなかった男です」（同上pp. 259-60）。

ワイルドは詩人ではないというイェイツの判断はその通りかもしれない。この才人はペイターの先蹤を追って、批評的エセーを藝術にまで引き上げた散文藝術家と言った方が適切だからである。明治の時代にワイルドが決して詩人として日本に広く受け容れられなかったのは、この才人は世紀末という綜合の藝術に向かった時代を代表する綜合藝術家であって、専門性に囚われた詩人ではなかったからである。

二　詩人ワイルドが現れるまで

日本の新体詩の魁は、ワイルドの『詩集』（*Poems* 一八八一年）が出た翌年に当たる明治十五年に丸善から刊行された『新體詩抄』を以て嚆矢とする。翻訳詩十四篇、創作詩五篇から成っている。訳詩にはトマス・グレイ（Thomas Gray 一七一六～七一）、チャールズ・キングズリ（Charles Kingsley 一八一九～七五）、トマス・キャンベル（Thomas Campbell 一七七七～一八四四）、テニソン（Alfred Tennyson 一八〇九～九二）、シェイクスピア（William Shakespeare 一五六四～一六一六）、ロングフェロウ（Henry Wadsworth Longfellow 一八〇七〜八二）などが取り上げられている。新体詩は明治三十年（一八九七）に『若菜集』を公にしてロマン主義詩人としての地位を築いた島崎藤村（明治五年［一八七二］〜昭和十八年［一九四三］）によって確立された。その後三十年代、新体詩はロマン主義的な情調に浸りながらも、新たな発展の足掛かりを求めていた。そんな時、燦然と現れたのが、上田敏（明治七年［一八七四］〜大正五年［一九一六］）の訳詩集『海潮音』であった。明治三十八年十月のことである。仏詩人十五人、独詩人七人、英詩人四人、伊詩人三人の二十九人である。フランスの高踏派や象徴派詩人を主体とするこの訳詩集によって、日本への象徴詩の移植が実現した。ここに近代詩への礎が築かれた。

　ところで四人の英詩人とは誰であったか。シェイクスピア、ブラウニング（Robert Browning 一八一二〜八九）、ダンテ・ゲイブリエル・ロセッティ、クリスティーナ・ロセッティである。ワイルドの名はない。ワイルドは増田藤《とう》之《の》助《すけ》（元治二年［一八六五］〜昭和十七年［一九四二］）による「社会主義下の人間の魂」（“The Soul of Man under Socialism” 一八九一年）の部分訳によって初めて日本に紹介された。夏目漱石も明治三十九年（一九〇六）に発表した『草枕』の中で、「基督は最高度に藝術家の態度を具足したるものなりとは、オスカー、ワイルドの説と記憶してゐる」（『漱石全集』第二巻、五二〇頁）と、ワイルドを引いてはいるが、談話「メレディスの訃」（明治四十二年五月『國民新聞』、同上第十六巻、六六六頁）の中で、「メレデイスにはアフオリズム、警句と云ふ物が多い。あの警句は誰れにも眞似の出來るものぢや無い。オスカー、ワイルドの使ふアフオリズムがよくあれに似てるのがある。併しオスカー、ワイルドのは哲學では無い、氣の利いたウヰツトのやうなものだ。メレデイスのは其が哲學である」と、ワイルドの評価は芳しくない。

上田敏は『無名會雜誌』三十七集（明治二十七年〔一八九四〕十月）の「柳村漫錄」の中で、「ペエタア、アーノルド、シモンヅの如き評家踵を接して出て來る亦壯ならずや」（『定本上田敏全集』第六巻、六九九頁）と、これら三者を秀でた批評家として名を挙げても、既に一八九一年（明治二十四年）に『意向集』を出しているワイルドは素通りされている。ワイルドに比べたらシモンズは一八九四年現在、まだ批評家として名を成しているとは言い難く、一八八六年に出た『ブラウニング序説』（*An Introduction to the Study of Browning*）以外では、一八九三年十一月に『ハーパーズ・マンスリー・マガジン』（*Harper's Monthly Magazine*）に「デカダンス文学運動」（"The Decadent Movement in Literature"）を発表して絶讃されたのが注目すべき評論で、批評家としての不動の名声を確立したのは、『象徴主義文学運動』（*Symbolist Movement in Literature*）であり、それが出るのは一八九九年（実際には遅れて一九〇〇〔明治三十三〕年）で、まだ先のことである。

上田敏は一八八一年に『詩集』を出しているワイルドを詩人として認めもしなければ、批評家としても一顧だにしていないようだ。明治期後半にペイターとその作品を逸早く日本に紹介し、自らもその深甚な影響に浴した明治時代最大のペイタリアン敏が評価した英詩人は、明治三十年（一八九七）十月、『帝國文學』に寄せた「英詩の研究」の一節を読めば一目瞭然である。曰く、「近英文學に降て邦人の愛讀する詩人はテニソン一人のみ。吾等は前桂冠詩宗の長處に對して、充分の尊敬を表すれども、近英の詩壇なほ別に大詩人あるを認む。ブラウニングの如き、ロセッティの如き、又ヰリヤム、モリス、スヰンバアン、キップリングの如きは、往々テニソンの溫柔なる詩風が到底企圖すべからざる思想を鼓吹し、自然人生に關する觀念に於て、幾段の進歩を爲せるに非ずや。（中略）近代の英文學を深く知らむと欲せば、必ずブラウニングの作を反覆精讀して、彼が心理的透察力と戲曲的詩才とを味ひ又ロセッティの幽麗なる詩歌を繙く可し」（『定本上田敏全集』第三巻、一六八頁。傍線は原文のまま）と。

フランスの象徴詩人のことが初めて日本に紹介されたのは、明治二十九年（一八九六）一月に亡くなったヴェルレーヌ（Paul Verlaine 一八四四〜九六）の詩人としての地位について上田敏が同年三月に「帝國文學」に掲げた「ポール・ヴェルレーヌ」が最初ではあるが、象徴主義の詩の紹介ということでは敏が明治三十一年（一八九八）の「帝國文學」七月号に「佛蘭西詩壇の新聲」を発表したのが実質的には初めてだと言った方がいい。

かたや、その後森鷗外（文久二年［一八六二］〜大正十一年［一九二二］）もヨハネス・フォルケルト（Johannes Volkelt 一八四八〜一九三〇）の『審美上時事問題』（*Aesthetische Zeitfragen*）の梗概を述べた『審美新說』（明治三十三年［一九〇〇］）の中で象徴主義に触れ、次のように言っている。「自然主義は芻狗となれり、而して放膽なる能變主義、空想主義、深秘主義、象徴主義、新理想主義はこれに代れりと。所謂紀季（Fin de siècle）を口にし、象徴派（Symbolists, Décadents）と稱するものは、これに緣りて自然派を以て陳腐憫笑す可きものとなせり。然れども此一轉化も亦舊所變自然主義と其骨髓を同うする」（『森鷗外全集』第二十一巻、一二二頁）。そして「空想視、空想聽、空想嗅、空想味」が「所謂象徴派の特色」（同上一二三頁）だと述べる。

とまれ、これらの著作にもまして日夏耿之介が、「象徴詩の歷史に於て重要視せられるものの隨一は『海潮音』の序である」（『日本象徴詩の研究』、『日本現代詩研究』九十一頁）と言ったように、明治三十八年に出た『海潮音』の序は象徴主義詩の何たるかを簡潔に定義している。曰く「象徴の用は、之が助を藉りて詩人の観想に類似したる一の心狀を讀者に與ふるに在りて、必らずしも同一の概念を傳へむと勉むるにあらず」と。因みにsymbolを象徴と最初に訳したのは、日夏によれば『維氏美學』（明治十六年［一八八三］刊）の訳者中江兆民（弘化四年［一八四七］～明治三十四年［一九〇一］）である（「日本象徴詩の研究」、前掲書八十二頁参照）。

こうした流れの中で、日本の象徴主義詩人蒲原有明（明治九年［一八七六］～昭和二十七年［一九五二］）は象徴主義思想の空気を吸っていたのだが、「わたくしを捉へて離さうともしない」（「象徴主義の移入に就て」、『飛雲抄』一二七頁）とまで言ったダンテ・ゲイブリエル・ロセッティに心酔し、その他にはキーツ（John Keats 一七九五～一八二一）、キップリング（Rudyard Kipling 一八六五～一九三六）、スウィンバーン、モリス、ポウなどを読んだ。そして英語訳でヴェルレーヌを読んだ有明は、それを機にフランス象徴詩の研究に入り、翻訳も試みた。英詩ではロセッティ、キーツ、ブレイク、シモンズらを訳出した。又、『海潮音』に刺戟されて櫻井天壇（明治十二年［一八七九］～昭和八年［一九三三］）はイギリスの象徴主義として初期のイェイツやシモンズの詩風を紹介した。しかしワイルドはなおも姿を現さない。

『海潮音』（明治三十八年［一九〇五］）、薄田泣菫（明治十年［一八七七］～昭和二十年［一九四五］）の『白羊宮』（明治三十九年［一九〇六］）、蒲原有明の『有明集』（明治四十一年［一九〇八］）による日本象徴主義の完成は、同時に自然主義の立場から文語詩を排撃する口語自由詩運動の跳梁を招いた。坪内逍遙（安政六年［一八五九］～昭和十年［一九三五］）の唱道のもとに自然主義の拠点であった『早稲田文學』から枝分かれして早稲田詩社が明治四十年三月に生まれ、相馬御風《ぎょふう》（明治十六年［一八八三］～昭和二十五年［一九五〇］）などを初めとして、口語自由詩論者達は有明や泣菫らを集中的に攻撃した。有明は「『有明集』前後」の中で、

「有明集」出版後は、わたくしの詩風に對する非難が甚しく起こりつゝあつた。要するに新時代がまた別働隊を組んでこゝもとに迫つて來たのである。（中略）口語自由詩に對しても強ちにこれを排撃してはゐなかつた。わたくしにしても素より因習に反撥して起つたものである。然るにわたくしは圖らずも邪魔扱ひにされたのである。（中略）意外な目に遇つて、後に事がよく判つて見ても、わたくしは詩に對して再び笑顔は作れなくなつた。殊に詩人が嫌になつたのである。

（『飛雲抄』二一一〜二頁）

と、詩壇に絶望し、『有明集』出版以後、ボードレール、ヴェルレーヌ、シモンズらの翻訳を盛んに行なった。

しかし、敏の訳詩や、有明、泣菫らの詩に接して育った若い世代の詩人達は、自然主義とは対蹠的な唯美的な文学活動を始めていった。明治四十一年（一九〇八）十二月十二日、隅田川の両国橋近くの西洋料理店を本拠にして文藝懇談会「パンの會」が興された。北原白秋（明治十八年［一八八五］〜昭和十七年［一九四二］）、木下杢太郎（明治十八年［一八八五］〜昭和二十年［一九四五］）、長田《ながた》秀雄（明治十八年［一八八五］〜昭和二十四年［一九四九］）らが中心となり、文学と美術との交流を図るために、美術同人誌『方寸』に集まっていた画家、石井泊亭（明治十五年［一八八二］〜昭和三十三年［一九五八］）、山本鼎《かなえ》（明治十五年［一八八二］〜昭和二十一年［一九四六］）、森田恒友（明治十四年［一八八一］〜昭和八年［一九三三］）、倉田白羊（明治十四年［一八八一］〜昭和十三年［一九三八］）らとともに設けたものだった。白秋も杢太郎も象徴主義を積極的に受容してきたのであり、それを背景にして「パンの會」は耽美派の中心を成すに至った。この両者も、少し遅れて「パンの會」に入ってきた高村光太郎（明治十六年［一八八三］〜昭和三十一年［一九五六］）も浪漫主義の牙城『明星』で新人として育てられた。白秋を認めたのは上田敏である。敏は白秋の『思ひ出』（明治四十四年［一九一一］）を「日本古来の歌謡の伝統と新様の仏蘭西芸術に亘る綜合的詩集」（田中清光『世紀末のオルフェたち　日本近代詩の水脈』二一二頁）だと、出版記念会で讚辞を送った。同世代では二歳年上の光太郎も認めた。

光太郎は最初短歌を明治三十三年（一九〇〇）から『明星』に載せ始め、その雑誌を通して泣菫、有明、敏らの作品に接していたが、何の血脈の繋がりも感じなかった。その後パリでボードレールやヴェルレーヌの詩を読み、日本の象徴派詩人にはない身近なものを感じ、感銘を深くして帰国すると、時代は変わり白秋らの詩に接した。光太郎は、「白秋、露風、柳虹といふやうな詩人のおかげで、詩は結局自分の言葉で書けばいいのだといふ、以前からひそかに考へてゐてしかも思ひきれなかつた事を確信するに至つた」（「某月某日」、『高村光太郎全集』第九巻三一五頁）と、白秋らを尊敬している。独自の口語自由詩を確立した光太郎は、「明治以來の日本に於ける詩の通念といふものを私は殆ど踏ふみにじつて來たといへます。從つて、藤村―有明―白秋―朔太郎―現代詩人、といふ系列とは別個の道を私は歩いてゐます」（「詩について語らず」、昭和二十五年［一九五〇］、同上一一二頁）と言ってはいるものの、その始まりは象徴主義と深く関わっている。自然主義に抗して「パンの會」は象徴主義の流れをしっかり引き継いでいる。

「パンの會」の誕生のいきさつについて、杢太郎は次のように書いている。「當時我々は印象派に關する畫論や、歴史を好んで讀み、又一方からは上田敏氏が活動せられた時代で、その飜訳などからの影響で、巴里の美術家や詩人などの生活を空想し、そのまねをして見たかつたのだつた。（原文改行）是れと同時に浮世繪などを通じ、江戸趣味がしきりに我々の心を動かした。で畢竟パンの會は、江戸情調的異國情調的憧憬の產物であつたのである」（「パンの會の回想」、『木下杢太郎全集』第十三巻一五六〜七頁）。場所は「下町でなるべくは大河が見えるやうな處といふのが註文」（同上一五七頁）だったと言う。なぜなら、「世紀末パリのセーヌ河畔に興つたカフェ文藝運動（文學では象徴主義、美術では印象派）」に見立てられた「パンの會」では、「東京をパリとして、隅田川をセエヌ川」（野田宇太郎『日本耽美派文学の誕生』十七頁）になぞらえていたからである。

三　ワイルドの登場

i　『朝の印象』と江戸情緒

新体詩が浪漫主義から象徴主義へと流れ、後者が明治四十一年に頂点に達し、同年にデカダン的傾向を帯びた「パンの會」によって受け継がれてゆく時になって、初めてそれまで鳴りをひそめていたワイルドが、機が熟したとばかりに姿を現し始める。明治四十一年（一九〇八）、『二六新報』に平田禿木（明治六年［一八七三］〜昭和十八年［一九四三］）の「詩人オスカー・ワイルド」が出た。

ところで、「パンの會」が発足した翌月、即ち明治四十二年一月に、白秋、杢太郎、吉井勇（明治十九年［一八八六］〜昭和三十五年［一九六〇］）、長田秀雄、光太郎、石川啄木（明治十九年［一八八六］〜明治四十五年［一九一二］）らが中心となって、前年百号を以て終刊となった『明星』の後を継いで、森鷗外を指導者とする『スバル』を発刊し、自然主義と向こうを張る形で理想主義や耽美主義を標榜した。しかし白秋、杢太郎、秀雄の三人は『スバル』の主義主張をもっと尖鋭化し、「パンの會」の意に添う人工美を生み出すべく、「パンの會」の機関誌として、黒田清輝（慶應二年［一八六六］～大正十三年［一九二四］）の絵で表紙を飾った『屋上庭園』を明治四十二年（一九〇九）十月一日に創刊した。同じく鷗外を文学の、美術については黒田清輝を指導者に仰いだ。秀雄はこの創刊号にワイルドの詩『朝の印象』(*Impression du Matin*) の翻訳を『THEMSE の朝』と改題して掲げた。

THEMSE の朝

(OSCAR WILDE)

THEMSE の黄金《きん》と藍との夜曲《のくちゆるの》
暁《あけがた》の灰色の冷《ひや》き調和に褪《あ》せて行く。
小艇は單音を曳く、
枯艸を積む小艇は。――また凍《い》ててやや粗《あら》き、

黄なる霧《きり》、橋穹窿《きやうきうりう》を匍ひ昇る。
家また家は靜靜《しづしづ》と影畫の如く、

おぼろげに現はる。かくて遠方《をちかた》の、
SAINT-PAUL は巨いなる水漚《みなわ》の如く浮かびたり。

今や、俄に目覺めたる生活の、
響きたかまる。街路をば農民の、
荷車の群過ぎて行く。きらめく屋根に、
小鳥飛び、かつ囀れり。

蒼白き女ぞ立てる。
――そそけたる髮の毛に朝の光をやどらせて――
街燈の柱の下に、ためらひて女ぞ立てる。
火の唇と礦石の心を持てる彼の女。

(Hideo)

(『屋上庭園』第壹號、三十二頁)

比較参照のために原詩を掲げる。

Impression du Matin

The Thames nocturne of blue and gold
    Changed to a Harmony in grey:
    A barge with ochre-coloured hay
Dropt from the wharf: and chill and cold

The yellow fog came creeping down
    The bridges, till the houses' walls
    Seemed changed to shadows, and S. Paul's
Loomed like a bubble o'er the town.

Then suddenly arose the clang
    Of waking life; the streets were stirred
    With country waggons: and a bird
Flew to the glistening roofs and sang.

But one pale woman all alone,
The daylight kissing her wan hair,
Loitered beneath the gas lamps' flare,
With lips of flame and heart of stone.

(*Works*, vol. I, p. 153)

訳詩として問題なきにしもあらずといった感もするが、それはともかく、一八八一年三月二日付『世界』紙（*The World*）に発表され、後に同年六月に刊行されたワイルドの『詩集』（*Poems*）に収められたこの作品を特に、どうして秀雄は選んだのであろうか。先づはワイルドのこの小品について言うと、第一聯一行目の表現からして、一八七二年から七五年頃にかけて描かれたホイッスラーの『青と金とのノクターン――オールド・バタシー橋』（*Nocturne in Blue and Gold: Old Battersea Bridge*）に想を得ているものと思われる。しかも浮世絵に深甚な影響を受けているホイッスラーは「ノクターン」と名付けたいくつかの絵の中でも秀逸なこの作品の斬新な構図を、歌川廣重の『江戸名所百景』の「京橋竹がし」から借りてきてゐることは過目瞭然である。

先に引用した「パンの會」発足のいきさつについて回想した杢太郎の言葉に見えるように、「パンの會」の大きな関心のひとつは、印象派の美術である。ホイッスラーもイギリス印象派の画家である。この画家の『青と金とのノクターン――オールド・バタシー橋』を、秀雄も白秋も印刷か何かの形で目にしたような印象を受ける。と言うのも、白秋には『金と青との』（明治四十三年〔一九一〇〕五月）という

小品があり、

金と青との愁夜曲《ノクチュルヌ》、
春と夏との二聲樂《ドウエツト》、
若い東京に江戸の唄、
陰影《かげ》と光のわがこころ。

（『東京景物詩 及其他』〔引用元の岩波版『白秋全集』の新字体は旧字体に戻して引用〕）

と歌われており、一行目の表現はとても絵の題名との偶然の一致とは思えないからである。しかし白秋は仲間である秀雄によるワイルドの訳詩の冒頭を利用しただけなのかもしれない。印刷技術の進歩の観点からしてもホイッスラーの絵に接したと推測することは難しいし、先に見た通り杢太郎も印象派のことについて本を通して学んだと言っている。

「パンの會」が隅田川の、しかも両国橋のたもとに会の場所を最初設けたのも、そこが浮世絵を通して西欧にも知られた江戸情緒豊かな場所だったからに他ならない。秀雄が題名を『朝の印象』から『THEMSE の朝』に恣意的に変えたのは、やはりそれなりに彼の意図があってのことだったであろう。どのような形でホイッスラーの『青と金とのノクターン――オールド・バタシー橋』に関する情報があったのかはわからないが、こうした事実は秀雄がその絵の情報を得ていた可能性を窺わせる。題名によって読者に異国の川を主題にした詩であることを真っ先に伝え、テムズ川は更に隅田川へと聯想の糸で結び合わされてゆく必要があったのではないのか。テムズ川が隅田川と重なり合い、異国情緒と江戸情緒とが織りなし合って重層化しているのがこの訳詩であろう。ワイルドの詩はホイッスラーのバタシー橋を喚起し、そしてこの絵はさらに廣重の両国橋へと聯想を広げる。勿論、ホイッスラーが利用した「京橋竹がし」に描かれた川は実際には京橋川という堀割であり、橋は京橋であることは言うまでもないが。

秀雄は『朝の印象』の詩としての価値に心を動かされて翻訳に駆り立てられたのではなく、異国情緒に江戸情緒を背後から重ね合わせるためにこの詩を選んだのではあるまいか。訳詩としてのこの作品に優先しているのは情調である。そうした訳者の意図が透けて見えてくる。その情調に酔おうとする一種頽廃的な気分が漂っている。

ii 『サロメ』

詩そのものというよりも、自分が求める気分の表現に利用したと言っていい秀雄訳のワイルドの詩『朝の印象』が出る前に、同じ年の三月に小林愛雄《あいゆう》（明治十四年［一八八一］～昭和二十年［一九四五］）訳の『サロメ』が公になったが、二年前の明治四十年（一九〇七）に『サロメ』の梗概を『歌舞伎』誌上に書いた鷗外もまたその年の秋に同作品の翻訳を同じ誌上に掲げた。この明治四十二年という年は、この二種類の『サロメ』の翻訳が出たのみならず、『スバル』では一月の創刊号に鷗外の戯曲『プルムウラ』、二月には杢太郎の象徴劇『南蠻寺門前』、三月には吉井勇の耽美的な劇『午後三時』などが次々と発表されて、日本近代劇の黎明となった年でもあった。更にこの年、鷗外は翻訳劇では『サロメ』のみならず、ヨハン・アウグスト・ストリンドベリ（Johan August Strindberg 一八四九～一九一二）の『債鬼』（*Gläubiger, Tragikomödie*）を『歌舞伎』に、イプセンの『ジョン・ガブリエル・ボルクマン』（*John Gabriel Borkman* 一八九六年）を『國民新聞』に、ダンヌツィオの『秋夕夢』（*Traum eines Herbstabends*）を『歌舞伎』に発表した。小山内薫（明治十四年［一八八一］～昭和三年［一九二八］）が「自由劇場」を旗揚げし、その『ジョン・ガブリエル・ボルクマン』を公演したのもこの年だった。

日本の近代劇が緒に就き、また耽美的傾向が顕著になり始めた時に、ワイルドの作品、とりわけ『サロメ』が逸早く顕揚された。三年後の大正元年（一九一二）の三月には輸入映画のワイルドの『サロメ』が有楽座で上映され、翌大正二年十二月には松井須磨子（明治十九年［一八八六］～大正八年［一九一九］）主演の『サロメ』が帝國劇場で藝術座によって上演された。この間、本間久雄（明治十九年［一八八六］～昭和五十六年［一九八一］）の翻訳で『獄中記』（『早稲田文學』、単行本はその翌年新潮社から出る）が明治四十四年（一九一一）に、『遊蕩児』［『ドリアン・グレイの肖像』のこと。新潮社］は大正二年（一九一三）四月に、そして同年六月には矢口達訳の『架空の頽廃』（新陽堂）が、陸続と出てきた。こうして日本へワイルドが流入してくるさなかに、光太郎は大正元年（一九一二）十一月、『冬の朝のめざめ』の中で、

冬の朝なれば
ヨルダンの川も薄く氷りたる可し
われは白き毛布に包まれて我が寝室《ねべや》の内にあり
基督に洗禮を施すヨハネの心を

ヨハネの首を抱きたるサロオメの心を
我はわがこころの中に求めむとす

（『高村光太郎全集』第一巻、一九六頁）

と歌う。

サロメと言えば、先づは「魔性の女」（femme fatale）の原型を提供したギュスターヴ・モロー（Gustave Moreau 一八二六～九八）の連作『サロメ』が思い浮かぶ。この絵からユイスマンス、ワイルド、ビアズレー（Aubrey Vincent Beardsley 一八七二～九八）らが妙想を得たことは周知のことである。連作のひとつ、『出現』（*L'Apparition* 一八七六年）に描かれたサロメとヨハネの首との間の燐光を発するような痙攣的な緊迫感が、ユイスマンスの『さかしま』（*À rebours* 一八八四年）の中では次のように語られている。「聖者の斬り落された首は、敷石の床に置いた皿から浮きあがり、（中略）サロメをじっと見ている。（中略）おそろしい浮揚した首のまわりの後光は、いわば踊り子の上にじっと視線をそそいだ、巨大なガラス状の眼玉である。（原文改行）おびえた者の身ぶりで、サロメは恐怖の幻影を押しやり、爪先だったまま、その場に動けなくなっている。彼女の瞳は大きく見ひらかれ、彼女の片手は痙攣的に喉を掻きむしっている」（『さかしま』渋澤龍彦訳、八十一～二頁）。

「ヨハネの首を抱きたるサロオメ」という表現は、やはりモローというより、ワイルドの『サロメ』を念頭に置いていると考える方が自然である。しかし、「基督《キリスト》に洗禮を施すヨハネの心を／ヨハネの首を抱きたるサロオメの心を」と、同格的に併置された二行を読むと、ヨハネの愛とサロメの愛とが同一視されて表現されていることがわかる。引用の後二行を置いて、「大きなる自然こそは我が全身の所有なれ／しづかに運る天行のごとく／われも歩む可し」と続く。天地自然を自己目的化した上でそれと一体化した自己のみが求め得る純粋無垢の無限の愛が謳われている。これはむしろ、対象の自己目的化という西洋的自我意識を中心にしながら、同時に自己を自然の中に融合同化しようとする、西洋的自我と東洋的没我とを糾ったところに生まれる自我意識の裡に現れた純一な愛欲の一形態と言った方がいい。母親の子宮にいる時から己の主と認めた救世主イエスの先触れとして現れ、イエスに洗礼を施した預言者ヨハネの主への愛と、肉欲に呪われた破壊的な魔性の女の愛とを同列に置くことが出来ないことは言うまでもない。光太郎は神々しい愛と全身から湧き起こってくる愛欲をあのように表現し、精神的な愛と肉欲的な愛とを窮極的には一なるものとして止揚しようとする。キリスト教における神の愛とか、世紀末の西欧に隠微に醸し出された「魔性の女」の観念とかとは直接的且つ実質的に繋がるところのないところで、こうしたものを受け容れているように見える。ワイルドの『サロメ』に由来するとおぼしき「ヨハネの首を抱きたるサロオメ」は、その意味では借り物の状態に留まっている。それは時代の趣を巧みに反映させて効果を上げている表現上のあやである。

iii　日夏耿之介と三島由紀夫

既に見たように、日本の象徴主義の詩は敏の訳詩や有明の作品で基礎固めされ、白秋へと繋がってゆくのではあるが、日夏耿之介（明治二十三年［一八九〇］～昭和四十六年［一九七一］）は白秋の『邪宗門』について、「形式的技巧主義の手法の間に象徴的効果をねらつたものであるが、象徴詩として見れば、嚴密に言へば失敗の作」（『日本近代詩史論』二六三頁）と断じている。ならば厳然たる正統派的な象徴詩を生み出したのは誰であるのか。新潮文庫『日夏耿之介詩集』の解説で佐藤正彰は、「西歐象徴主義の直系正統の詩に屬し、その意味で、日夏耿之介氏は恐らく我が近代詩人中唯一の、眞にその名に値する象徴詩人」（一九四頁）だと言っている。

耿之介は日本の詩人達からは少し距離を置き、ワイルド、キーツ、ポウ、イェイツ、ブラウニングなどを初めとする英、米、仏の神秘的象徴詩人の影響を受けていると言われるが（中島洋一「象徴詩・象徴主義の新展開」、『講座・日本現代詩史』第二巻大正期二五一頁参照）、確かに日本の詩人としてワイルドの実質的な影響を感じさせるのは、日夏耿之介が最初であろう。しかしワイルドの影は決して表立って出てくるものではない。ワイルドは単に詩人としてではなく、藝術家として影響を及ぼしているのだ。なるほど耿之介は大正九年（一九二〇）九月、弱冠三十歳の時、天佑社版『ワイルド全集』第四巻「ワイルド詩集」（大正九年刊）を担当し、日本で初めてワイルドの詩を本格的に訳出したが、耿之介がワイルドから学んだのは、藝術家としての態度であり、藝術のあり方、例えば、言葉が含む生命の内面的な音楽性の発露の仕方であって、単なる外面的な文体なぞではない。

昭和三十五年（一九六〇）、三島由紀夫（大正十四年［一九二五］〜昭和四十五年［一九七〇］）は「二十年來の夢であつた」『サロメ』を文学座で初めて演出した。その時の台本は耿之介訳であつた。「日夏耿之介氏の瑰麗な飜訳に忠實な稽古をつづけてゐるうちに、この字面のむやみとむづかしい飜訳が、耳から入つて來ると、實になめらかな、わかりやすいセリフになつてきこえるのにおどろいた」（「わが夢のサロメ」、文学座プログラム、昭和三十五年四月。『三島由紀夫全集』第二十九巻五一五頁）と感嘆し、「口に出して讀んでみると、力があり、リズムがあつて、直に心に觸れて來る名譯である」（「『サロメ』の演出について」、文学座プログラム、昭和三十五年一月。同上四八八頁）と称讃してやまない。

先に引用したように、シモンズは『獄中記』を音読した時のその文章の流麗さに注意しているが、肉声の恢復者としてのワイルドの藝術に見られる生命的な律動感を、耿之介は『サロメ』の飜訳に移し得たのである。ペイターの言う所謂文体の魂を移し得たのである。三島の讃辞は言葉が本来もつ生命的な音楽性を、耿之介がワイルドから学び取っていることの證左と言える。「『サロメ』の演出について」の締めくくりに、「オスカァ・ワイルドの『サロメ』といふよりも、日夏耿之介とオーブレエ・ビアズレイと私と三人合作の『サロメ』」と、三島がワイルド外しさえ言ってみせたことは、図らずも、いかに耿之介がワイルド藝術の本質の一端を自分の藝術に肉化してしまっているかを證する結果となっている。「私達は肉声に帰らねばならない」（"The Critic as Artist" 前掲書 p. 138）と言ったワイルドは、肉声こそ生命の不可思議な音楽を宿して新たな思念や気分を喚起することを知っていた。肉声というのは、言葉本来の意味に立ち返っていて指示するものを直に眼前に喚起する力をもった言葉のことである。単に声として発せられた言葉ではない。そうした言霊の宿る言葉が織りなす「神秘的散文のもつ音楽は、私達の耳にはラ・ジョコンダの唇にあの精妙にして毒気のある曲線を貸したあのフルート奏者の音楽ほどに快い」（同上 p. 157）と、ペイターの「レオナルド・ダ・ヴィンチ」論を思い描きながら、ワイルドは本来の意味に回帰して、言霊と言うべき喚起力を恢復した言葉の宿す、耳には聞こえぬ音楽性に読者の注意を引こうとする。言葉の喚起力というのはまさに生命の力であり、その律動性の源泉なのである。「詩人の精進は、いつもその心の大洋に浪打つ生の律動の生命を直視する各努力であり、又、唯一大靈への默禱、本體への思念である」（「詩集轉身の頌序」）と言った耿之介は、ワイルドと同じく、生命の奏でる神秘的な音楽に耳傾けた詩人であった。言葉の「形態と音調との錯綜美」（同上）を重視した耿之介は、豊かな音楽性ゆえにその情調に酔わされ易い白秋とは趣を異にして、形態を固める理智の力で単なる附随物は排し、それ自身になろうとする求心力を働かせて、きりりと引き締まった簡勁な作風を生んだ。

「藝術はそれ自身しか表現しない」（"The Decay of Lying," *Works*, vol. IV, p. 102）と、ワイルドは藝術の自律性を主張したが、それ故にこそ「表現の生命はかたちにある」のであり、「かたちに因つて、こころを忍ばんとするのである」（「詩集黑衣聖母の序」）というのが、耿之介の藝術的立場である。藝術の自律性を求めようとすれば、藝術の本質に関わらないものは徹底的に排除する禁欲的な個人主義を貫き、厳しい孤独に耐えることになる。これは現実逃避のように見えながら、決してそうではない。それは一般とは異なる別の形の現実との関わり方なのである。例えば、イェイツの父（John Butler Yeats 一八三九〜一九二二）が戦時における詩人の役割に悩む息子を次のように言って激励しているのが思い起こされる。「あらゆる藝術は生活からの反動なのです。それが生気に漲っておりすぐれたものである限り、逃避ではありません」（一九一二年七月九日付書簡 *Letters of J. B. Yeats*, p. 102）。「真の藝術家はいつも先見の士であり、友がいようといまいと、死の床にいる人と同様に一人ぼっち」（一九一四年五月十日付）であり、「藝術とは孤独な人間、最も奥深いところにある帳のうしろに隠れているような人間なのです」（一九一四年九月九日付、傍点、原文ではイタリック）と。

「自分自身になれ」というワイルドの個人主義は、「辛酸を嘗めたり孤独の中でしか実現し得ない」（"The Soul of Man," *Works*, vol. IV, p. 265〔この版では"The soul of Man under Socialism"を上記のように表記〕）。フランク・カーモード（Frank Kermode）

も、殊に形象を求めてきた詩人の孤独を論じて、「形象はその具象性、精密、一体性にも拘わらず、伝達することが絶望的なまでにむづかしく、またそれ故にこそ、それは見る人〔詩人〕の疎外感と深く関わっている。このことは詩人が敵意を見せる社会のただ中に身を置かねばならない宿命にあることと同じである」（*Romantic Image*, p. 5）と言っているほど、詩人の疎外感は宿命的なものとなる。

ワイルドは藝術の自律性を実現するための必須要件として、所謂ニューヘレニズムという新たな個人主義を言揚げし、「真の藝術家は大衆を一顧だにしない」（"The Soul of Man" 前掲書 p. 259）とまで言い切った。耿之介も、「詩技の事は稟性神賜」と断言し、「足を投げ出した民人らに尊き藝術品の凡てを易く嗜むことは許されぬ。民主的時代の衆民は、心より藝苑に至るの道を知らぬ咀はれた思想上の賤民である」（「詩集轉身の頌序」）と、民主的時代の大衆社会への警戒と軽蔑の念をワイルド同様に露わにし、大衆への媚び、迎合を毅然として排して孤高を守らんとした。肉声の恢復とはまさにこういう個人主義を極めたところに実現されるのであり、耿之介は『サロメ』の翻訳において、それを通して内なる音楽性を湛えた肉声を我がものとしたのである。

耿之介は、「譃弄は生へのその人のポオズで、そのポオズの奥に赤裸な人間性がわだかまる」（日夏耿之介『明治大正詩史』巻ノ下二五六頁）と言い、ワイルド藝術にはその「『人間性』そのものの絶對的權威を以て直ちに萬人に逼る尊い値がある」（同上巻ノ中一六八頁）と見る。この詩人はワイルドを単なる詩人としてではなく、或る生き方をした人としての価値を認め、その生き方、即ちワイルドの藝術家としての個人主義を受け容れて、己の個の確立の一助としたと言えるのではないか。

iv　西脇順三郎

象徴詩人としては白秋とは離れたところで耿之介は活動をしていたが、一方、萩原朔太郎（明治十九年［一八八六］〜昭和十七年［一九四二］）はどうか。「白秋氏以外の人は全く興味がなく、殆ど誰の詩も讀んで居なかつた。ただ白秋氏一人だけを愛讀して居た。そこで僕の稀れに作る詩は、たいてい『思ひ出』の模倣みたいになつてしまつた」（「詩壇に出た頃」、『萩原朔太郎全集』第四巻、七十九頁）と、白秋から出発した若き日を振り返る朔太郎ではあるが、結果的には白秋藝術とは文体において別様の展開を遂げた。これはひとつに白秋とは気質を異にしていたことによる。そして又、白秋の文語定型詩の活力が衰微しつつあった折に、白秋から「現今詩壇の新しき俊才」と称讃された新鋭の室生犀星（明治二十二年［一八八九］〜昭和三十七年［一九六二］）に関心が向いてしまい、「僕もまた室生君の詩が好きで、むしろ白秋以上に愛讀してゐた」（同上八十頁）と、朔太郎も新たな文体を作り出す方向に触手を伸ばし始めたからでもある。その犀星は一見定型の装いを見せながらも、内に口語自由詩を胚胎していた。そうした犀星からの刺戟を受けながらも、試行錯誤を繰返した末に、朔太郎はついに『月に吠える』で口語自由詩の劃期的な文体を確立し、鷗外に「日本にもはじめて象徴詩が生まれましたね」（同上第一巻六〇五頁、三好達治「後記」）と言わしめるほど、詩壇を驚倒した。三好達治はその成功の理由を、「大づかみな把握と微妙な侵透性の雙々絡み合つた暗示性象徴性」（同上）にあると見ている。

その朔太郎の詩を読んで初めて日本語で詩が書けるようになったのが西脇順三郎である。順三郎は詩は「古めかしい文学語とか雅文体で書かなければならないと信じていた」（「脳髄の日記」、『定本西脇順三郎全詩集』一二四〇頁）。しかし朔太郎との遭逢は幸運なきっかけであって、深甚な影響というものではなかった。その文体に瞠目したのである。順三郎は学生時代は、「イェーツ、オスカー・ワイルド、シモンズを熱心に読んだ」（同上）。講演「オスカー・ワイルドの機知」の中でも、「私は十八、九の頃、ワイルドを非常によく読んだ。（中略）図書館から殆ど全部借りて読んだ。今でもノートが残っている。（中略）ノートの中に英語のうまい言い方、それをまねたようなものが残っている」（伊藤勲『ペイタリアン西脇順三郎』、二九五頁）と言っているほどである。

順三郎は、昭和四十八年（一九七三）、筆者が大学院で「ヨーロッパ文学」の講義を受けていた時、自らペイターに始まりペイターに終わったと述懐したように、その影響は血となり肉と化しているが、ペイターの弟子であるワイルドの影響について言えば、この詩人のワイルドに対する反撥にも拘わらず、否定し難いものがある。耿之介が日本の詩人達とは距離を置いたところで、ワイルドを初めとする西欧の詩人達を直接に受容したように、順三郎も同様な形でヨーロッパ文学を吸収した。象徴なき象徴を求めた象徴詩人西脇順三郎は、光太郎が白秋の詩に接して初めて自分なりの詩を書く安心感と自信を得たように、朔太郎の文体に接しそれをはづみにして独自の詩境を築いた。そして、この詩人も耿之介と同じく、ワイルドから藝術家としてのあり方、藝術のあるべき姿を学び取っている。

順三郎は「オスカー・ワイルドの機知」の中で、ワイルドは「誇大妄想狂的なことを非常によくやった。そういうところは、ポザール（気取り屋）であるというようなことは、私の最も嫌うところである。行為としては事実そういうところがあったから困る」（同上二九三頁）と、ワイルドへの反撥の理由を述べ、先に見たように、気取りの奥に潜む万人を直に捉えてやまないワイルドの人間性の価値を、耿之介が認めていたのとは対照的なワイルド観を見せている。とは言え、ワイルドのエセーに対する評価は頗る高い。詩については、「何か歯に浮くような詩（ニューディゲイト賞を受けた『ラヴェンナ』のこと）なんていうのは、全部が本当によくできた人のまねなのである。それをみんなすっぱ抜いている人がいる。だからそれはだめなのだ」（同上三〇一頁）と、情容赦なく切り捨てている。順三郎はワイルドの本領がエセーにあることをよく見抜いていた。しかも『意向集』ではなく、「社会主義下の人間の魂」を格別高く評価しているところが興味深い。ワイルドの面目躍如たる対話体エセーではないエセーをである。「藝術というものを、この『社会主義の下の人間の魂』という論文に見ないと、本当の藝術の精神はわからない」（同上p. 297）と言う。

順三郎はこのエセーで唱道されている個人主義に深い共感を覚えている。無欲に徹し、大衆に媚びず、唯一独自の形相をもった本質的個性の完成という「藝術精神」に、自己の藝術を支えるひとつの拠り所を見出しているからである。しかし順三郎がワイルドの影を踏んでいるのはそればかりではない。ワイルドは、肉声に帰れと言った。これは「形態は事物の始まりである」（"The Critic as Artist" 前掲書 p. 195）という発言と根は同じである。肉声とは言葉本来のあるべき姿であり、形態とは現実にして理念たる形相《エイドス》のことである。ワイルドは単なる抽象でしかない形式ではなく、存在本来の姿である原型を求めた。肉声も形態も彼のギリシア的な物質主義の言わしめた言葉である。

「ギリシア人は、海は泳ぐ人のためにあり、砂は走る人の足のためにあると思っていた」（*De Profundis*, p. 144）という『獄中記』のなかの言葉は、ワイルドがギリシア的物質主義を藝術の基本に据えていたことを反映している。肉声も形態も聴覚と視覚という感覚上の違いにすぎず、等価のものであった。『サロメ』は肉声の藝術として成功した優れた見本である。肉声の藝術の代表としてワイルドは『失楽園』（*Paradise Lost* 一六六七年）を挙げ、盲いて「ミルトンがもはや書けなくなると、歌い始めた」（"The Critic as Artist" 前掲書 p. 138）と、真の藝術家のあるべき姿を呈示する。肉声は魂の声を余韻嫋々と聞く者の心に響きわたらせる。藝術は「形態から思想感情へと進む」（同上 p. 195）ものであり、他のことを表現するための単なる道具や媒体などではなく、附帯的なことは排してそれ自身が目的となって自律してあるものそのものである。偶然的要素を排除し抽象化、理念化された形態は、自づと藝術家の魂を馥郁たる匂いの如くゆらせる。「藝術は抽象的になればなるほど、観念的になればなるほど、その時代の気質を露わにする」（"The Decay of Lying" 前掲書 p. 97）とワイルドは言っている。

ワイルドはそういう藝術の本来あるべき姿を、その原初に立ち返って呈示しようとした。この原型への回帰が順三郎がワイルドに見出した藝術の精神である。前に引用したように、「藝術はそれ自身しか表現しない」とワイルドは言い、順三郎も「芸術それ自身を表現するのが目的」（「詩論」、『梨の女』二〇二頁）と考えた。そして、「完全なポエジーは、何ものをも象徴し得ざる象徴を作る方法」（「OBSCURO」、『ヨーロッパ文學』二三二頁）だと言って、象徴なき象徴、永遠の象徴を生み出すことを藝術上の理想とした。順三郎の永遠の観念は仏教の無の思想に関わってくることであるが、一方、ワイルドはこの永遠に類したものをギリシア思想から得ている。

ワイルドの個人主義は、偶然的なものを排して不可欠な本質だけを精選する前五世紀の古典期を頂点とするギリシア藝術思想に基本を置いているようである。個人の目を通して本質だけを精選するというのは単なる写実ではなく、主観的な写実となる。理念化され抽象化された簡潔な主観性がギリシアの自然主義を支配している。ワイルドの象徴主義はそうした主観的自然主義に立脚している。ギリシア彫刻はいかなる象徴でも寓意でもなく、実体の表現であった。ペイターは、ヘレニズム期のものではあるが、ミロのヴィーナス〔一八二〇年、メーロス島で発見。前一三〇～前一二〇年頃の制作〕について、そこには「いかなる意味であれ、それ自身の勝ち誇った美しさ以上の何の象徴、暗示もない。心はその有限なる形に始まり且つ終わっていながら、精神的動機をいささかも失っていない」（"Winckelmann," *Renaissance*, p. 205）と、ギリシア彫刻における象徴性の不在に注意している。主観的自然主義を特徴づける象徴性不在の藝術理念を基盤としながら、なおもロマン主義的な個別性、対象を自己目的化したところにある個別性の暗示をもつ形態を理想としたのがワイルドである。これもまた象徴なき象徴主義であり、その意味で通常の象徴主義とは一線を劃すワイルド独自の藝術至上主義的な象徴主義である。そしてこの藝術家が形にこだわったのも、根本的にギリシア学者であったことによる。写実はそれを極めれば極めるほど形式の否定に向かわざるを得ないが、主観的自然主義はその理念化した主観性ゆえに、形式化を必然的に求める。ワイルドが形式主義者であり文体家である所以はここにある。

昭和四年（一九二九）に出た『超現實主義詩論』で順三郎は、アドルフ・ツァイジング（Adolf Zeising 一八一〇～七六）の図解を利用して、「（＋）＋（－）→0ゼロ」を説明し、更に昭和八年の『ヨーロッパ文學』では、「〈永遠〉は現實の世界も超現實の世界をも取扱はない。（中略）目的としては〈無〉を象徴し得る有限の象徴を作ることである」（「OBSCURO」、『ヨーロッパ文學』二三三頁）と言っている。順三郎が『超現實主義詩論』で例に挙げたボードレールにおける善と悪との二項対立が解消される零ではなく（『西脇順三郎全集』第四巻四十七頁参照）、キリスト教的観念とは関わりなく善悪を超越した場でのプラス・マイナスゼロ、単に相反する力が拮抗して終に両者の力が空無化したところに出現する永遠の表現を、順三郎は終生求め続けた。その表現は、それでいながら、対象を自己目的化することによって自己に回帰した一種の自画像でもあった。ここに生まれる象徴主義に仏教思想を絡ませた象徴なき象徴主義は、ギリシア思想を基にしながらも象徴主義に幾分色づけられた、やはり善悪を超越した場でのワイルドの象徴なき象徴主義と、同一とは言えないものの通い合うものを見せる。ワイルド藝術の基礎を成すギリシア的象徴性不在の態様は、順三郎にあっては仏教における大空三昧の表現形態と対応している。順三郎は昭和三十四年（一九五九）の『無限』創刊号に掲げた総決算的詩論「ポイエテス」の中で、「『有』をプラスとし、『空』をマイナスとすれば有と空が結合して、『大空三昧』となる」（『西脇順三郎詩論集』三一五頁）と、詩の世界の極致を結論づけた。

西脇藝術におけるワイルドの関わりは、個人主義という藝術の精神と、象徴なき象徴主義という藝術のあり方との両面において、この二人のペイタリアンの背後に源流としてあるペイターの姿が見え隠れしてはいるものの、抜き差しならぬものがある。日本の詩人達の中では、シモンズがワイルドに感じたような畏敬と反撥相半ばする感情を、順三郎もワイルドに対して抱いてはいるものの、詩人本人の意識如何に拘わらず、この藝術家ほどワイルドの影を深く踏んでいる詩人はいない。

第五章　ワイルドと西脇順三郎
——肉声の恢復者達

一　ワイルドの肉声の恢復

ワイルドは三十五歳であった一八九〇年三月、『スピーカー』誌上でペイターの『ルネサンス』を、スウィンバーンの言葉を借りて「精神と感覚の黄金の書、美の聖典」（*The Artist as Critic*, p. 230）と評し、そして晩年に至ってなお、「私の人生にかくも不思議な影響を及ぼしたあの本」（*De Profundis*, p. 85）と回想した。これらの言葉はペイター藝術がいかに深くワイルドを支配していたかを示して余りある。しかしそのワイルドがペイターを批判してもいる。「ペイター氏は現在創作している私達の中では、概して最も完璧な英語散文作家であるが、その作品でさえ音楽の楽節というよりもはるかにモザイクに似ていることがよくあり、言葉の真の律動的生命やそのような律動的生命の生み出す効果的な優れた自由と豊かさが缺如しているところが、あちこちにあるようである」（"The Critic as Artist," *Works*, vol. IV, p. 137）と言うのである。しかしこの批判はペイターの藝術思想を更に発展させるためにどうしても必要なことであり、同時にワイルドがペイターの単なるエピゴーネンになってしまうことから救い、ペイターの衣鉢を継ぐ者でありながらペイターとはまた別の独自の価値を持つ藝術の創造の動機となるものである。

ペイターはより高度な道徳原理として、「人生の目的は行動ではなく観照――〈すること〉とは別物としての〈存在〉――である」（"Wordsworth," *Appreciations*, p. 62、山括弧は原文ではイタリック）と言っている。そしてペイターは更に、この「存在」はヘーラクレイトスの「存在するのでもあり、存在しないのでもある」という動の学説を踏まえながら、人生の目的は存在であり、その存在はまた同時に変化即ち生成しているものと見なす。「民族、法律、藝術には始まりと終わりがあり、それらのものそれ自体は有機的生命の大きな川に生じたさざ波にすぎない。そして言葉は私達の唇の上で絶えず変化している」（*Plato and Platonism*, p. 21）という言葉を見てもわかるように、永遠的流動の観念の積極的な肯定の中にペイターの存在論がある。存在と生成がペイターの人生観の根幹をなしているのである。存在を人生の目的に掲げたのも、魂の恢復、即ち自分自身になることへの渇望がペイターにはあったからである。そしてワイルドも「社会主義下の人間の魂」では自分自身になることを説き、「藝術家としての批評家」では、「観照的生活、即ち人生の目的が〈すること〉ではなく〈存在〉、更には単に〈存在〉であるのみならず〈生成〉であるような人生――これこそ批評精神が私達にもたらしうるものである」（"The Critic as Artist" 前掲書 p. 178）と言っている。

このようにしてワイルドはペイターに倣って人生の目的をほぼ同じくしていることを、先づは確認しておく必要がある。更に言えば、「人生を藝術的精神で扱うことは、人生を手段と目的とが一致したものにすることである」（"Wordsworth," *Appreciations*, p. 62）という、ペイターの唱える人生の藝術化という考え方は、ワイルドの「私は藝術を最高の現実として、人生を虚構の単なる一形式として扱った」（*De Profundis*, p. 77）という言葉によって、その意味が一層鮮明になったとも言える。ワイルドは「藝術における真理とは事物がそれ自身と一致していることである」（*De Profundis*, p. 89）と言っているように、「藝術を最高の現実」とすることとは、ペイターの言う手段と目的との一致した生活の実現を意味していることは言うまでもない。ペイターとワイルドのこれらふたつの発言の本質的な違いはなく、両者はともに生活の場において自己を恢復し自分自身になろうとしたのである。

それではペイターとワイルドとを分けたものは一体何であったのか。確かに二人とも生活を藝術化しようとした。しかし家の観念に取り憑かれたペイターにとって生活の場とは即ち家そのものであったのに対して、ワイルドにとっての生活の場は社交であった。

前章でも言及したが、ペイターは『マリウス』第二章で主人公マリウスの故郷の白夜と名付けられた里に関聯して、白夜の心象についてこう語っている。「白夜は（中略）全くの空白の忘却ではなく、半ば眠りに鎖されながらも絶えず夢見ている夜である」（pp. 13-4）。夜と昼とのあわいのような領域、無意識と意識のふたつの領域のあわいにあって、無意識の世界にも鏡を掲げその反映に照らされながら展開する思考こそペイターの生活の本領であることを窺わせる一節である。或いは又、ペイターはかくも言っている、「あの中世の修道院の宗教は実際その様々な方面において、さながら感覚の美しい病或いは錯乱である」（"Æsthetic Poetry," *Sketches and Reviews*, pp. 6-7）。中世の修道士達がいかに捌け口のない鎖された空想の世界に身を投じていたかを語っている。これらの引用は家の中での物思いや空想に耽ることが多かったと思われるペイターの家中心の生活を暗に伝えるものであろう。このような生活にペイターの幻影というひとつの藝術形態が生まれた素地を見ることができる。

これに対して白夜の世界ではなく昼の世界へ、内省と空想という鎖された家の中での沈思ではなく社交の場に躍り出たのがワイルドであった。演劇を余り好まなかったペイターの一見渾沌とした声なき幻影の世界を避けて肉声の世界に入ったのが、ワイルドである。「私達は声に戻らねばならない」（"The Critic as Artist" 前掲書 p. 138）とワイルドは言う。イギリス演劇史上、シェイクスピア以来の赫奕たる名声をワイルドが博することになった所以は、その機智もさることながらまさにこの肉声にあった。

ワイルドは先に引用したペイター批判の後、次のように続ける。

一方、ギリシア人は書くことを単に記録の方法と見なした。音楽的で旋律的な関係を持った話し言葉であるかどうかが常にギリシア人の基準であった。声が媒体で耳は批評家であった。私は時々思うのだが、ホメーロスは目が見えなかったという話は、実際は批評の時代に作られた藝術的な神話かもしれなくて、それは偉大な詩人は常に肉眼よりも心の目でものを見る人であるということだけではなく、真の歌い手でもあり、光の翼のついた言葉を暗闇の中で歌いながら、旋律の秘密を捉えるまで各行を幾度も自分に繰返し、音楽の中から歌を作り上げてゆくのだということを、私達に思い起こさせるのに役立ったのである。確かに、このようであろうとなかろうと、イギリスの偉大なる詩人の晩年の詩の荘厳な調子や朗々たる壮麗さは、多く目が見えなくなったことが、原因ではないにせよきっかけとなって生み出されたのである。ミルトンはもはや書くことができなくなると歌い始めたのである。『コーモス』の韻律を『闘技師サムソン』或いは『失楽園』や『復楽園』の韻律に誰が互角に取り合わせるであろうか。

（"The Critic as Artist" 前掲書 pp. 137-8）

ペイターは生活を藝術化しようとしたとは言え、それは意識の覚醒と集中であり、その観照の世界は家という限られた領域で広げられ、そこにその反映を見ることができた。ペイターは「思考の家」という内に籠もった観照の世界に留まっていた。観念の世界に留まろうとした点では十九世紀的であった。そもそも十九世紀が観念への奉仕の時代であったことについては、既に吉田健一によっても指摘がなされている（『ヨオロッパの世紀末』七十五〜六頁参照）。この世紀は成り上がり者の中産階級が擡頭した時代であり、これらの人々は生まれながらに身についた基準を持っていなかったが故に、借り物でしかない自由とか博愛など、耳障りのよい公認された観念を振り回した。その勿体ぶりが却って偽善性を醸しやすい雰囲気を生み出していた時代である。実際、ペイター自身引用文を自分の都合のよいように改変したのもこのような社会的背景があってのことである。とまれ観念の世界に留まる傾向はペイター藝術を形作る重要な要因となっており、その藝術形態を特徴づける限界としての輪廓線をもたらした。ワイルドはこのペイターを土台にして、観念を抜け出た肉声の恢復を主体とする自己恢復の生活の実現を図った。このことは言うまでもなく、ペイターとワイルドとの間に文体上の大きな変化をもたらすことになる。

時には無意識の領域に及んだペイターの観念の世界からは一見渾沌としながらも、複雑に絡み合った有機的関聯と連続性を持った文体が織り出されてきた。およそ朗読には不向きのこのペイターの佶屈たる文章を、肉声の恢復へと転換を図るためには、抽象的な枠組乃至結構即ちデザインだけを残すまでに簡潔な形に抽象化し、耳で聞いてわかる明快さと心地よい律動を獲得する必要があった。ワイルドは恵まれた機智の才によってペイターの文体を鮮やかに反転し逆説の形を取るまでに簡潔を極めた独自の文体を確立した。そこに初めて肉声の恢復が実現したのである。所有の欲望を排し偶然的なものを捨て去って自分自身になれと言うワイルドの、ニューヘレニズムとしての個人主義を実現したところに、肉声の恢復があったと言える。

そしてワイルドはこの肉声の恢復の典型的作品として『サロメ』を残した。これがワイルドを最もよく代表する作品と言ってよい。この中でヨカナーンはそのせりふの半数近くを牢獄の暗闇の中から朗々と響き渡る姿なき肉声として登場する（声だけのせりふは十一回、舞台に立ってのせりふは十六回）。ヨカナーンは姿を見せずしてますます存在感を高め、その言葉には気迫が籠もり、所謂言霊と言っていいものをひしひしと感じさせる。この迫力は言葉が言葉として扱われ自律性を得た言葉の持つリズムが、恰も生命そのものの鼓動として伝わってくるところから来るものであろう。因みに、言葉を言葉として扱うとは、言葉を本来の意味に戻し、言葉と意味との完全な一致に努め、言葉が言葉を意識しているような自意識的な言葉を追求することであり、言葉を生活におけるような無意識的な使い方をせず、言葉を客観的な意識的対象として扱うことである。ワイルドはこの効果を得るために、単純な内容を言葉を替えて繰返し、それを様式化している。このことはヨカナーンのせりふのみならずサロメの場合もそうであり、作品全体が基本的にこのような方式に貫かれている。ワイルドは「様式の繰返しは人に安らぎを与える」（"The Critic as Artsit" 前掲書 p. 195）と言っているが、原理的にはこの文学理念の実践によって、ワイルドは『サロメ』において表現のもっともらしさと肉声を獲得している。

ヨカナーンの肉声は先ほどのワイルドの言葉を使えば、確かに「光の翼のついた言葉を暗闇の中で歌いながら……音楽の中から歌を作り上げて」いる。『サロメ』は全体として際立った音楽性を持っている。ワイルドの肉声は根本的にはその音楽性に支えられたものであることを、『サロメ』は如実に示している。先ほど見たように、ワイルドは言葉の音楽性がなおも不完全であるとペイターを批判したが、しかし「あらゆる藝術は絶えず音楽の状態に憧れる」と言うペイターの藝術の根本原理を、ワイルドが忠実に受け継いでいることは言を俟たない。ワイルドの肉声の恢復は畢竟自己回帰のみならず、音楽性という点でもペイターが土台になっていることは注意しておかねばならない。そもそも肉声の恢復とは自己の魂の恢復であり、分裂と渾沌を呑み込んでひとつの纏まった流れにする音楽性を不可欠の条件としている。魂の恢復に精魂を傾けたペイターが音楽性を重視したのも、魂の本質は自己とその存在の根との同一性と調和にあると見ていたからである。肉声の恢復は音楽性が絶対条件として下地にあるのであり、ワイルドは言葉に律動的生命を吹き込むことによって肉声を甦らせた。肉声の恢復は英国唯美主義の鼻祖たるダンテ・ゲイブリエル・ロセッティ以来、ペイターを介しワイルドへと大きく弧を描きながら変化のある発展を遂げている。その展開の中でワイルドはペイターの聞こえぬ音楽を肉声の音楽、即ち歌に反転したのである。

声に帰れと言ったワイルドは、それでは現代日本、殊に西脇順三郎の詩藝術とどのような関わりがあるのであろうか。

二　順三郎の肉声の恢復

順三郎にとってワイルドはその気取りがどうにも鼻につき、嫌悪するところがあったが、学生時代にはワイルドを大いに読み、気に入った表現は帳面に書き抜いていたし、纏まったワイルド論こそないが、著作物におけるワイルドへの言及はかなり多い。そしてこの詩人は一見したところペイターよりもワイルドに近い印象を与える。恐らく順三郎の機智や逆説、簡潔な言い回しなどがワイルドを聯想させるのであろう。これらのことも含め、この両者には本質的な繋がりがあるように思われる。肉声の恢復という観点からワイルドを見ておいたのもそのためである。

昭和八年（一九三三）九月に順三郎は『*Ambarvalia*』を出版し、その劃期的な文体によって世人を驚倒せしめた。これによって順三郎は詩人としての地位を確固不動のものとしたが、昭和九年十一月に『レスプリ・ヌウボウ』に「詩」を発表したのを最後に詩筆を絶った。約十一年間の沈黙の後、昭和二十一年（一九四六）、『ニウ・ワールド』の編輯をしていた福田陸太郎（大正五年［一九一六］～平成十八年［二〇〇六］）の原稿依頼を受けて、同誌三月号に「留守」を発表した。この沈黙の十一年間に順三郎は、『句帖』（昭和十一年一月創刊、西村月杖主宰）の句会に加わったり、学術研究に専念したり、日本画や水墨画を描き、更には日本の古典文学を読み耽った。いみじくも慶應義塾での最終講義で、「この間の戦争以前から、右翼的日本というものは、われわれからヨーロッパというものを遠ざけようとして、それがためにヨーロッパが遠ざかってしまって、非常に憂鬱な二〇年ぐらいを費やしたのでありますが、結局、私は東洋というものを非常に尊敬するようになった」（「ヨーロッパ現代文学の背景と日本」、『言語文学芸術』二十四頁）と、順三郎に言わしめたのも、まさに己の由って来たる根に目を向ける機会に恵まれた、その沈潜の日々があったからである。この十一年間は東洋への回帰を果たすとともに、新たな藝術の展開を準備した重要な時期であった。

順三郎が詩筆を絶ち、詩作意欲も減退していった主な理由は、『*Ambarvalia*』の観念性と文体の限界にもあるのではないかと思われる。観念性ということは生活の欠落である。『*Ambarvalia*』は生活に深く根ざしたところから生み出されてきたというよりも、むしろ観念の産物である。萩原朔太郎も昭和十二年『椎の木』二月号で、順三郎を「感覚脱落者」で、「生活を持たないところの詩人なのだ」（「西脇順三郎氏の詩論」、『萩原朔太郎全集』第四巻二三四頁）と批判した。ペイターの場合、観照的世界におけるその内なる具象性の豊かな幻影はそれ自体が家の観念と結びついた生活そのものになっていた。ところがこの頃の順三郎の観念性は生活と遊離していた。観念性に留まった詩をあの破格的な文体で書き続けてゆくことは困難である。『*Ambarvalia*』はそれ自体で完結した行き止まりの詩である。順三郎がこれを乗り越えるには自己の魂を恢復し、生きるということの意味を本源に立ち返って見直す必要があった。詩人は沈黙の十一年間に自己存在の根を辿って日本への回帰を図り、自分自身になり、生活への認識を深め作品に内面的な深まりが生まれてきた。自分自身になることによって詩作品の中から真の肉声、自在な肉声が響き、単なる観念性からも脱却したのは、昭和二十二年刊行の『旅人かへらず』以降の作品においてである。順三郎は大きな変貌を遂げた。

順三郎はワイルドと同じく基本的にペイターの藝術思想に強く支配されているが、その思想を真に自己の血肉になし得たのは、沈黙の十一年を経た後のことである。それと同時に順三郎は肉声の恢復というワイルド的な方向に進んだ。ペイターの影響を受けた詩人には他にアーサー・シモンズやW・B・イエイツ、ジェームズ・ジョイス（James Joyce 一八八二〜一九四一）など順三郎が若い時によく読んだ詩人達がいるが、この詩人が文体上その簡潔さや機智において共通性を見せるのはワイルドなのである。

順三郎はワイルドと同様、肉声を恢復した藝術家である。勿論肉声のあり方は順三郎とワイルドとでは異なる。順三郎はペイターと同じく、演劇は好きではなく、仕方なく読んだにすぎない（「ヨーロッパ現代文学の背景と日本」、前掲書三十五頁参照）。そして又、詩の朗読も好まない。「私の詩は朗読されると困る。それどころか声を出して読まれても困る。頭の中で読む音の世界をつくろうとしているからである」（「脳髄の日記」、『西脇順三郎全詩集』一二四七頁）と、この詩人は言っている。順三郎は書かれた肉声を生み出したのである。聞こえない音楽のように、『旅人かへらず』以降はこの詩人の生活に根ざした肉声が詩の行間に響くようになった。ペイターが言うような意味で、人生を藝術的精神で扱うことができるようになり、生活そのものが単なる手段に留まらず目的化された。そこにおいて生きるということの真の意味を自らに問い続けたのである。

カボカボと泥の中を歩いて
ヒルを取って渡世する老人もいる

がシェクスピアを読んで渡世する
奴もいるのだ

(『近代の寓話』「山の暦」)

ここには生活するということの真の意味が認識されている。この認識があってこそ、次の一節も生命的な律動を以て息づいている。

「だんな　このたびは　金毘羅詣り
に出かけるてえことだが
これはつまんねーものだがせんべつだ
とつてくんねー」

(『旅人かへらず』「三九」)

この素朴な村人の発する言葉がそのまま詩になるとは実に不思議である。村人の肉声がこの詩人の心の奥深いところにある生活の認識とぴたりと一致しているために、詩人自身の肉声として読む者の心に響いてくるのだ。順三郎が肉声を恢復したというのはまさにこのことなのである。

順三郎は自作の詩について、「意識の流れで書いている。かすかに水の流れる音の世界である」(「脳髄の日記」、前掲書一二四七頁)と言っている。この言葉から窺われるように、川のせせらぎのような心の中の呟きの形を取ってこの詩人の肉声は現れた。この呟きがひとつの文体をなして肉声となり得るか否かは、先に述べたように自己回帰と生活への認識の深さにかかっている。この両者を実現した時、順三郎の厖大なヨーロッパ文学の知識も詩人の魂と生命的な繋がりを得て息づき、その知識自体がまた詩人の肉声を豊かに響かせることになった。

複雑極まりない文体で織り上げられたペイターの世界が、ワイルドにおいて単純を本領とする肉声の世界に変貌を遂げた時、ワイルドの文体は逆説的表現となるまでに簡潔な形を取るに至ったことは先に述べた。同様のことが順三郎にも当てはまることは興味深い。この詩人の肉声の世界も逆説、もぢり、滑稽などを交えた機智に富んだ簡潔な文体を特徴としている。長い詩でも文自体の構造は簡潔を極めている。

三　両者の接点

ワイルドの肉声の恢復は自己の魂の恢復であると同時に、個人を越えイギリス文学に新たな息吹をもたらすものであったように、順三郎においても肉声の恢復は自己回帰に留まるものではなく、日本の魂の保守であり恢復であったことを忘れてはならない。アメリカの占領政策による日本文化とその連続性の破壊などの深刻な危機のさなかにあっていち早く日本の魂の守りに順三郎は動いた。詩人は『旅人かへらず』執筆の動機を福田陸太郎との対談で次のように語っている。「アメリカに占領されて、もうどうなるかわからぬ。こういう日本の面白いものがあるのに、この自然やこういう日本人の何か特別の感情、何感情というか、土俗感情というものがなくなるおそれがあるから、書いておこう。ほんとうにそう思って書いた（中略）。日本の風土や日本の人間の生活とかそういうもの、自然の生活というかな、そういう全体を愛して書いたのです」（「輪のある世界」、『西脇順三郎対談集』三三一頁）

肉声の恢復とは魂の恢復であり、生活するということの根本的な意味を恢復することである。自律的な機能を得た虚構としては、藝術は現実から切り離されていなければならないが、そこに示された認識は現実に深く根ざしたものである。肉声は深い現実認識から響いてくる。現実を離れないことに真の藝術の本質がある。だからこそ、順三郎は自ら断言したように、シュールレアリストではなかった。本当の詩は「現実から離したところにいいものがある」とするシュールレアリスムとは順三郎が相容れなかったのは、この詩人が「現実から離れてはいけないという主義」（同上三二五頁）に立ち、生活に基盤をおくペイタリアンであったからに他ならない。自然と生活を材料にして虚構を仕立てることによって、単なる自然を超越することが順三郎の狙いであった。

土の上で生命を得て土に帰ってゆくものとしての人間の現実を直視し、一瞬一瞬の生活それ自体の本質を、「硬い宝石のような炎で燃える」意識の集中を通して対象化し、自己に即きながら自己を普遍化したところに西脇藝術は生まれた。順三郎とワイルドは共にペイタリアンとして、生活の藝術化を図ったが、両者とも肉声の恢復が機軸になっている点が共通する。肉声を恢復することによって、両者におけるリアリズムに犯されない藝術の簡潔化された形態が藝術としての豊かな肉付けを得ることができた。二人は単なる観念性を去り、ペイターをはるかに超えて、社会的或いは土俗的な意味での日常生活に関わりを深くした。勿論その関わり方と展開の仕方の上で、両者に違いがあることは言うまでもない。

順三郎もワイルドも肉声の重要性という観点から音に細心の注意を払っている。ペイターも確かに音楽性を大事にした。しかしそれはペイターが「ジョルジョーネ派」論で述べた絵画における音楽的効果、即ち一幅の絵が醸し出す漂い流れてくるような聞こえない音楽といったものをジョルジョーネ派の絵画に指摘したように、ペイター藝術における音楽性も行間から匂い立ってくるような流動性の乏しい聞こえない音楽である。漂漾する音楽である。ペイターの文体は複雑な併置をなし流れが極めて緩慢で絵画的であるが故に、漂うような音楽性を特徴としている。ワイルドは気質の違いからこれを反転し、肉声を保障するものとして、流れがあり生命感の豊かなリズムを文体の中枢をなすものとした。その典型として『サロメ』がある。

それでは順三郎はどうか。この詩人もワイルド型ペイタリアンとして、意識の流れに即した形に詩形を整え、一見したところすみやかなせせらぎのように言葉が流れるとともに、その流れの中で言葉の音の効果が強く意識されている。リズムを重視したワイルドと違って、音そのもの或いは音の繋がりの面白さを狙った。例えば「アンパン」、「フンドシ」、「土人」、「タビラコ」、或いは又、『*Ambarvalia*』の「太陽」に出ている、鎮静剤カルモチンをもぢった「カルモヂイン」という架空の地名など、挙げればきりがない。

順三郎は福田陸太郎との対談の中でこんなことを言っている。「音といっても、日本で音というと詩人はリズムだと思っている。私のは『ア』とか『ピ』とか、その音の連結だ。（中略）リズムというのは音の高低とか強弱をいう。ぼくはそういうのじゃなくて音の形の組合わせですね」（同上三二九頁）。この音の組合せが西脇詩のひとつの生命線となっていることは今さら言うまでもない。文体的には肉声の効果が、ワイルドはリズムを通して、順三郎は音の形の組合せを通して表現され、両者それぞれの藝術の要となっていることは刮目すべきことである。

順三郎はポウザーとしてはワイルドを毛嫌いしたものの、どことなくワイルド的なところを持ち合わせており、先のようにワイルド型ペイタリアンと呼んでもいいが、その根本的な繋がりは、順三郎が肉声の恢復という点でワイルドを引き継いでいるところにある。

第六章　ラフカディオ・ハーン

——ロセッティ、ペイターとの類縁

一　多神教的世界

ラフカディオ・ハーンは、ダンテ・G・ロセッティやウォルター・ペイターの系譜に連なる唯美主義者である。それは直接的な影響関係ではなく、同類の藝術家としてという意味においてである。ペイターもハーンも、等しく中世主義の先達たるロセッティに深い共感を寄せていることは、興味深く注目に値する。ペイターは「ダンテ・ゲイブリエル・ロセッティ」("Dante Gabriel Rossetti" 一八八三年)の一文を草している。短いエセーとは言え、ペイターは、自分が深甚な影響を被った人については、ボードレールやゴーチェ、スウィンバーンに関してそうだったように、滅多に表に出さない文学者だっただけに、短くとも一文を草したという事実は、それ自体一層の重みと重要な意味を含んでいる。

この評論は、その前年にロセッティが亡くなっているので、A・C・ベンソンが言うように、ペイターが「深い尊敬の念と好意を以て、ロセッティの藝術に対する態度を称讃していた」だけに、「敬意を以て追悼するという意味合」があったのであろう。しかし、「ロセッティが住んでいた内奥なる神秘的熱情の世界は、ペイターにとっては鎖された暗い部屋のようであったのではないかと感じないではいられない」（A・C・ベンソン『ウォルター・ペイター』伊藤勳訳、一一七、一二〇頁）と、ベンソンが指摘しているように、ペイターのロセッティ理解には限界があったようではある。

一方、ハーンには『ラファエロ前派とその他の詩人達』（*Pre-Raphaelite and Other Poets*）に収められた「ロセッティ研究」（"Studies in Rossetti"）と「ロセッティの散文覚書」（"Note upon Rossetti's Prose"）とがある。明治二十九年（一八九六）から同三十五年まで、ハーンは東京帝國大學で英文学を講じたが、これらは共にその講義内容である。ハーンがロセッティに深い共感を寄せるのは、そのキリスト教に対する姿勢と、過去を新しく生み返す再生という藝術上の手法によるものであろう。

ハーンは四歳でギリシア人の母ローザ（Rosa Antonia Cassimati 一八二三〜八二）と生き別れた。父チャールズ・ブッシュ・ハーン（Charles Bush Hearn 一八一九〜一八六六）がローザに三行半《みくだりはん》を突きつけて、かつての初恋の人で、その時は未亡人となってオーストラリアからアイルランドに戻っていたアリシア・ゴスリン・クロフォード（Alicia Goslin Crawford ?〜一八六一）と再婚した後、ハーンは大叔母サラ・ブレナン（Sarah Brenane 一七九三〜一八七一）に引き取られ、ダブリンのその屋敷でケルトの民話を聞きながら成長していった。妻子を捨てて他の女と再婚した父を憎みながら、母への思慕と、母の国ギリシアへの憧憬を膨らませていったのである。

ハーンのギリシアとは、二歳まで母と幸せに過ごしたレフカスの島であり、古代ギリシアの世界であった。古代ギリシアと言い、ケルトの民話的世界と言い、共に天地に神々の息吹が満ち、死者の魂がさきはう多神教的世界である。生き別れた母の面影を追えば追うほど、ハーンの心は祖霊を訪ねる旅人となっていった。カリブのマルティニーク島のクレオール民話を採集した後、明治二十三年（一八九〇）に日本に来てからは、死者の魂が言霊となって宿る民話を再話して、欧米世界に知らしめた。

ケルトの世界も、古代ギリシアの世界も、そして日本も、生と死を分かつ幽明の界は明確なものではない。先祖の御魂を家に迎える祖霊祭としての盂蘭盆の習俗、死んだ妻のエウリュディケーを連れ戻しに冥界に下ったオルペウス、或いは冥界の王ハーデースの后となったペルセポネーは一年の三分の一を冥界で、その他を地上で神々と暮らすといったギリシア神話などはそうしたことのほんの一端を示すものでしかない。

ケルト人について言えば、夏の終わりと冬の始まりとを限る十一月一日には、最大の行事であるサムハイン祭（Samhain）が営まれた。現代のハロウィーンはこの祭の名残であるが、サムハイン祭においては、現世と、神々や死者の世界との境が曖昧となり、その障壁が取り払われてしまう。アイルランドの物語には、現世の勇士が冥界を訪ねる話があると言われる。そもそもケルト人には、キリスト教のように、天国を褒美、地獄を罰とするような観念はなく、人は死後、自動的に来世で生まれ変わると考えられていた（*Exploring the World of the Celts*, p. 89 参照）。

こういう観念があったからこそ、人身御供の習慣もごく自然に続いていたのである。実際、そのような人身御供が、一九八四年にマンチェスターの南十五キロにあるリンドウ・モス（Lindow Moss）でピート炭採掘中、犠牲になった時のままの姿で発掘されている。約二千年前の二十代半ばの若者で、地名を取って「リンドウ・マン」と名付けられている（同上pp. 96-7参照）。

人は死ねば現世と一切関わりをなくし、祖霊を祀ることもなく、魂は人間にしか認めない一神教のキリスト教とは対蹠的な多神教の世界では、よろずの生き物の死は常に生みかえされてゆく世界であった。宇宙という全体的生命の中で、死は消滅ではなく、他の生命形態への脱化であった。古代ギリシアにおけるピュータゴラースの徒やプラトーンに認められる輪廻思想は、本来的なギリシア的思惟ではなく、東方の影響を受けたオルペウス教団から直接的に由来するものと言われるが（中村元『インド思想とギリシア思想との交流』、一〇三〜四頁参照）、ローマの詩人オウィディウス（Publius Ovidius Naso 前四三〜後一七）の『転身物語』（*Metamorphoses*）に代表されるような死と再生という転生の神話は、ギリシア人が自然現象をつぶさに観察して得た自然の摂理の認識に拠って立っていることは否定し難いであろう。有機体論とは相容れないキリスト教を嫌いそれから逃れたハーンが、妻節子（明治元年［一八六六］〜昭和七年［一九三二］）から物語を聞きながら集めた日本民話の再話も、ギリシアの祖霊を訪ねる遍歴の旅の途上で生みかえされた再生の産物であったと言ってよいだろう。

二　美の宗教

ハーンのように日本とギリシアとを結び合わせる英国人は、初代日本公使オールコック、その友人の美術家ジョン・レイトン、そしてペイターと、十九世紀後半にいくたりか現れた。そして又一方、日本は西欧中世とも結びつけられ、英国の中世趣味者はロセッティのみならず、建築家のE・W・ゴッドウィン、ウィリアム・バージェス、W・イーデン・ネスフィールドらも、同時に又日本趣味者であり、加えてペイター自身も隠れた日本趣味者である。唯美主義を考える場合、十九世紀後半のイギリスにおいては、日本の藝術がギリシアや西欧中世との関聯で見られる傾向があった。

ハーンもロセッティへの深い共感を通して中世に強い関心を寄せた。詩人としても思想家としても、桂冠詩人のテニスンに劣らぬ第一級の詩人と評価してロセッティを鍾愛し、「恰も十三世紀の人が十九世紀に生まれ変わってきたような人で、現代文化に浴しながら偉大なるイタリア詩人ダンテの時代の人々のような考え方と感じ方をし続けている」(“Studies in Rossetti” 前掲書 pp. 1-2) と語りつつ、己の古代ギリシアへの思いをも重ね合わせながら、中世人の再来のようなロセッティにハーンは深い共感を寄せている。

こうして時代を違えて生まれてきた藝術家という見方への強い関心は、ハーンにもペイターにも共通して見られることで、ペイターは中世のキリスト教世界に現れた異教神アポローンを、「ピカルディのアポローン」(“Apollo in Picardy” 一八九三年)、同じくディオニューソスを「ドニ・ローセロワ」(“Denys L'Auxerrois” 一八八六年) という短篇に描き、或いは創作ではなく実例としては、古代ギリシア人的感性をそっくりそのまま受け継いだ文人としてドイツのヴィンケルマンを、しかもルネサンスの時代からは遠ざかってしまっているのに、遅れ馳せの最後のルネサンス人として『ルネサンス』において論じた。

ハーンもロセッティを中世人、殊に十三、四世紀の中世人の再来と捉えてはいるものの、単純にそう考えたわけではない。中世の思考の仕方と感性とを新たな文体で生み返した人として捉えているのである。ハーンにとって、「文学の歴史とはすべて再生の歴史」(“Note upon Rossetti's Prose” 前掲書 p. 120) であり、古い物をいかにうまく新しい形で生み返すかということが、何もないところから全く新しい物を創造することが不可能である以上、文学の価値であり本質をなすものであった。ハーンの場合、その実践が『怪談』を初めとする再話物に結実していることは言うまでもないことである。

ハーンがロセッティに見出したその形の新しさとは、ロセッティが中世的宗教を尖鋭純化して、それを愛と美の宗教に転じたことであった。ロセッティは教育によっても家系からしてもローマ・カトリック教徒ではあったが、極めて宗教心は薄く、「カトリック教の藝術的、感情的側面が、ロセッティの藝術家としての本性に強く訴えかけてきた」（"Studies in Rossetti" 前掲書 p. 9）のである。これと全く同じことがロセッティの流れを汲むペイターにも起こり、ペイターも美を宗教化した藝術家となった。例えば宗教上の儀式もそれが含む内容ではなく、美的な魅力があるかどうかという見地から擁護した。教会や司教職の権威や聖餐を重んじる高教会派に対して、それとは対蹠的な傾向をもつ低教会派の教会の礼拝に友人ムーアハウス（Matthew Butterworth Moorhouse）に連れて行かれた時には、「見た目に華やかさがなくがっかりした。（中略）こんな栄養不良の儀式なんぞ、全く見るに値しない」と不満を述べた上、説教については、「美しく語られさえすれば、話の内容なんぞ全く問題にならない」（T. Wright, *The Life of Walter Pater*, vol. I, p. 202）と発言している。聖書をあげつらっていたペイターらしく（同上 p. 169 参照）、早くに青年時代からキリスト教の教えは等閑に附し、その美的形式のみにその関心はあった。その長篇『享楽主義者マリウス』においても極めて隠微な形で暗示しているように、主人公マリウスはキリスト教徒を用心深く装いながらも、決して本心から帰依することなく懐疑的態度を取り続けた。ペイターはカトリックの寺院の藝術的な美しさには感動しても、宗教それ自体には一定の距離を置いたのである。

更に言えば、ペイターがキリスト教から離れてゆくのは二十一歳頃からで、詩を捨てて散文に入っていった時期と重なる。この唯美主義者は書物では過激な言辞は控えているが、実生活では一般のキリスト教信者を驚倒するようなことを言っている。「もし神がいたるところにいるのであれば、『我々は到底存在し得ないだろう』」（*The Case of Walter Pater*, p. 82）とか、「道理を辨えた人なら、千八百年前に死んだ男の考えや行動によって、自分の生活を縛るようなことはできない」（同上p. 121）といった、神やイエスを否定するような発言はその異教的傾向の一端である。

そして又、「ヴィンケルマン」の執筆動機もひとつには、そこに自己を重ね合わせることで、自己の考え方を間接的に反映させることにあった。古代ギリシア人の如く、過たざる本能に従い、視覚と触覚を十全に機能させるヴィンケルマンの感覚的生活を語ることによって、ペイターはキリスト教の束縛を拒否する姿勢を、何食わぬ顔をして示しているのである。自分のギリシア研究の便宜を図ってもらうために、易々とカトリックに改宗した事実を述べることで、ヴィンケルマンがキリスト教の信仰には頓着しない、生まれながらにして異教的人物であったことを示したペイターは、それを語ることで己自身の本心を明かしている。

キリスト教に一定の距離を置いたペイターは、教会建築でも宗教儀式でもその美的観点から観察し、説教にしてもその内容よりもそれに用いられた言葉の美しさに関心が向いた。ペイターは形の美しさとそれに伴う宗教的雰囲気を好んだのである。この点でペイターはロセッティと揆を一にし、ここに藝術を美の宗教に祭り上げる主客顚倒の絡繰の源がある。

ペイターが美の宗教の先蹤としたロセッティについて、ハーンは共感を以て、「本当の宗教心は殆どないか或いは全くなかったが、数百年前の宗教心の篤い人々の感じ方を正確に理解できた」（"Studies in Rossetti" 前掲書 p. 35）人であった、と言っている。この共感の背景には、ハーンのカトリックへの嫌悪と、多神教的な宗教心がある。ハーンはカトリックを信奉する大叔母に育てられ、更にはフランスはノルマンディーにあるイヴトー（Yvetot）のカトリックの教会学校（Institution Ecclésiastique）に入れられたが、ここにおける異常な厳格さは、終生のカトリック嫌いを大いに助長したに違いない。そのようなハーンにとって、ロセッティが描いた美の意識と宗教的感情とが融合した世界は、極めて魅力的に感じられたことであろう。己の魂に忠実であること、「美しいものに対する情感のこもった感覚に忠実であること」（同上 p. 112）が、詩人画家の美の宗教の要諦だったのだから。「ロセッティの散文覚書」の中でも、ハーンはロセッティがその美の信条を物語風に描いて見せた「手と魂」（"Hand and Soul" 一八四九年十二月執筆、翌年一月『萌芽』第一号に掲載、一八七〇年十二月『隔週評論』に再掲）を、価値ある藝術論として高く評価している。

ペイターが中世の僧院の宗教を「感覚の美しい病或いは錯乱」（"Aesthetic Poetry"）と形容したような情況が現出したのは、十二世紀にギリシア学術を基盤にしたアラビア学術とギリシア学術とが、アラビア語やアラビア語訳或いはギリシア語原典からラテン語に翻訳され、その後その成果が花開いて行った過程に生じた附髄的出来事である。と同時に、七百八十一年間続いたスペインのイスラム社会のアラビア文化が直に南仏や北部イタリアに影響を及ぼし、ロマンティックな精神を根付かせ、一例に抒情詩人トゥルバドゥールが生み出されてきたことは刮目すべきことである。十二世紀ルネサンスと呼ばれることの文化運動により、西欧中世に感覚の解放の端緒が開かれた。

しかし、それはアラビア由来の濃やかな感情の絡まるロマンティックな世界であり、単に感覚としてであり、物事を象徴的にも寓意的にも捉えることをしないからりとしたギリシア的な感覚的世界の再現ではなかった。ギリシア由来の要素とアラビア由来の要素とが混合した世界にロセッティは魅せられ、ペイターも魅了され、そしてハーンもその系譜に連なった。ロセッティ、ペイター、ハーンの三人はそれぞれ、キリスト教への無関心、懐疑、嫌悪という姿勢において、共通するところがある。

英国で初めて藝術のための藝術という言葉を使ったのは、一八六七年末に出版された『ウィリアム・ブレイク』の著者スウィンバーンである。それに追蹤して同じ表現を用いたのは、翌一八六八年に「ウィリアム・モリスの詩」の中でそれを使ったペイターである。スウィンバーンの親友ロセッティはそのような言葉は使わずとも、その詩は自づとその種のものではある。ロセッティを旗手とするラファエロ前派は、ハーンも指摘する通り、優れた藝術であるためには宗教のための力にならねばならぬとは考えず、ロセッティとは敵対的な関係にまでなったラスキンには同調しなかったが、一方また、「藝術のための藝術」の信条を必ずしも支持するわけではなく、その信念とするところは、己の美の概念に絶対的に忠実であること、唯美的観念に対しては出来るだけ寛容な態度を取ることであった（"Note upon Rossetti's Prose" 前掲書 p. 109 参照）。理智的な冷たさに傾きやすい藝術のための藝術という言葉を用いなかったのは、スウィンバーンより遥かに感情的な豊かさを持ったロセッティとしては当然のことであろう。

ペイターも「藝術のための藝術」の言葉で以て掉尾を飾った「ウィリアム・モリスの詩」の後半を、『ルネサンス』の「結語」に利用したが、その後、「結語」を削除したり、或いは復活してもその表現を最終的には「藝術をそれ自身のために愛すること」いう表現に和らげたが、これは世間の風当たりから身を守るという配慮もあったにせよ、ロセッティと同じく、理智と感情との調和を重んずるペイターとしては、ごく自然な成り行きでもあったであろう。そしてハーンも同様な立場に立つ藝術家として、「純粋藝術」（pure art）という言葉を用いている。

三　ロマンスの心

ハーンが開いて見せてくれたものは、ロマンティックな霊的世界である。この世界を構築する純粋藝術においては、その「ロマンティックな想念は純粋藝術の方向においてのみ新たな学習から得るものがある。言葉を豊かにしたり、想像力を広げることによって得られる新たな学習は、古い美をはるかに美しく斬新な形で表現することを可能にする」（"Note upon Rossetti's Prose" 前掲書 p. 121）と、ハーンはロマンティック精神の要諦を語った。新たな学習とは、単なる知識の集積ではなく、「言葉を豊かにしたり、想像力を広げること」から得られる、実用性とは対極の位置にあるもののことである。「古い美をはるかに美しく斬新な形」に生み返すというハーンの純粋藝術の理念は、「藝術的天才の基は、鮮烈で斬新な形で人間性を表現する力にある」（"Winckelmann," *Renaissance*, p. 213）という、唯美主義の根幹を簡明に語って見せたペイターの藝術理念と、どれほどの逕庭があろうか。

キリスト教とは違うところに魂の拠り所を求め、古い美を普遍的な宗教的感情を以て生み返さんという強い意識は、これら三人の藝術家達の共通の特徴を成し、しかもそれは新しく入ってきた、或いは自ら赴いた日本の美を通して実践された。ロセッティは、殊に絵画においては日本美術の手法も採り入れながら中世的な美を、ペイターは日本の美術とギリシア美術との似通いを洞察しながら、ギリシア的なるものと中世的精神との混合の美を、そしてバジル・ホール・チェンバレンの英訳『古事記』を読んで日本行きを決心したハーンは、ギリシアやケルトとは多神教的世界観において共通する神道的世界観や、日本人の心に深く根づいて無意識的観念となっている仏教の輪廻転生の観念などに基づく日本民話の美を、アラビア由来の感情濃やかな中世的な甘美さとも通い合うような、魂に染み入る深い愛情で生み返した。因みに、ペイターは中世精神のもつ甘美さを『ルネサンス』において、古典世界に帰するものとし、アラビア文化の影響についてはほんの暗示にとどまっている。その暗示は貴重ではあるが、古典世界に帰するのは正鵠を得ているとは言い難い。ギリシア人の心にあったのは、ハーンが『昆虫とギリシア詩』(*Insects and Greek Poetry*)において、蟬や秋の虫への憐れみやその死の悲しみを歌ったギリシア詩を紹介したところにもその一端を見て取ることができるように、同じ有機体として人間とも相互に繫がり合っている命ある物への、深い愛情に根ざした憐れみの情である。例えばハーンは、初めてギリシア詞華集を編纂したシリアのガダラ出身で紀元前一世紀に活躍したギリシア詩人メレアグロス(Meléagros)の次のような詩を取り上げている。

あゝこおろぎよ　お前はわたしの悲しみをまぎらせてくれる
眠りへといざなってなだめてくれる者よ
あゝこおろぎよ　お前は畑のムーサであり
鋭い音をたてる羽で自らリュラの形をまね

足で鳴り響く羽を打ちながら
甲高い音でわたしになにか快いものを伝えてくれる
あゝこおろぎよ　聲の糸で機を織り
恋の思いを立ち去らせ
眠りを知らぬあまたの気がかりに
悩むわたしを解き放しておくれ
そうしたらお前には朝の贈物に露のしづくと
お前の口に合うように細かく刻んだ
新鮮なねぎをやろう

（ハーンは散文訳にして紹介しているが、本稿では便宜的に行分け詩の形にした）

ハーンは理性を超える情の深さで魂同士が直接触れ合うような友情への深い共感を、ペイターと分かち合っている。この批評家は『ルネサンス』の巻頭に据えた「フランスの古いふたつの物語」（"Two Early French Stories" 初版では "Aucassin and Nicolette"）において、中世南仏の二つのロマンス、『オーカッサンとニコレット』（*Aucassin and Nicolette*）と『アミとアミル』（*Amis and Amile*）を取り上げている。後者は男同士の深い友情を物語ったものである。ハーンも「中世の最も美しいロマンス」（"The Most Beautiful Romance of the Middle Ages," *Life and Literature*）の中でこの「アミとアミル」を称揚し、しかも就中、『ルネサンス』の中で示されたペイター訳をそのまま利用した。西洋文明よりも遥かに古く、東洋にも西洋にも属さない人間の根源的な道徳体験の精華として、このロマンスを称えたのである（同上、前掲書 p. 340 参照）。人間の根源的な道徳感情に触れる内容を持つこのロマンスを、ハーンが瑰麗なペイター訳を用いて取り上げたことは、この二人に通い合うところを暗示しているようで興味深い。昇騰する想像力を抑圧するキリスト教への反撥という一面を持つロマンスの意義への共感や、一神教の宗教による抑制を脱したところに生まれる美しく開かれた宗教的感情への傾倒、或いは魂の親密な触合いへの憧憬などは、両者に共通する点である。魂と魂との直接的な触合いから生じる甘美で親密な恋愛感情の馥郁たる抒情性或いはロマンティシズムは、元を辿ればアラビア由来のものであるが、ハーンがその著作を通して見せてくれるものは、憐れみの情が附随する魂同士の直接的な触れ合いがもたらすものであり、魂の恢復を求める郷愁を伴った薫り高い感情である。この点でもハーンはペイターに近い。

四　ギリシア精神

魂の拠り所を求めて、過去の美を新しく生み返さんと強く意識したこれら三人の藝術家達のキリスト教からの疎遠は三人三様ながら、霊的な或いは宗教的な雰囲気だけは闕くべからざるものとしてある。その美の宗教化を支えている屋台骨は、ペイターがいみじくも、「ギリシア宗教の強みはそれを藝術的理想に変容し得たことである」（"Winckelmann," *Renaissance*, p. 204）と語ったように、例えば壺のような日常的な道具でさえも美そのものとしての神の品位へと昇華しようとしたギリシア精神にある。

ギリシア学者のペイター、そしてギリシア語の知識は殆どなく、ギリシア関聯の文献は英訳や仏訳を利用していたようであるが（平川祐弘『ラフカディオ・ハーン』、一七四頁参照）、血の半分がギリシア人のハーンのふたりはさて置くとして、ロセッティとそのギリシア精神とは、どこに接点があるのか。そもそもロセッティのギリシア語知識はごく初歩的なものでしかなく（William M. Rossetti, *Dante Gabriel Rossetti*, pp. 71-2 参照）、少年時代に愛読したのは『イーリアス』と「オデュッセイアー」くらいなもので（同上 p. 81, *Some Reminiscences*, vol. I, p. 31 参照）、それらとて恐らく翻訳で読んだものであろう。ロセッティの詩や絵を見る限り、その直接的繋がりは余り感じられないのではないか。しかしスペイン・イスラム世界や十二世紀ルネサンスにおいて伝わったアラビア文化由来のギリシア的要素には見逃し難いものがある。例えば『いのちの家』（*The House of Life*）に収められている「生まれながらのきづな」には、キリスト教とは相容れない前世の観念が扱われ、ハーンも「ロセッティ研究」でこの詩人の東洋的思想の現れをここに見ている。次にそれを掲げる。

あなたは気づいてゐないだらうか
どこかの家でふたりの子が最初の目合《まぐはひ》の床で生まれ
同じ胸と膝で乳をふくみ養はれたことは忘れ去られてしまつたのに
ふたりが今なほ心地よいきづなをもつてゐることに——
父の子供たちに対してふたりが行なひでも考へでも
ともにやさしい気持を持ちながらも
ふたりは暗黙の言葉やただのひと言で

たがひにしつくりと繋がり合ふことに
だからこそ初めてあなたに会つたとき　恋人よ
私の魂と結びついてゐる魂の中にはなほも
人生で何気なく知るよりももつと近親の者があるやうに思はれた
あゝ　人の記憶からも消えたどこかの場所で私と共に生まれ
そしてまだ会ひもせぬまま物を見　音を聞く幾年月を閲しつつも
私の魂の生まれながらの連添ひとしてよく知られてゐたのだ

（『いのちの家』伊藤勳訳、「ソネット15」）

ロセッティが仏教を勉強したり東洋の文学を読んでいた形跡もないようなので、ハーンもこの詩人の前世の観念は東洋由来の物ではなく、「不思議なほどに想像力の豊かな、紛うことなき中世文学の作品に含まれているもの」（"Note upon Rossetti's Prose" 前掲書一一三頁）だと断じた。しかしこの言葉からしてわかるように、その中世とは十世紀半ば以降にアンダルシアを中心とするアラビア文化が南仏や北イタリアに浸潤して行った時代であり、又十二世紀がアラビア学術とギリシア学術のラテン語への翻訳時代だったことの認識はない。

十二世紀になるまでは西洋にはギリシア学術は殆ど伝えられてはおらず、伊東俊太郎によれば、せいぜい四世紀にカルキディウス（Calcidius 又は Chalcidius 生没年不詳）がギリシア語からラテン語訳したプラトーンの『ティマイオス』と、ボエティウス（Boethius 四八〇頃〜五二四）によってラテン語訳されたアリストテレースの論理学書『オルガノン』の中の『範疇論』と『命題論』だけだった（『十二世紀ルネサンス』八十四頁参照）。しかしアラビアではウマイヤ朝（六六一〜七五〇年）からアッバース朝（七五〇〜一二五八年）の十世紀後半までは外国文化の移植時代で、ギリシアを主体としつつ、インドやペルシアから学術をアラビア語に翻訳して文化を導入した。殊にギリシア学術の翻訳は八世紀中葉から九世紀にかけて盛んに行なわれた。史書や詩や劇は殆ど翻訳されず、哲学書や医学書が好まれて多く訳出されたと言われる（前嶋信次『千一夜物語と中東文化』二五九〜六四頁、伊東俊太郎『十二世紀ルネサンス』一五三頁参照）。

その結果、一例を挙げれば、スペイン・ウマイヤ朝の時代に生まれ、愛の諸相をこまやかな筆致で綴った、コルドバの詩人イブン・ハズム（Ibn Hazm 九九四〜一〇六四）の『鳩の頸飾り』には、プラトーンの『饗宴』の思想が色濃く反映し、転生の観念もそこには見える。加えて、魂の転生と言えばそれを扱った『パイドン』は十二世紀半ばにシチリアでラテン語に翻訳されている。

この「鳩の頸飾り」は南仏における抒情詩人トゥルバドゥールの誕生に影響を及ぼしていると伊東俊太郎も指摘していることからも窺い知られるように、西欧中世には、分割された魂がその片割れを求めるという愛の観念に基づく前世の観念が入り込んでいるのであり、そういう中世にロセッティは魅了されたのである。この詩人画家とギリシア的なる物との繋がりは、同時代のギリシア研究ではなく、カタロニアを窓口とする十世紀半ば以降のアラビア文化の南仏と北イタリアへの流入と十二世紀ルネサンス、とりわけ後者の早い先覚者ペイターの言葉を使えば、中世ルネサンス（medieval Renaissance）由来のギリシア思想を受け容れているところにあると思われる。そのことも与ってか、ロセッティはギリシアの神話や伝説を題材にしても中世的な調子を帯びる。それでいて美への愛、己の魂への誠というギリシア精神を失わず、『いのちの家』が示す通り、愛は神そのものとなり、美の宗教を確約している。

ハーンはこうした特質を具えるロセッティに並々ならぬ共感を寄せたのである。「愛が内に含む種々相はきわめて崇高であり、筆舌に尽くし難いほど繊細である。したがってその真実は、自ら体験する以外には理解されない。また愛は宗教により否定されもせず、法によって禁じられているわけでもない」（『鳩の頸飾り』八頁）という思想的背景を持つ中世的な愛の観念に貫かれたロセッティは、魂同士の親密な触れ合いを求めたハーンにとって得難い近親藝術家であったに違いない。

「ロセッティ研究」でハーンはロセッティの詩を宗教的感情と恋愛感情との最高の融合形態だと評している（前掲書 p. 51 参照）。ロセッティはキリスト教そのものからは離れて人間の根源的な宗教的感情を礎とした上で、明確な形それ自体の美しさを求めて、美の宗教としての唯美主義の鼻祖となった。

万の自然物に霊の宿りを感じ取りつつ、ギリシアの祖霊を訪ねる内面的な遍歴の旅の途上にあり、幼くして生き別れた母の面影を追いながら己の魂の拠り所を探ったハーンも、過去を新たな形に生み返す再話を通して、深い宗教的感情の染みわたる純粋美を構築し、ロセッティやペイターと同じく、藝術を美の宗教に転化した唯美主義者であった。

使用参考文献

第一章　英国唯美主義と日本の影

Arnold, Matthew. *The Complete Works of Matthew Arnold*. Vol. V, *Culture and Anarchy*. Ed. R. H. Super. Ann Arbor: the University of Michigan Press, 1965.

Aslin, Elizabeth. *The Aesthetic Movement.* London: Elek, 1969.

Bendix, Deanna Marohn. *Diabolical Designs: Paintings, Interiors, and Exhibitions of James Mcneill Whistler.* Washington and London: Smithsonian Institution Press, 1995.

Blake, William, *Songs of Innocence and of Experience.* London: The Folio Society, 1992.

Coleridge, S. T. *Coleridge: Poetical Works.* London: Oxford University Press, 1969.

Cooper, Suzanne Fagence. *Pre-Raphaelite Art in the Victoria & Albert Museum.* London: V & A Publications, 2003.

Donoghue, Denis. *Walter Pater.* New York: Alfred A. Knopf, 1995.

Doughty, Oswald and Wahl, J. R., eds. *Letters of Dante Gabriel Rossetti.* Oxford: Oxford University Press, 1965.

Eliot, T. S. *Selected Essays.* 3rd Enlarged Edition. 1951. London: Faber and Faber, 1969.

Ellmann, Richard. *Oscar Wilde.* London: Hamish Hamilton, 1987.

Evans, Lawrence, ed. *Letters of Walter Pater.* London: Oxford University Press, 1970.

Gautier, Judith. *Poèmes de la Libellule.*Tokyo: Edition Synapse, 2007. Reprint of the private edition, Paris: Gillot, 1885.

Gautier, Théophile. *Mademoiselle de Maupin.* Trans. and ed. Helen Constantine. London: Penguin Classics, 2005.

Gosse, Edmund. *The Life of Algernon Charles Swinburne.* London: Macmillan, 1917.

Hamilton, Walter. *The Æsthetic Movement in England.* Third edition. London: Reeves & Turner, 1882.

Hawksley, Lucinda. *Essential Pre-Raphaelites.* Bath: Dempsey Parr, 1999.

Hearn, Lafcadio. *Glimpses of Unfamiliar Japan.* Boston and New York: Houghton, Mifflin and Company, 1894.

——. *Insects and Greek Poetry.* New York: William Edwin Rudge, 1926.

Leighton, John. "On Japanese Art." *Journal of the Society of Arts*, July 24, 1863.

Levey, Michael. *The Case of Walter Pater.* London: Thames and Hudson, 1978.

Leymarie, Jean. *French Painting: The Nineteenth Century.* Trans. James Emmons. Cleveland: The World Publishing Company, 1962.

Merrill, Linda. *A Pot of Paint: Aesthetics on Trial in Whistler v. Ruskin.* Washington, DC & London: Smithsonian Institution Press, 1992.

Pater, Walter. "Coleridges's Writings." *The Westminster Review*, vol. 29, January 1866.

——. "On Wordsworth." *The Fortnightly Review*, XV, n. s., April 1874.

——. "Poems by William Morris." *Westminster Review*, vol. 90, October 1868.

——. *The Renaissance.* Ed. Kenneth Clark. London and Glasgow: The Fontana Library-Collins, 1961.

——. *The Renaissance: Studies in Art and Poetry.* Ed. Donald L. Hill. Berkeley & Los Angeles: University of California Press, 1980.

——. *Sketches and Reviews.* Folcroft Library Editions, 1970. Reprint of New York: Boni and Liveright, 1919.

——. *Studies in the History of the Renaissance.* London: Macmillan and Co., 1873.

——. *The Works of Walter Pater.* Oxford: Basil Blackwell & New York: Johnson Reprint,1967. Reprint of Library Edition of 1910, London: Macmillan.

Pennell, E. R. and J. *The Life of James McNeill Whistler.* Fifth Revised Edition. London: William Heinemann & Philadelphia: J. B. Lippincott Company, 1911.

Poe, Edgar Allan. *Selected Poetry and Prose of Edgar Allan Poe.* Edited with an introduction by T. O. Mabbott. New York: The Modern Library, 1951.

Prettejohn, Elizabeth, ed. *After the Pre-Raphaelites.* Manchester: Manchester University Press, 1999.

——. *The Art of the Pre-Raphaelites.* London: Tate Publishing, 2000.

Ricks, Christopher. *The Force of Poetry*. Oxford: Oxford University Press, 1984.

Rossetti, Dante Gabriel, ed. *The Germ.* Charleston, SC: BiblioBazaar, 2007.

——. *Rossetti Poems and Translations.* London: Oxford University Press, 1968.

Rossetti, William Michael. *Fine Art, Chiefly Contemporary.* New York: AMS PRESS, 1970. Reprint of the edition of 1867, London.

——. *Some Reminiscences*, vol. I. London: Brown Langham, 1906.

Schmutzler, Robert. "The English Origins of Art Nouveau." *The Architectural Review*, vol. 117, No. 698, Feb. 1955.

Seiler, R. M., ed. *Walter Pater: A Life Remembered.* Calgary: The University of Calgary Press, 1987.

Sharp, William. *Dante Gabriel Rossetti.* New York: AMS PRESS, 1970. Reprint of the edition of 1882, London.

Spencer, Robin. *James McNeill Whistler.* London: Tate Publishing, 2003.

Stephens, F. G. "Mr. Rossetti's Pictures." *The Athenæum,* October 21, 1865.

——. "Pictures by Mr. Rossetti." *The Athenæum*, August 14, 1875.

Surtees, Virginia. *The Paintings and Drawings of Dante Gabriel Rossetti 1828-1882*. London: Oxford University Press, 1971.

Swinburne, Algernon Charles. *Atalanta in Calydon.* London: Edward Moxon & Co., 1865.

——. *The Complete Works of Algernon Charles Swinburne*. Ed. Edmund Gosse and Thomas James Wise. Bonchurch Edition. Vol. III. London: William Heinemann Ltd., & New York: Gabriel Wells, 1926.

——. *Essays and Studies.* London: Chatto and Windus, 1875.

——. "Notes on Designs of the Old Masters at Florence." *Fortnightly Review*, July 1868.

——. *Notes on Poems and Reviews.* London: John Camden Hotten, Piccadilly, 1866.

——. *Poems and Ballads.* London: John Camden Hotten, Piccadilly, 1866.

——. *Poems and Ballads* (Second Series). London: Chatto and Windus, Piccadilly, 1878.

——. *The Swinburne Letters.* Ed. Cecil Y. Lang. New Haven: Yale University Press, 1959-62.

——. *William Blake.* Golden Pine Edition. London: William Heinemann, 1925.

Thop, Nigel, ed. *Whistler on Art: Selected Letters and Writings of James Mcneill Whistler.* Manchester: Carcanet Press Limited, 2004.

Thwaite, Ann, ed. *Portraits from Life by Edmund Gosse.* Aldershot: Scolar Press, 1991.

Whistler, James Mcneill. *Whistler on Art.* Ed. Nigel Thorp. Manchester: Carcanet Press, 1994.

Wilde, Oscar. *The Artist as Critic.* Ed. Richard Ellmann. New York: Random House, 1968.

——. *The Complete Works of Oscar Wilde.* Oxford: Oxford University Press, 2000-13.

——. *De Profundis.* Ed. Vyvyan Holland. 1949. London: Methuen, 1961.

——. *Essays and Lectures.* 3rd edition. London: Methuen, 1911.

——. *The Works of Oscar Wilde.* New York: AMS PRESS, 1972. Reprint of Sunflower Edition, New York: Lamb Publishing Co., 1909.

大島清次著『ジャポニスム』、美術公論社、平成元年。

オールコック著『大君の都』、山口光朔訳、岩波文庫、平成十五年。

沓掛良彦著『西行弾奏』、中央公論新社、平成二十五年。

沓掛良彦著『人間とは何ぞ』、ミネルヴァ書房、平成二十七年。

小林康夫著『青の美術史』、平凡社、平成十五年。

フランシス・スポールディング著『ホイッスラー』、吉川節子訳、西村書店、平成九年。

芳賀徹著『大君の使節』、中公新書、平成十一年。

『芭蕉文集』、日本古典文學大系、岩波書店、昭和五十八年。

サミュエル・ビング編纂『藝術の日本』、ジャポネズリー研究学会協力、美術公論社、昭和五十六年。

『ファン・ゴッホ美術館名画一〇〇選』、アムステルダム、ファン・ゴッホ美術館エンタープライズ、出版年記載無し。

『プラトン全集』第十一巻、田中美知太郎・藤沢令夫訳、岩波書店、昭和五十一年。

『フロイト著作集』第三巻、高橋義孝他訳、人文書院、昭和四十四年。

『ホイッスラー展』、NHK、NHKプロモーション、平成二十六年。

ボードレール著『ボードレール藝術論』、佐藤正彰・中島健蔵訳、角川文庫、平成元年。

ボードレール著『ボードレール批評』1～4、阿部良雄訳、筑摩学芸文庫、平成十一年。

ジャン・マーシュ著『ラファエル前派の女たち』、蛭川久康訳、平凡社、平成九年。

馬渕明子著『ジャポニスム　幻想の日本』、ブリュッケ、平成十六年。

谷田博幸著『唯美主義とジャパニズム』、名古屋大学出版会、平成十六年。

デイヴィッド・ロジャーズ著『ロセッティ』、湊典子訳、西村書店、平成十三年。

第二章　英国唯美主義の濫觴

Aslin, Elizabeth. *The Aesthtic Movemen*t. London: Elek, 1969.
Ayers, John, Impey, Oliver and Mallet, J. V. G. *Porcelain for Palaces: The Fashion for Japan in Europe—1650-1750—*. Oriental Ceramic Society; London: Philip Wilson Publishers Ltd, 1890.
Bendix, Deanna Marohn. *Diabolical Designs: Paintings, Interiors, and Exhibitions of James Mcneill Whistler*. Washington and London: Smithsonian Institution Press, 1995.
Burges, William. "The International Exhibition." *The Gentleman's Magazine*, July 1862.
——. "The Japanese Court in the International Exhibition." *The Gentleman's Magazine*, September 1862.
Catalogue of the Art Treasures of the United Kingdom Collected at Manchester in 1857. Reprint. USA: RareBooksClub.com, 2012.
Clark, Kenneth. Introduction. *The Renaissance*. By Walter Pater. London & Glasgow: The Fontana Library-Collins, 1961.
Doughty, Oswald. *A Victorian Romantic: Dante Gabriel Rossetti*. London: Frederick Muller Ltd., 1949.

Doughty, Oswald and Wahl J. R., eds. *Letters of Dante Gabriel Rossetti.* Oxford: Oxford University Press, 1965.

Girton, Chris. *The Two Quail Pattern: 300 Years of Design on Porcelain.* Buckingham: Louvic Publications, 2004.

Gosse, Edmund. *The Life of Algernon Charles Swinburne.* London: Macmillan, 1917.

Hamilton, Walter. *The Æsthetic Movement in England.* Third edition. London: Reeves & Turner, 1882.

Haskins, Charles Homer. *The Renaissance of the Twelfth Century.* Cambridge, Massachusetts, & London, England: Harvard University Press, 1955.

"Keramic Art in Japan." *The Art Journal*, October 1875.

Leighton, John. "On Japanese Art." *Journal of the Society of Arts*, July 24, 1863.

Pater, Walter. *Sketches and Reviews.* Folcroft Library Editions, 1970. Reprint of the 1919 edition, New York: Boni and Liveright.

——. *The Works of Walter Pater.* Oxford: Basil Blackwell & New York: Johnson Reprint Corporation, 1967. Reprint of Library Edition of 1910, London: Macmillan.

Pennell, E. R. and J. *The Life of James McNeill Whistler.* Fifth Revised Edition. London: William Heinemann & Philadelphia: J. B. Lippincott Company, 1911.

Prettejohn, Elizabeth, ed. *After the Pre-Raphaelites.* Manchester: Manchester University Press, 1999.

Ricks, Christopher. *The Force of Poetry*. Oxford: Oxford University Press, 1984.

Rossetti, Dante Gabriel, ed. *The Germ.* Charleston, SC: BiblioBazaar, 2007.

Rossetti, William Michael. *Dante Gabriel Rossetti: His Family-Letters.* Boston: Roberts Brothers, 1895.

——. *Fine Art, Chiefly Contemporary.* New York: AMS PRESS, 1970. Reprint of the edition of 1867, London.

——. "The Fine Art of the International Exhibition." *Fraser's Magazine*, August, 1862.

——. "Japanese Woodcuts. *An Illustrated Story-Book brought from Japan.*" *The Reader*, 31 October, 1863.

——. *Rossetti Papers 1862-1870.* London: Sands & Co., 1903.

——. *Some Reminiscences of William Michael Rossetti*, vol. I. London: Brown Langham, 1906.

Sato, Tomoko & Watanabe, Toshio, eds. *Japan and Britain, An Aesthetic Dialogue 1850-1930.* London: Lund Humphries, in association with Barbican Art Gallery and the Setagaya Art Museum, 1991.

Schuter, Bettina. *The Porcelain Museum of the Porzellan-Manufaktur Meissen.* Trans. Timothy J. F. Driver. Leipzig: Edition Leipzig-Seemann Henschel GmbH & Co., 2008.

Stalker, John & Parker, George. *A Treatise of Japanning and Varnishing.* Reading: Alec Tiranti, 1998. Reprint of the 1688 edition.

Stephens, F. G. "Mr. Rossetti's Pictures." *The Athenæum*, October 21, 1865.

Swinburne, Algernon Charles. *The Complete Works of Algernon Charles Swinburne.* Ed. Edmund Gosse and Thomas James Wise. London: William Heinemann Ltd., & New York: Gabriel Wells, 1926.

——. *Essays and Studies.* London: Chatto and Windus, 1875.

——. *The Swinburne Letters.* Ed. Cecil Y. Lang. New Haven: Yale University Press, 1959.

Symons, Arthur. *The Collected Works of Arthur Symons.* Vol. 5, *Spiritual Adventures*. London: Martin Secker, 1924.

Terry, Ellen. *The Story of My Life.* London: Hutchinson & Co., 1908.

Thop, Nigel, ed. *Whistler on Art: Selected Letters and Writings of James Mcneill Whistler.* Manchester: Carcanet Press Limited, 2004.

Vallance, Aymer. *William Morris: His Art and His Writings and His Public Life.* London: George Bell and Sons, 1909.

伊東俊太郎著『十二世紀ルネサンス—西欧世界へのアラビア文明の影響』、岩波セミナーブックス、平成五年。

オールコック著『大君の都』(上・中・下)、山口光朔訳、岩波文庫、昭和三十七年。

桜井進著『雪月花の数学』、祥伝社、平成十八年。

アーサー・シモンズ著『ワイルドとペイター』、伊藤勳訳著、沖積舎、平成十三年。

中西輝政著『大英帝国衰亡史』、ＰＨＰ文庫、平成十六年。

ラルフ・ハイド解説『ヴィクトリア女王時代のロンドン *The A to Z of Victorian London*』、小池滋日本語版監修・訳、本の友社、平成九年。

芳賀徹著『大君の使節』、中公新書、昭和四十三年。

深川正著『海を渡った古伊万里』、主婦の友社、昭和六十一年。

ボードレール著『ボードレール藝術論』、佐藤正彰・中島健蔵訳、角川文庫、昭和二十八年。

馬渕明子著『ジャポニスム　幻想の日本』（新装版）、ブリュッケ、平成十六年。

谷田博幸著『唯美主義とジャパニズム』、名古屋大学出版会、平成十六年。

第三章　ギリシア・エピクーロス的世界と日本――英国唯美主義の素地

Aslin, Elizabeth. *The Aesthetic Movement.* London: Elek Books, 1969.

Chamberlain, Basil Hall. *The Classical Poetry of the Japanese.* New Delhi: Isha Books, 2013. Reprint of the 1880 edition. No publisher of the original given in the reprint.

Gautier, Judith. *Poèmesn de la Libellule.* Tokyo: Edition Synapse, 2007. Reprint of the private edition, Paris: Gillot, 1885.

Hyak Nin Is'shiu; Or, Stanzas by a Century of Poets, Being Japanese Lyrical Odes. Trans. Frederick Victor Dickins. Reprint of London: Smith, Elder, & CO, 1866. No place of publication, no publisher and no date of publication of the reprint given.

Itō, Isao & Codrescu, Ion. *Ikuya's Haiku with Codrescu's Haiga*. Tokyo: Ronsō-sha, 2015.

James, Simon. *Exploring the World of the Celts.* London: Thames and Hudson, 1993.

Levey, Michael. *The Case of Walter Pater*. London: Thames and Hudson, 1978.

"Museum admits 'scandal' of Elgin Marbles." BBC NEWS, 1 December, 1999 (http://news.bbc.co.uk/2/hi/uk/543077.stm).

Pater, Walter. *The Works of Walter Pater.* Oxford: Basil Blackwell & New York: Johnson Reprint,1967. Reprint of Library Edition of 1910, London: Macmillan.

――. *Sketches and Reviews*. Folcroft Library Editions, 1970. Reprint of the edition of New York: Boni and Liveright.

Rossetti, William Michael. *Some Reminiscences,* vol. I. London: Brown Langham & Co Ltd, 1906.

Tagliaferro, John Samut. *Malta: Its Archaeology and History.* Sesto Fiorentino: Centro Stampa Editoriale, 2003.

Wilde, Oscar. *De Profundis.* London: Methuen, 1949.

——. "Poems by William Morris." *Westminster Review*, vol. 90, October 1868.

Zammit, Themistocles. *Malta: the Prehistoric Temples Hagar Qim and Mnajdra.* Malta: Interprint Limited, 1994.

『アリストテレス全集』、出隆監修・山本光雄編集、岩波書店、第三巻「自然学」、出隆・岩崎允胤訳、昭和四十三年、第十二巻「形而上学」、出隆訳、昭和四十三年、第十五巻「政治学　経済学」、山本光雄・村川堅太郎訳、昭和四十四年。

井上忠著『パルメニデス』、青土社、平成八年。

ヴィンケルマン著『古代美術史』、中山典夫訳、中央公論美術出版、平成十三年。

『ウェルギリウス／ルクレティウス』、世界古典文学全集21、泉井久之助訳／岩田義一・藤沢令夫訳、筑摩書房、昭和四十年。

『エピクロス』、出隆・岩崎允胤訳、岩波文庫、平成十四年。

ポール・カートリッジ著『古代ギリシア人　自己と他者の肖像』、橋本弦訳、白水社、平成十三年。

ギボン著『ローマ帝国衰亡史』第Ⅱ巻、中野好夫訳、筑摩書房、昭和五十三年。

『クリュシッポス　初期ストア派断片集』第二巻、水落健治・山口義久訳、京都大学学術出版会、平成十四年。

鈴木大拙著『禅と日本文化』、北川桃雄訳、岩波書店、平成十八年。

『世界大百科事典』、第三巻、平凡社、昭和六十三年。

『荘子』、金谷治訳注、岩波文庫、昭和四十六年。

中村元著『インド思想とギリシア思想の交流』、春秋社、昭和三十四年。

西脇順三郎著『古代文學序說』、好學社、昭和二十三年。

新渡戸稲造著『武士道』、奈良本辰也訳、三笠書房、平成五年。

『日本詩人全集』第一巻「島崎藤村」、伊藤整・伊藤信吉編、新潮社、昭和四十二年。

『芭蕉文集』日本古典文學大系第四十六巻、杉浦正一郎他校注、岩波書店、昭和三十四年。

『般若心経／金剛般若経』、中村元・紀野一義訳註、岩波文庫、昭和三十五年。

廣川洋一著『プラトンの学園アカデメイア』、岩波書店、昭和五十五年。

『プラトン全集』、田中美知太郎・藤沢令夫編、岩波書店、第十一巻「クレイトポン　国家」、田中美知太郎・藤沢令夫訳、昭和五十一年、第十二巻「ティマイオス　クリティアス」、種山恭子・田之頭安彦訳、昭和五十年。

『仏教辞典』第二版、中村元他編、岩波書店、平成十四年。

ジャン・ブラン著『エピクロス哲学』、有田潤訳、文庫クセジュ、白水社、昭和三十五年。

『ベルグソン全集』第八巻、花田圭介・加藤精司訳、白水社、昭和四十一年。

ヘロドトス著『歴史』（上・中・下）、松平千秋訳、岩波文庫、昭和四十六～七年。

A・C・ベンソン著『ウォルター・ペイター』、伊藤勳訳、沖積舎、平成十五年。

宮元啓一著『インド哲学七つの難問』、講談社、平成十四年。

宮元啓一著「インド哲学の愉しみ」、宮元啓一のホームページ『ペンギン（宮元啓一の部屋）』（平成二十年八月現在。URLは http://homepage1.nifty.com/manikana/m.p/pengin.html。平成二十八年現在では http://manikana.la.coocan.jp/ に移動しているが、当該記事は削除されている）。

宮本武蔵著『五輪書』、高柳光寿校訂、岩波文庫、昭和十七年。

『ミリンダ王の問い』全三巻、中村元・早島鏡正訳、昭和三十八年～三十九年、平凡社。

村田数之亮著『ギリシア美術』、新潮社、昭和四十九年。

山中栄一著『世界哲学大系Ⅱ　インド哲学・ギリシア哲学』、東方出版、平成五年。

山本光雄訳編『初期ギリシア哲学者断片集』、岩波書店、昭和三十三年。

吉川順子著『詩のジャポニスム』、京都大学学術出版会、平成二十四年。

吉田健一著『ヨオロッパの世紀末』、新潮社、昭和四十五年。岩波文庫、平成六年。

第四章　日本詩人達とワイルド受容

Beckson, Karl, ed. *Oscar Wilde : The Critical Heritage*. London: Routledge & Keaga Paul, 1970.

Ellmann, Richard, ed. *The Artist asCritic*. New York: Random House, 1968.

Kermode, Frank. *Romantic Image*. London: Routledge and Kegan Paul, 1957.

Pater, Walter. *The Works of Walter Pater*. Oxford: Basil Blackwell & New York: Johnson Reprint, 1967. Reprint of Library Edition of 1910, London: Macmillan.

Wilde, Oscar. *De Profundis*. Ed. Vyvyan Holland. 1949. London: Methuen, 1961.

——. *The Complete Works of Oscar Wilde*, vol. I and IV. Oxford: Oxford University Press, respectively 2000 and 2007.

——. *Complete Works of Oscar Wilde*. J. B. Foreman, gen. ed. London & Glasgow: Collins, 1966.

——. *The Works of Oscar Wilde*. New York: AMS PRESS, 1972. Reprint of Sunflower Edition, New York: Lamb Publishing Co., 1909.

——. *The Letters of Oscar Wilde*. Ed. Rupert Hart-Davis. London: Rupert Hart-Davis Ltd, 1962.

Yeats, John Butler. *Letters to his Son W. B. Yeats and Others 1869-1922*. Ed. Joseph Hone. Abridged and with an Introduction by John McGahern. London: Faber and Faber, 1999.

伊藤勳著『ペイタリアン西脇順三郎』、小沢書店、平成十一年。

『海潮音』、上田敏訳、新潮文庫、昭和二十七年。

『定本上田敏全集』、上田敏全集刊行会代表矢野峰人編、第一巻、第三巻、第六巻、教育出版センター、昭和六十年。

『鷗外全集』、木下杢太郎他編、第五巻、第二十二巻、岩波書店、昭和四十七～八年。

『屋上庭園』第壹號、屋上庭園發行所、明治四十二年十月一日。近代文芸復刻叢刊、冬至書房新社、昭和五十四年。

蒲原有明著『飛雲抄』、近代作家研究叢書六十六、日本図書センター、平成元年。

『北原白秋詩集』、西脇順三郎編、白凰社、昭和四十年。

『木下杢太郎全集』第十三巻、岩波書店、昭和五十七年。

『講座・日本現代詩史』、村野四郎他編、第一巻明治期、右文書院、昭和四十八年。

『講座・日本現代詩史』、村野四郎他編、第二巻大正期、右文書院、昭和四十八年。

アーサー・シモンズ著『ワイルドとペイター』、伊藤勳訳著、沖積舎、平成十三年。

『新體詩抄』（明治十五年七月）、外山正一他訳著、名著複刻全集編集委員会編、近代文学館特選名著複刻全集、ほるぷ、昭和五十七年。

『漱石全集』第二巻、第十六巻、岩波書店、各昭和四十一年、四十二年。

『日本の詩歌』第十巻「高村光太郎」、中央公論社、昭和四十二年。

『高村光太郎全集』第一巻、第八巻、第九巻、筑摩書房、平成六年〜七年。

『高村光太郎詩集』草野心平編、角川文庫、昭和四十三年。

田中清光著『世紀末のオルフェたち　日本近代詩の水脈』、筑摩書房、昭和六十年。

遠地輝武著『近代日本詩の史的展望』、耕進社、昭和九年。

『西脇順三郎全集』第一巻〜十巻、筑摩書房、昭和四十六年〜四十八年。増補第十一巻と別巻、昭和五十八年。定本第十二巻平成六年。

西脇順三郎著『ヨーロッパ文學』、第一書房、昭和八年。

西脇順三郎著『梨の女』、宝文館、昭和三十年。

『西脇順三郎詩論集』、思潮社、昭和四十二年。

『定本西脇順三郎全詩集』、筑摩書房、昭和五十六年。

『日本現代文學全集』第六十一巻「室生犀星集」、伊藤整他編、講談社、昭和三十六年。

『日本詩人全集』第一巻「島崎藤村」、伊藤整・伊藤信吉編、新潮社、昭和四十二年。

『日本詩人全集』第三巻「土井晩翠・薄田泣菫・蒲原有明・三木露風」、新潮社、昭和四十三年。

野田宇太郎著『日本耽美派文学の誕生』、河出書房新社、昭和五十年。

『萩原朔太郎全集』、室生犀星他編、第四巻、新潮社、昭和三十五年。

『白秋全集』、木俣修他編、第三巻、岩波書店、昭和六十年。

日夏耿之介著改訂増補『明治大正詩史』巻ノ上・中・下、東京創元社、昭和二十三年。

日夏耿之介著『日本近代詩史論』、角川書店、昭和二十四年。

『日夏耿之介詩集』、日夏耿之介編、新潮文庫、昭和二十八年。

『日夏耿之介全集』、矢野峰人他監修、第一巻詩集、河出書房新社、昭和四十八年。

日夏耿之介訳『ポオ詩集・サロメ』、講談社文芸文庫、平成七年。

『三島由紀夫全集』、石川淳他監修・佐伯彰一他編、第二十九巻、新潮社、昭和五十年。

村田数之亮著『ギリシア美術』、新潮社、昭和四十九年。

百田宗治編『日本現代詩研究』、巧人社、昭和八年。

ユイスマンス著『さかしま』、澁澤龍彦訳、光風社出版、昭和五十九年。

第五章　ワイルドと西脇順三郎——肉声の恢復者達

Ellmann, Richard, ed. *The Artist as Critic*. New Yok: Random House, 1968.
Pater, Walter. *Sketches and Revieus*. Folcroft Library Editions, 1970. Reprint of New York: Boni and Liveright, 1919.
——. *The Works of Walter Pater*. Oxford: Basil Blackwell & New York: Johnson Reprint,1967. Reprint of Library Edition of 1910, London: Macmillan.
Wilde, Oscar. *De Profundis*. Ed. Vyvyan Holland. 1949. London: Methuen, 1961.
——*The Complete Works of Oscar Wilde*, vol. IV. Oxford: Oxford University Press, 2007.

伊藤勲著『ペイタリアン西脇順三郎』、小沢書店、平成十一年。
『言語文学芸術』、河口真一教授還暦記念論文集刊行会、昭和三十七年。
西脇順三郎著『旅人かへらず』、東京出版、昭和二十二年。
西脇順三郎著『近代の寓話』、創元社、昭和二十八年。
『西脇順三郎対談集』、薔薇十字社、昭和四十七年。
『西脇順三郎全詩集』、筑摩書房、昭和五十六年。
『萩原朔太郎全集』、室生犀星他編、第四巻、新潮社、昭和三十五年。
吉田健一著『ヨオロッパの世紀末』、岩波文庫、平成六年。

第六章　ラフカディオ・ハーン――ロセッティ、ペイターとの類縁

Hearn, Lafcadio. *Life and Literature*. Selected and edited with an Introduction by John Erskine. New York: Dodd, Mead and Company, 1921.

——. *Pre-Raphaelite and Other Poets*. Selected and edited with an Introduction by John Erskine. London: William Heinemann, Ltd., 1923.

——. *Insects and Greek Poetry*. New York: William Edwin Rudge, 1926.

James, Simon. *Exploring the World of the Celts*. London: Thames and Hudson, 1993.

Levey, Michael. *The Case of Walter Pater*. London: Thames and Hudson, 1978.

Marsh, Jan. *Dante Gabriel Rossetti: Painter and Poet*. London: Weidenfeld & Nicolson, 1999.

Pater , Walter. *The Works of Walter Pater*. Oxford: Basil Blackwell & New York: Johnson Reprint,1967. Reprint of Library Edition of 1910, London: Macmillan.

——. *Sketches and Reviews*. Folcroft Library Editions, 1970. Reprint of New York: Boni and Liveright, 1919.

Rossetti, Dante Gabriel. *Rossetti: Poems and Translation*. London: Oxford University Press, 1968.
——, ed. *The Germ*. Charleston, SC: BiblioBazaar, 2007.
Rossetti, William Michael. *Dante Gabriel Rossetti: His Famiy-Letters*, vol. I. Boston: Roberts Brothers, 1895.
——. *Some Reminiscences*, vol. I. London: Brown Langham & Co Ltd, 1906.
Wright, Thomas. *The Life of Walter Pater*, vol. I. New York: Haskell House Publishers Ltd., 1969.

伊東俊太郎著『十二世紀ルネサンス』、岩波書店、平成五年。

イブン・ハズム著『鳩の頸飾り』、黒田壽郎訳、岩波書店、昭和五十三年。

オウィディウス著『転身物語』、田中秀央・前田敬作訳、人文書院、昭和四十一年。

小泉時・小泉凡共編『文学アルバム　小泉八雲』、恒文社、平成十二年。

中村元著『インド思想とギリシア思想との交流』、春秋社、昭和三十四年。

平川祐弘著『小泉八雲』、新潮社、昭和五十六年。

平川祐弘著『ラフカディオ・ハーン　植民地化・キリスト教化・文明開化』、ミネルヴァ書房、平成十六年。

A・C・ベンソン著『ウォルターペイター』、伊藤勳訳、沖積舎、平成十五年。

前嶋信次著『千夜一夜物語と中東文化』、杉田英明編、平凡社、平成十二年。

ダンテ・ゲイブリエル・ロセッティ著『いのちの家』、伊藤勳訳、書肆山田、平成二十四年。

あとがき

英国唯美主義はワイルド流に言えば英国藝術ルネサンスとも言い得るものである。この藝術運動において日本再発見の趣が強く出ていることも確かであるが、そのほかにも様々な要素が複雑に絡み合っている。

西脇順三郎は講演「オスカー・ワイルドの機知」（拙著『ペイタリアン西脇順三郎』収載）において、ワイルドのエセーの中でもとりわけ「社会主義の下における人間の魂」が最高だと称揚したが、そのエセーの要諦はデルポイの門に掲げられていた「汝自身を知れ」をもぢり、「汝自身になれ」である。そして掉尾は「新個人主義はニューヘレニズムである」と締め括られている。魂の恢復が求められた時代の、これがワイルドの掲げる解決策であった。ギリシア学者のワイルドとしては基本的には先づはギリシアに目を向けた。それと同時に日本の藝術を鍾愛した。

ペイターは最初期のギリシア藝術、即ちドーリス的な力に与って生まれた人間の魂と肉体の表現に至る前のギリシア藝術に限定して、日本の藝術との類似性を認めている。ワイルドに至ってはそれよりもはるかに鷹揚にギリシアと日本を共に違和感なく受容している。

一方、ギリシア語の知識はほんの初歩的知識しかなかったロセッティは、詩人にしてダンテ学者だった父親の強い影響でダンテを中心とする中世文学に沈潜した。十二、三世紀の中世の春はアラビアを介してギリシア学術が流入した時代である。ペイターが晩年に物した「ドニ・ローセロワ」と「ピカルディのアポローン」の二篇の短篇は明らかにギリシア学術とそれによって発展したアラビアの学術の光が差し込み中世の春を迎えた西欧の驚きと戸惑い、不安や恐れを描いたものである。一般のヨーロッパ人にとって心の故里はまさにこの中世の春の時代にあるのであって、異教の時代のギリシア・ローマ時代ではない。だからこそ、魂の恢復に向けて先づは目を向けたのは中世後期だったのである。その意味で唯美主義の魁は中世主義だったとも言い得ることに留意しておかねばなるまい。

英国唯美主義者達はその魂の拠り所であるこの中世後期が生活の藝術という点で日本と通い合うところを見出すとともに、もうひとつ目を差し向けたヨーロッパ文化の源としてのギリシアに関しても、その多神教世界と同じく神々のさきはう日本との何かしら漠たる類似性を感じ取ったのである。従って英国唯美主義は単に日本熱に浮かされた一過的流行ではなく、ギリシア、中世後期、日本などの要素が複合的に絡み合って生まれた藝術運動であった。さればこそ英国唯美主義は英国という限定にも拘わらず、その内実においては英国の歴史と文化に終始する藝術思想ではなく、日本を取り込みながら広くヨーロッパ文化全体に関わっており、その観点から見なければならない。しかし本書においては基本的に日本藝術との近接という観点に焦点を絞った。その関聯において西欧文化の中枢について触れるべきことには触れておいた。

文学藝術を取り扱うこの種の研究をめぐって思い見ることを最後に附言しておけば、言葉の裾野に広がり言葉を支え言葉では伝え得ないものの存在、言い換えれば藝術の風土に対する感性の働きの重みである。

ラファエロ以前の画風を範としたロセッティが唱えた「自然の単純性」(the simplicity of Nature)、即ち自然の飾り気のなさとはどのような表現形態を言うのかは、例えばパドヴァのスクロヴェーニ礼拝堂の堂内すべての壁面や天井を飾るジオットーの、鮮やかな青の音響を伴って見る者を圧倒するフレスコ画を見れば、それを通して単純性或いは飾り気のなさの意は大方了解されるであろう。

これはありきたりの例であるが、重要なことではある。それ以上に何かを生み出した土地には時代を隔ててもなお深い意味が潜んでいる。それ故に顧みるべきは言うも更なり、そこの光を見、空気を吸い、気に触れ、様々な住民と接し人相や立居振舞をつぶさに観察して民族の来歴の一端を窺い、そして目には見えぬ現地の地霊に触れることの重要性である。

或る時ナフプリオンからエピダウロスに向かう山間《やまあい》の道路際にふと見かけたミュケーナイ時代(前十六〜前十二世紀)の小さな石橋が、特段の保護もされることなくただ案内標識のみ立てられ、当時の有様をそのままにその地の日と風に晒されていた。それは基本的にミュケーナイの墳墓「アトレウスの宝庫」と同じく、迫持《せりもち》送りの工法で造られて独特の形状をなし、時代は異なるが明らかにローマ様式の拱門とは形を異にするものであった。すべて人為的な構築物は民族の魂の象りでもあり、その気質を暗示する。幾千年の時を閲しながらなおも往時の面影をひっそりととどめるその形象は、その輪廓線それ自体をいのちにして生きており、不思議な気を放っている。

前三八七年にプラトーンによって創設されてから九百年余も連綿と続いた後、五二九年に東ローマ帝国皇帝ユスティニアヌス一世によって異教徒が教授し続けていることの非を理由に取り潰さた学校アカデーメイアの場所は、都市国家がすべて独立を失い、かつて威聲に輝いたギリシアが滅び去ってしまったのに何故にアテーナイでなければならなかったのか。芭蕉は何故に西行の歌枕を訪ねて奥の細道を辿らねばならなかったのか。人間の生の営みに伴ってその土地にきざしてくる地霊の意味するところは浅くはない。

英国唯美主義の藝術思想は、キリスト教を中心にしてギリシアとアラビアの文化が渾然と絡んでくる西欧中世後期の文化情況とギリシア藝術思想とにその根を広げるものであり、その地霊に少しでも触れておくことは、この研究においてもおろそかにできないことであった。

伊藤　勳

平成二十八年八月七日

玲月庵にて

初出一覧

「英国唯美主義と日本の影」、月刊総合誌『公評』（公評社）平成二十年三月号、六月号、八月号、十一月号、平成二十一年一月号、三月号、五月号、六月号、八月号に連載。全面的改稿。

「英国唯美主義の濫觴」、『公評』平成十八年九月号、十月号、十一月号、十二月号に連載。全面的改稿。

「ギリシア・エピクーロス的世界と日本――英国唯美主義の素地」、『文學論叢』第百三十九輯（愛知大學文學會、平成二十一年二月）、及び第百四十輯（平成二十一年八月）に分載。全面的改稿。

「日本の詩人達とワイルド受容」、原題「ワイルドと日本の詩人達――ワイルド藝術の見えざる影」、『オスカー・ワイルドの世界』（開文社出版、平成二十五年五月）収載。全面的改稿。

「ワイルドと西脇順三郎――肉声の恢復者達」、『オスカー・ワイルド研究』（日本ワイルド協会）第二号（平成十二年十一月）。一部改稿。

「ラフカディオ・ハーン――ロセッティ、ペイターとの類縁」、原題「唯美主義者ラフカディオ・ハーン」、『公評』平成二十二年三月号。全面的改稿。

『詩集』（*Poems*）　120, 256, 258, 267
「社会主義下の人間の魂」（"The Soul of Man Under Socialism"）　38, 257, 279, 284
『ドリアン・グレイの肖像』（*The Picture of Dorian Gray*）　86, 112, 254, 270

「ペイター氏の近著」（"Mr. Pater's Last Volume [*Appreciations*]"）　30
『ラヴェンナ』（*Ravenna*）　252, 253, 279
『レディング牢獄の歌』（*The Ballad of Reading Gaol*）　252, 253

【ワ】

【マ】

【ミ】

【ム】

【メ】

【モ】

【ホ】

【ヒ】

【フ】

【ヘ】

【ト】

【ナ】

【ニ】

【ネ】

【ハ】

【セ】

【ソ】

【タ】

【チ】

【ツ】

【テ】

【ス】

【ク】

【ケ】

【コ】

【サ】

【シ】

【エ】

【オ】

【カ】

【キ】

索　引

【漢数字】

【ア】

【イ】

【ウ】

著者略歴

昭和二十四年岐阜県生まれ
愛知大学大学院文学研究科・経済学部教授
日本文藝家協会・日本現代詩人会各会員
詩誌『未開』同人
日本ペイター協会前会長・理事
平成十七年～十八年、ケンブリッジ大学英語学部及びダーウィン・コリッジ客員研究員

著作

『ペイタア——美の探求——』永田書房、昭和六十一年
『ペイタリアン西脇順三郎』小沢書店、平成十一年
『加藤郁乎新論』沖積舎、平成二十一年、第十一回加藤郁乎賞受賞作
訳著アーサー・シモンズ『ワイルドとペイター』沖積舎、平成十三年
翻訳A・C・ベンソン『ウォルター・ペイター』沖積舎、平成十五年
編訳著 *100 Selected Haiku of Katō Ikuya*（『加藤郁乎英訳百句選』）沖積舎、平成二十三年
翻訳ダンテ・ゲイブリエル・ロセッティ『いのちの家』書肆山田、平成二十四年
編訳著（俳画・自註イオン・コッドレスク）*Ikuya's Haiku with Codrescu's Haiga*（『加藤郁乎俳句とイオン・コッドレスク俳画』）論創社、平成二十七年
詩集『流光』檸檬社、昭和五十六年
詩集『一元の音』花神社、平成三年
詩集『風紋』書肆山田、平成十八年

英国唯美主義と日本

二〇一七年一月二〇日　初版第一刷印刷
二〇一七年一月三〇日　初版第一刷発行

著　者　伊藤　勲
発行者　森下紀夫
発行所　論創社
東京都千代田区神田神保町2-23　北井ビル
tel. 03（3264）5254　fax. 03（3264）5232
web. http://www.ronso.co.jp/
振替口座　00160-1-155266

装幀／奥定泰之
組版／フレックスアート
印刷・製本／中央精版印刷
ISBN978-4-8460-1575-6　

本書は平成二十八年度愛知大学学術図書出版助成金による刊行図書である。